泰顺文化研究工程项目

Taishun Cultural Research Project

潘 鼎 集

〔清〕潘 鼎 著 翁晓互 校注

浙江工商大学 出版社
ZHEJIANG GONGSHANG UNIVERSITY PRESS
·杭州·

图书在版编目（CIP）数据

潘鼎集 /（清）潘鼎著；翁晓互校注. -- 杭州：
浙江工商大学出版社，2024. 10. -- ISBN 978-7-5178
-6271-0

Ⅰ. I214.92

中国国家版本馆 CIP 数据核字第 2024J1T184 号

潘鼎集

PAN DING JI

〔清〕潘 鼎 著 翁晓互 校注

策划编辑	郑 建	
责任编辑	谭娟娟 李兰存	
责任校对	沈黎鹏	
封面设计	望宸文化	
责任印制	祝希茜	
出版发行	浙江工商大学出版社	
	（杭州市教工路 198 号 邮政编码 310012）	
	（E-mail：zjgsupress@163.com）	
	（网址：http://www.zjgsupress.com）	
	电话：0571-88904980，88831806（传真）	
排 版	杭州浙信文化传播有限公司	
印 刷	浙江全能工艺美术印刷有限公司	
开 本	710 mm×1000 mm 1/16	
印 张	23.5	
字 数	293 千	
版 印 次	2024 年 10 月第 1 版 2024 年 10 月第 1 次印刷	
书 号	ISBN 978-7-5178-6271-0	
定 价	88.00 元	

编委会

主　任：严炳宽

副主任：李祥造　雷映玉

成　员：高启新　卢礼阳　陈瑞赞　潘家敏　赖立位

　　　　潘先俊　林作祯　陈祥磊　夏彦婷　吴瑞东

目　录

小丽农山馆诗钞补遗

晤兰室尺牍

晤兰室尺牍遗补

晤兰室书画

附　录

附录一：传　记

附录二：诸家题咏

附录三：潘鼎年谱

序 一
泰顺文化研究工程总序

习近平总书记指出，文化自信是更基础、更广泛、更深厚的自信，是更基本、更深沉、更持久的力量。中华优秀传统文化是中华民族的精神命脉，是涵养社会主义核心价值观的重要源泉，也是当前我们在世界大变局中站稳脚跟的坚实根基。增强文化自觉和文化自信，正是坚定道路自信、理论自信、制度自信的题中应有之义。

"求木之长者，必固其根本；欲流之远者，必浚其泉源。"泰顺天开画图，人杰地灵，俊彦辈出，文化基因赓续。早在新石器时代，瓯越先民在这里刀耕火种，繁衍生息，点亮文明燧火；唐末五代，名门望族，离乱索居，十八大姓接踵入山，开枝散叶，文风渐盛；两宋以降，书院林立，比户弦歌，科甲蝉联，盛极一时；景泰三年（1452），分疆立县，国泰民安，人心效顺；明清之交，虽兵燹频仍，但文脉绵延，煜煜重光，生生不息。承古而拓今，在新时代，多元文化兼收并蓄，不断创新，在交流互鉴中更加熠熠生辉。

泰顺被誉为中国廊桥之乡，地以文兴，文以桥显。廊桥是泰顺最独特的文化符号，它以无声胜有声的姿态，向世人展示县域古代先民的智慧和蕴藏其中的文化内涵。泰顺县内有保存完好的唐、宋、明、清时期木拱廊桥32座，是我国现存廊桥最集中、最丰富且拥有"国保级"廊桥数量最多的县。千百年来，廊桥与村落、溪涧、古道等融为一体，成为活态的山水画卷和独特的人文景致。泰顺以廊桥文化为轴，畲族文化、红色文化、状元文化、茶文化、泰顺石文化，以及非遗等地域文化百花齐放、争奇斗艳、各美其美，展现了独特的精神气质和深厚的文化底蕴。

踏着历史的河流，一代代泰顺人不畏艰难、勤劳勇敢、富有智慧、善于创造，以永不懈怠的精神状态和一往无前的奋斗姿态一路披荆斩棘，凯歌前行。谏议大夫吴畦为官一任，破黄巢乱，忠言直谏；温州历史上第一位状元徐奭兴修水利，疏浚河渠，造福一方；泰顺第一位共产党员林秉权投身革命，倾其所有，以身报国；中国印坛大家方介堪精雕细刻，蜚声中外。此外，很多人也了解曾镛、董旐、潘鼎、林鹗等众多乡哲的文功武绩、翰墨丹青。

在这片广阔的土地上，置身青山绿水，感受和风细雨，总让人思接千载，心驰神往；漫步飞云湖畔，登临白云尖顶，总让人舒眉展眼，乐而忘返。意蕴丰富的泰顺文化深深熔铸了泰顺人民的生命力、创造力和凝聚力，成为泰顺人开拓未来的活水源头和不竭动力，激励着泰顺人勇毅前行、奋进奋发。

近年来，泰顺迎来了绿色高质量发展的精彩蝶变期、黄金机遇期。在这一背景下，泰顺县委、县政府实施泰顺文化研究工程，致力于把泰顺优秀的地域文化形态和蕴含其中的精神内涵挖掘出来，在建设中华优秀传统文化传承发展示范区、共同富裕精神富有样板区、社会主义文化强国省域实践先行区中展示泰顺形象，贡献泰顺力量，可以说是正当其时、意义重大。

泰顺文化研究工程重点研究"今、古、人、文"，即围绕泰顺当代发展问题研究、泰顺历史文化专题研究、泰顺名人研究、泰顺历史文献整理四个方面开展系统研究，出版系列丛书。在研究内容上，科学解读泰顺县委、县政府的重大决策，系统研究泰顺经济社会发展进程中的现实问题和理论问题，深入总结泰顺实践，提炼泰顺经验，指导泰顺发展；深入挖掘泰顺文化底蕴，探索泰顺文化的起源、发展、变迁及其在中国文化史上的地位、影响；系统研究在历史上产生重大影响的泰顺籍名人的生平、思想、业绩等，撰写、出版名人传记；收集、整理、出版泰顺在政治、经济、文化、社会等方面的史料文献。在研究力量上，注重发挥泰顺籍知名专家的作用，积极与泰顺县内外院校、科研机构开展合作，通过课题组织、出版资助、整合各地各部门力量等途径，形成上下联动、学界互动的整体合力。在成果运用上，注重研究成果的学术价值和应用价值，充分发挥其认识世界、传承文明、创新理论、资政育人、服务社会的重要作用。

鉴往知来，向史而新。实现中华民族伟大复兴，物质富有是躯干，精神富足是灵魂。我们希望通过泰顺文化研究工程，接过前辈们的火炬，把泰顺文化研究好、阐释好、传承好、发扬好，不断从中汲取信仰力量、革命力量、奋斗力量，在建设中华民族现代文明的新征程上，谱写出更加壮美的诗篇。

泰顺县文化研究工程指导委员会

序　二

满腔清意在诗喉——潘鼎说

潘鼎是谁？有一段时间，我脑中会无意跳出这个问题。

一

其实，早在三十多年前，我到过城关东门外的潘鼎故居——三堂厝。我刚到文物部门工作，实地走访，收集关于潘鼎的资料。那时房子还在，前面有临水的桥，玲琮如丝弦的水声奔唱远去，与潘鼎的诗句"画桥东转碧溪头，家在罗峰第一流"的语境正相应。这条涓细的溪流是学前溪最主要的支流赤沙溪的源头，故被称为第一清流。我早年在罗阳小学读书，放学后，都要与同学结伴到这条溪流抓小鱼。当时县城所有的溪流都非常清澈，县城就在山环水抱之间。那时，我才知道乡绅们在选宅地时，认真揣摩过，一百多年后，三堂厝周围的景色依然令人向往。潘鼎从呱呱坠地到生命终结都在这个地方，他与这幢房子的故事应该有很多，哪怕是碎片化的。但当我用好奇的口吻问一些住户中的老年人，竟然没有一个人能讲出更多关于潘鼎的故事，他们只是简单地讲述，潘鼎小时候很聪明，兰花画得好或家里钱粮很多等，然后转向他们感兴趣的话题，比如某年三堂厝因失火烧了一进，如今就叫"双堂厝"了。我想，人是健忘的，尽管潘鼎的时代离当时不算远，但已经无法让人看清他的正面形象了，遑论更远的人和事了。双堂厝边上曾有一座永庆桥，文泰公路开通后就废弃了。里许之外，飞龙山上还有三仙坪别业，上面摩刻着"飞雪"二字。这曾是潘鼎父子呕心沥血的工程，也已荒芜于草莱间。前几年，我还陪几位慕名而来的温州朋友专程去了一趟。入口的门楣上悬挂着"潘鼎故居"这一匾额，但物是人非，路面改了，导致与三十多年前所见相比，也变化不少。

这就是现实。如果你不去关注，一切都会雨打风吹去。后来，由于工作关系，我断断续续地与潘鼎"对话"。我关注潘鼎，主要是在博物馆的库房里品赏他的书画。库房，是一个特别的空间，四周因安保需要而筑有坚固的高墙，隔音效果良好，几乎隔绝了外界的喧嚣。看着这一束欹斜于空谷的花之君子，我仿佛读懂了什么，又似乎什么都没读懂。兰花是潘鼎，还是潘鼎是兰花？爱兰的文人，注定有洁癖，比如潘鼎。

二

泰顺县社会科学界联合会副主席雷映玉让我为本书添个序，其实为本书作序，我内心还是起了点波澜。文化乡贤离我们越来越远，如今还有多少人记得？如果今天我们不去努力传承和发扬，数百年后，一代又一代人是否还能有从故书堆里找寻文化基因的激情，以及能否忍受"板凳要坐十年冷"的孤寂，这些都是难以想象的。记得 20 世纪 90 年代，被誉为泰顺最后一位儒学老人的徐志炎为了编写《泰顺先哲诗选》，而提出要整理泰顺先哲们的文献。二十多年过去了，现在终于动手了，也陆续出了些成果。整理地方传统文献的重要意义不言而喻。仅举一个温州的例子。永嘉学派在元明之后，即已旁落，不被世人重视，清代孙衣言鉴于"吾乡文献，二百年来散佚殆尽，无论宋元旧籍百不存一，即前明及国初诸老所著，亦大半无传"而刊刻《永嘉丛书》，又编温州地方史资料《瓯海轶闻》，民国平阳人黄群组织人手印刊《敬乡楼丛书》等，使这些湮没在历史尘埃中的图书得以重新刊行，使得许景衡、周行己、薛季宣、陈傅良、叶适等人再度出现在学界的视野中，并引发永嘉之学的研究热潮。被擦亮后的永嘉学派成为显学，也成为温州创业创新文化基因的源头。举这个例子无非想说明一个道理，解码文献是为了赓续文脉，从历史的记忆和叙述中找到坐标，为前行者提供智慧。以史为鉴，绝非虚言，因为历史总有不少惊人的相似之处，正所谓太阳底下本无新事。而历史的有意思之处在于，已经发生的，可能还会再次发生；已经到来的，也可能还会再次到来。我认为"晤兰室尺牍"是全书的精彩华篇，字里行间，一个失意场屋、困顿于仕进之路的书生形象呼之欲出。因此，晓互君为整理此书耗费的心血也算没有白费，他还原了一个僻壤文人的孤苦形象。更可贵的是，本书为泰顺的传统文化研究者提供了一个研究范本。

三

我阅读《潘鼎集》后深有感慨，历史上在泰顺做一个读书人其实很难，做一个求索功名的士子更是难如登天。浙南地区崇山峻岭，内外交流极为不畅，又能有多少豪门巨室、文星武魁莅临这些穷乡僻壤？人丁不兴，物流不顺，经济落后，加之文教萎靡，士风不振，因此想固守本土而谋文武昌盛之运，人才自行脱颖而出实属难上加难。加之，明清之时，人口剧增，但获取科甲功名的途径却比宋朝时大大减少，这就导致景泰三年（1452）泰顺建县至崇祯十七年（1644）的近二百年间，无有进士科名。即便到了清中期，潘鼎在他的书信里也经常流露出求学无门、良师难觅的苦闷。生活艰难，物质贫乏，常令他身心疲惫，"因家口繁重，谋道而兼谋食，遂使三餐粗粝，转成当务之急，以致茫无心绪"。科场不顺，更使他愁苦郁闷。他从十八岁开始，至三十六岁中乡试副贡，几乎每三年一次赴省城参加秋闱，皆落败而归。作为生员的他还要来府城温州参加每年的岁考定级和为乡试预备的科考，这极其耗费精力，也煞是煎熬。中乡试副贡后，他的仕途之路倒是宽了起来，可以直接参加乡试，也可以通过铨选制度谋得较低级的如府县学的教职。他因不受科岁考的牵绊，除了参加乡试，基本上在罗阳书院培养后进。嘉庆二十一年（1816），潘鼎四十二岁，他萌生进京谋职的念头。瑞安人林培厚由翰林外放重庆知府，力邀他赴川佐幕，他由此北上改为西进，入林培厚莲幕。但谋求实职一直萦绕于潘鼎的心头，他多有不甘，又无可奈何。他在给董正扬的书信中也表露心迹："阁下宁不识吾乡人旨趣，卖土田，易书田，十余载罔有悔心，而犹孜孜不已，意欲何为？"道光四年（1824），五十岁的潘鼎在大雪日乘舟回乡途中，其父亲夜里托梦，他醒时发现夜行船触木险些翻覆，以为父之感召而作《舟中感梦》："扶桑东角叫天鸡，枕畔涛声奔雷抹。披衣急起窥沙痕，船头已触乔松末。乃知父兮爱子心，覆护匪以冥冥别。"他回想幼年时父亲庭训，以及他八岁吟出"影落酒杯里，手持万里天"时，父亲惊愕的表情和希冀的眼神，转眼他已届知命之年，该有所作为了。一路走来，董正扬、钱林、林培厚等都已高中进士，林从炯也乡试折桂。其间，家道变故，三弟明鹄、好友曾璜、从兄潘汝梅英年早逝，次子钟奇夭殇，父亲学地病逝。身体日渐老迈，亲朋故友离去，他更觉得需要行动了。道光五年（1825），他五十一岁，北上京师谋职。

在偌大的京师，宫禁森严，对于一个只有低级功名的士人来说，难以厘清头绪。需要说明的是，在清代，贡生可参与吏部官缺铨选，具有任职资格的人都必须经过吏部的铨选才能任官，但其有一整套严格而近乎苛刻的选拔程序。简单来说，从举人到"五贡"（恩贡、拔贡、副贡、岁贡、优贡），以及通过捐纳获得例贡或例监等身份，都是谋求官职的人需要做的选择。然而，这些通过考试或捐纳出身的想谋得职位的人，还须经历不同形式的考试，举人的拣选、截取或大挑就是必由之路，并且考试形式多有讲究，如偏远省份的举人只需参加一次会试，而近省的举人需参加三次会试后才有资格候选空缺的职位。嘉庆时期以来，候官科名人数剧增，候选获官更难。总之，清代入仕，进士和举、贡判若云泥，起点不同，仕途不同，施展抱负的空间自然不同。潘鼎仅是候选直隶州州判，所谓登记在册，离真正拥有实职还遥遥无期。他在军机大臣穆彰阿和直隶总督那彦成家中坐馆，口碑极佳。作为权贵家的西席，潘鼎在道光九年（1829）给林从炯的信中，无意间透出那彦成为其疏通之意。副贡，按正常铨选要等到直隶州州判实授，潘鼎似有剑走偏锋之意，因此时他已五十五岁。不巧的是，第二年慈母于罗峰家中溘然长逝，按守制，他只能千里回乡奔丧。此后，他病痛缠身，常居家以诗酒自慰，仕进的念头由此打消。五年后即道光十五年（1835），他在罗峰家中闭眼走完一生。

　　从潘鼎身上，可看到那个时代泰顺读书人的影子，这也是所有仕进学人的写照。读书成才难，谋求仕进之路更是难于上青天，最典型的例子就是曾镛、潘鼎与林鹗。

　　曾镛在二十九岁因学业优异被选拔为贡生，并被推荐进入国子监就读三年，之后肄业，三十二岁参加国史馆等修书机构的誊录人员的考试，被录取后负责《契丹国志》的抄写工作。誊录不是官职，通常也不会提供公费或俸资，但有一个好处，就是五年后可通过工作考绩，议叙候铨知县等职。曾镛三十七岁终于迎来第一份教职，之后辗转多地充任教谕。他五十六岁受浙江巡抚阮元委托入川楚购米赈灾，因办事得力被举荐为知县候铨。他直到六十六岁方等到知县空缺而上任，七十四岁卒于任上。

　　曾镛的学生潘鼎的履历则又要逊色些。潘鼎中副贡之前，其轨迹围绕三个点，即岁考、科考和乡试，在泰顺、府城与省城之间来回奔波。他坦率承认，七次乡试落第，如今不再有东汉邓禹、西晋陆机的雄心壮志。这名七岁能赋诗、十三岁中秀才、悟性极高的读书人，他想走的是一步一个脚印的科名之路，像他的师兄董正扬一样由举人再晋阶进士，实现人生的高光时刻。遗憾的是，他没有这个运气。曾镛与董正扬曾是杭州最著名的敷文书院的优秀学生，都得到过名师指点。不知何因，潘鼎却很少有在外拜师的经历。董正扬于嘉庆七年（1802）中进士后，曾就此事写信劝潘鼎来杭学习以便晋级。从潘鼎的回信中，可以看出：一个原因是爱书如命的他带不走藏书，另一个原因是为侄儿，潘鼎视幼少失怙的侄儿为己出，怜爱有加，顾忌重重。但我认为潘鼎可能还有更深层的考量，只不过没有表露出来。在收录潘鼎绝大部分诗作的《小丽农山馆诗钞》里，不少诗中都透露其似是而非的心迹。

林鹗去罗阳书院学习，然后成为潘鼎的学生。林鹗的科名之路也不顺畅，他十九岁中秀才，一直等到道光二十二年（1842）才取得岁贡。道光二十七年（1847），林鹗五十五岁才以贡生身份入国子监学习。在京师求学三年，林鹗参加直隶省乡试也名落孙山，好在结交一批才俊，如瑞安人孙衣言、孙锵鸣兄弟，被引为知己。孙锵鸣任广西学政时，邀林鹗佐幕，其间因林鹗抗阻太平军围攻桂林有功，以军功授教职，补兰溪训导。林鹗因个性率直与知县不睦，仅任一年，于咸丰八年（1858）辞职归乡。林鹗醉心地方事务，尤其致力于编纂《分疆录》，盛誉有加。

在泰顺的文化历史上，称曾镛、潘鼎和林鹗三人是砥柱中流并不为过。曾镛、董正扬都有实职知县的履历，林鹗因军功也谋得教职，唯有潘鼎徒有满腹经纶，至死也不曾有一天为官，但他一直都为冲开人生的阻碍而奔波，不甘和无奈油然而生。

四

看潘鼎的书画，能体味其骨子里的率真随性。潘鼎是一个非常传统的文人，多才，清高，不入俗流，又无法免俗。潘鼎执掌川东书院两年，业绩也不俗，但依然放不下乡试中举的那份执念。四十五岁那年，他又回到杭州参加秋闱。道光元年（1821），他再度参加乡试，皆无功而返，至此才断了中举晋级的念头，于知命之年入京师寻求铨选算是一种无奈之举。一直以来，科考让潘鼎身心俱疲，却又无力挣脱！

潘鼎是一个痴兰爱竹的人。早年，曾璜、董莳、董正扬、潘鼎被誉为罗阳四俊。潘鼎以物喻人，镌刻竹坡自名，松亭、梅溪二石分赠董莳与曾璜，以岁寒三友旌表心志，在《小丽农山馆诗钞》中，兰、竹和梅出现的频率非常高。时至今日，一想到潘鼎，我脑海中便跳出两个关键词：兰痴、竹迷。几脉倚立巇石的幽兰，有琅玕侍立，或仰或依，蕴藉静远，摇曳生姿，风乍起，心无咎，香自远。这是潘鼎那似兰非兰之态。潘鼎把斋名取为"晤兰室"，可见他是活脱脱一位兰痴者。尽管潘鼎的科考之路很艰苦，但寄情于书画与金石让他沉浸于置身场屋之外的忘我之境。他与赵之琛、苏璟有过不浅的金石之缘。但细观之，潘鼎用心最专的是书法，最得画韵三昧的是画兰。潘鼎一生所留下的大部分文翰，以诗居多，以信札居次，但隆其名的则是画兰的神来之笔。应该说，收入近代书画辞条最多的泰邑文人非潘鼎莫属，《历代画史汇传》《墨林今话》《两浙辅轩续录》《国朝书人辑略》均有关于潘鼎的小传。《浙江古今人物大辞典》中关于潘鼎的评价甚高，称其"善诗文，工书画。其画集晋唐六朝之长，自成一格，尤以水墨兰著称。潘鼎的作画题诗，画意深蕴，诗韵风雅，相得益彰"。从影响力来看，潘鼎已超出江浙范围，其所画兰花之精妙已不仅仅停留于文朋之间的酬唱，而已具有明显的溢出效应。客观地讲，如果以他的术业来排序，画为一，书札为二，诗为三。潘鼎可以被认为是自景泰三年（1452）分疆立县以来，泰顺最有深意的本土画家。潘鼎喜金石不假，但不善治印。嘉庆二十一年（1816），潘鼎客居杭城时，与金石大家赵之琛相识，离别时赵之琛治印多方相赠。赵之琛的印与潘鼎的兰花相得益彰。据《中国美术家大辞典》，潘鼎"生平喜聚金石"，以及林鹗所言，潘鼎"有文生之好，多购书籍、碑帖、图章、笔墨、文房玩器，求精务多，不惜重费"，我们完全有理由认为潘鼎具有非凡的鉴赏眼光。

相较而言，潘鼎用时用功最多的莫如书法。从他与友人的往来书信、信手写来的书画条幅来看，书论是最多的。如果说画兰是托物明志，那么他想写好书法则是性情所至，只不过环境不许可，生活不如意，苦于没有师承。而最能体现其书法要领的是《与董上湖云标孝廉书》《与陈某》。《与董上湖云标孝廉书》云："某弱冠后，即有志学书，惟是穷居穴处，勿克出交当世名公，亲求指示，力又不能多蓄古人碑刻，默会宗旨，盖泛泛涂抹，十余年于兹矣。"潘鼎仰慕董上湖的书法，如果仅拿字而言，潘鼎的字里有董其昌的影子。潘鼎的字深受帖学浸润，行书中宫收紧，得唐人风范，但骨力雄迈之象显得不足。这可能是时代导向所致，清代嘉道时期董书正炽，受乾隆的影响，帖学盛行，然而它所承续的是明代帖学的末流，远逊于明代。帖学最为著者恰是张照、刘墉，潘鼎最终得张照的风度，但他的书法精练却不精到。

五

《潘鼎集》是目前较完整的潘鼎诗文集，透过系统的诗与文的融会，真实且直观地勾勒潘鼎的人生轨迹。但要立体地看潘鼎，除了诗文，还应关注其书画，两者互为表里，不可阙如。兰石、墨荷，疏竹、晤兰、飞雪、云深处……看似独立，又无一不是隐喻、不是心声。忽想起十三年前，与云峰、圣格、海波诸兄编辑《泰顺先贤墨迹》一书时的情景，我们当时竟能找出包括潘鼎在内的泰籍书人三十八位，深感在兹有斯文！先俊君点校的《复斋诗文集》、立位君点校的《望山草堂诗钞》均已面世，本书的刊行，又为泰邑的文兴之象增加了亮点。可喜！人事有代谢，往来成古今。潘鼎的谢幕预示着一个风雅时代的终结，虽"家在罗峰第一流"的意境再难重现，但这样一个有趣的灵魂，值得细品。

高启新

甲辰孟夏于白鹿城一知斋

序　三

画写物中态，诗传物外情——潘鼎的文人画遗韵

潘鼎乃泰顺先贤，其一生科举不顺，三十六岁时才中乡试副贡。潘鼎虽仕途坎坷，但基于家学和自身的努力，在诗书画上颇有声望。潘鼎爱收藏书籍、碑拓、印章、笔墨等，是一位颇具博雅素养的传统文人。潘鼎在诗书画方面的学养，既得益于乾嘉以来泰顺文风复苏，又得益于家学和良师益友。潘鼎十三岁入县学，十五岁试高等补廪生，其诗学师从同乡曾镛。曾镛通六经、精性理，因而潘鼎具有坚实的诗文根基。此外，潘鼎和董正扬、林培厚、端木国瑚、林从炯等名士交游，他们之间的学问切磋与情感交流构成潘鼎诗画生活的重要轨迹。

清人说潘鼎"善笔札"，书风类张照。张照初学董其昌，后学颜真卿、米

潘鼎故居　摄于20世纪90年代

13

清·潘鼎

芾，所以行笔朴厚而洒落，而潘鼎书法行笔敦厚洒脱，确有相似之处。潘鼎的书学没有专门师承，而是转益多师。正如他所言："初不甚学，而自谓略有解悟处。僻处山陬，学业未成，既不得出交当世名公，亲承指示，又不能多蓄古人名迹，默会窾要，泛泛涂抹，所谓庐山真面，茫乎未有得也。"行文虽有自谦之辞，但确实道出泰顺偏僻，无名师专门指导，更难觅真迹临摹，可见潘鼎学书之路是坎坷的。因无师承，潘鼎只好"泛临诸家"。尽管如此，深厚的经史学养使他可以将学问的知见和气格贯通于对书法的理解，从而提出"学问之事，漫论功力浅深，但下笔便须脱去凡近，此心果到古人前，此手自不落古人后，岂独书道哉"，即书法贵在脱去凡俗，用心感受古人的境界。

潘鼎二十岁左右有志于书法，中年时期交游逐渐广泛，曾先后在军机大臣穆彰阿和直隶总督那彦成家中坐馆，应该有机会接触古代名迹。在潘鼎的书法实践中，有一点值得注意：他喜爱茅笔纵横挥洒。明代的陈白沙以茅草制笔，书风刚健苍茫，尤为见性，潘鼎的书法具有陈白沙书风中特有的洒脱气息。有趣的是，筱村的好友林维勤竟会制作茅笔。可见潘鼎和林维勤都很推崇陈白沙。

潘鼎的书学思想主要体现在给书法名家董云标的信中。1805 年，潘鼎看到董云标的书法作品后，念念不忘。时隔一年，潘鼎因友人林敏斋的介绍认识董云标，向董云标请教了几个重要的书学问题。董云标的回信已无从觅得，但是根据潘鼎的信，我们依然可以看出潘鼎书学思想的基本轮廓。

潘鼎云："论书竞言魏晋，而有谓魏晋之字传于世者，皆腐木湿鼓，了乏神韵，不足学，然乎？"魏晋书法一直是书家追摹的对象，但几乎没有真迹留存，多数保存在《淳化阁帖》和《大观帖》中。魏晋书法虽有精致摹本，但几乎深藏宫廷，世人难得一见。此外，潘鼎生活的时代，南帖北碑论已经兴起，或许这也是潘鼎质疑学魏晋书法的原因。实则，若有精良拓本，从魏晋入手，开阔眼界，自是学书上乘。

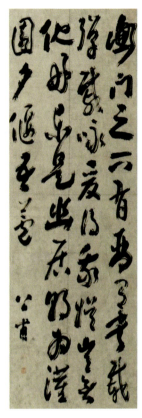

明·陈白沙

潘鼎云："古人渊源授受，代有师承，前后书家，犹祖宗孙子也。祖宗相去年代较远，神情渺难追测，将犹孙子而上溯之为近乎？"此处讨论在学习书法时，宜临摹开宗立派之人的书法还是应临摹此派书风后代书家的书法。其实书法即便追摹源头，仍须基于当时的普遍认知和理解入手。所谓"神情渺难追测"，还是无名迹可供临摹造成的。取法乎上，在气格上先明白标准，再探究源流，以不同时代相参证，体察书学流变。潘鼎云："米老云：'余书无右军一点俗笔。'夫右军何俗？而学右军者不能无俗。李北海云：'学我者死，似我者俗。'二公皆卓然名家，而立论如此，岂非学古者必将如鲁男子之学柳下惠，而毋徒为阳货、孔子之似乎？"米芾（即前文的米老）自称无右军俗

宋·米芾《珊瑚帖》　故宫博物院藏　　　《淳化阁帖》局部　美国弗利尔美术馆藏

气，实则米芾的字早年被称为集古字，极力模仿二王，所谓无右军俗气，无非是说当时学习王羲之书法的人太多，多数只得皮毛，而米芾自认为得二王精神，能变化出自我面目。米芾在《画史》中提出"不使一笔入吴生"，这并非贬低吴道子，而是批评当时模仿吴道子的画风而不得其精神的现象。

　　潘鼎云："东坡云：'余书不甚学，然解书无如我。'观东坡书，东坡真解者。又云：'天真烂熳是吾师。'天真烂熳四字可概坡书矣。乃华亭谓其有信笔处，岂不甚学之过欤，抑过任天真即有是失耶？子昂天资绝世，望若神仙中人，其所传诸书，尊之者则称其直接晋人，诋之者至以有俗目之，果孰是乎？"这一讨论关乎书学的境界与功夫。在境界上追求"天真烂熳"，在学习上依然要下苦功。宋之苏轼、元之赵孟頫、明之董其昌皆有相应的书学境界和修身功夫。苏轼书学与宋人三教融合的思想相应，赵孟頫书学与元代理学思想相应，而董其昌书学则与明代心学有关，因此很难以不同时代之思想权衡之。

　　潘鼎云："米襄阳资学兼至，此中甘苦，实备尝之，宜其自负腕有羲之鬼也。乃学米者，鲜不失之于野，不善学之过欤？抑非初学所宜耶？王摩诘深于禅学，画与诗皆得力焉。董华亭志趣冲淡，顾亦究心内典，而其字乃极有禅悦之味。然辄疑华亭之美不在此也，细察其所为书，似能从宋唐而直追晋魏，唐诸大家之所有，华亭无不有也。书家真种子，其在兹否耶？"米芾天资过人，深谙魏晋笔法，他本人的书法八面出锋，姿态诡谲，初学者易流于刻意。潘鼎认为董其昌志趣冲淡，书法中透露出禅学修养，且董其昌的书法从唐宋直追魏晋，可谓集书学之大成者。潘鼎的思考非常有深度，也反映了当时人崇敬董其昌的原因。

潘鼎云："世人学书，多守一人法。某泛临诸家，见之者每以为病，果病耶？'结字因时相传，用笔千古不易'，子昂言之矣，是古无笔二枝也。世之言用笔者，每不忽于一撇一捺，其法皆可废欤？"这里讨论学习书法是专攻一家还是博采众长。正如潘鼎所言，很多人认为"泛临诸家"不妥。古代书家在初学阶段往往专攻一家，以便掌握笔法，之后往往追求通诸家而集大成。专攻与博采，视书学的不同境界而定，无根本矛盾。

以上这些问题都涉及潘鼎自身的书法实践。潘鼎的思考彰显了他在书学求索道路上的坚毅与艰辛。除了书法，潘鼎亦能刻印，他与"西泠八家"之一的赵之琛有深交。潘鼎认为"必多见汉人印及近古名手制作，默会旨趣，力追古雅，方为能事"，可见潘鼎在印学上的造诣不浅。

清代文献评价潘鼎"名一时，工画兰，尤为人所珍""工兰竹"。从温州博物馆藏《兰石图》、瑞安博物馆藏《幽兰图》和泰顺县博物馆藏《墨荷图》等作品来看，潘鼎的绘画以水墨兰竹为主，偶尔画白描菊花等。对于兰的展

清·潘鼎《兰石横卷》

现，潘鼎曾自题仿元代吴镇笔意，这说明他追求水墨氤氲而笔意浑厚的意趣。元代的郑思肖也经常出现潘鼎的笔下。说到郑思肖，我们自然会想起他笔下高逸的兰花。郑思肖因元人灭宋，所画兰花不著土，并在画上题跋"向来俯首问羲皇，汝是何人到此乡。未有画前开鼻孔，满天浮动古馨香"。潘鼎题诗应和："不求或与所南翁，下笔芬芳入袖笼。近日清飙满天地，几人鼻孔画前通。"潘鼎的题跋尽管没有家国的幽怨，但也体现出向往清远的文人风雅。潘鼎又题："昔闻所南翁，写兰兼荆棘。君子与小人，杂处不嫌逼。"在兰草中画上荆棘，既有笔墨表现的对比，也有君子小人的象征。君子如空谷幽兰，纵不为世人所知，也依然绽放，故而潘鼎常画兰自勉，正如他在《自题画兰》中所言："生长空谷，孤芳自知。有贤者之德，而不与俗宜。吁嗟兰兮予心悲"。他有时画兰勉励后辈，如"欲尔如兰秀，庭阶胜事重。根培春雨嫩，香发晓风浓。玉树穿云出，金心照石逢。谢玄佳语在，莫负老情钟"；有时画兰

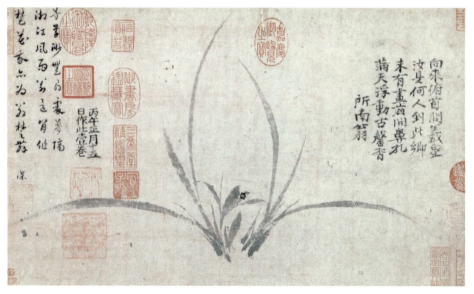

宋·郑思肖《墨兰图》 日本大阪市立美术馆藏

元·赵孟頫《兰花竹石图》　上海博物馆藏

表达对亲人的赞美，"小妹如兰秀，芳年怅子居。殷勤写清影，寄当大雷书"。有时潘鼎客居他乡，还会在寓所画兰以助清虚淡远之意。潘鼎的画作往往和其心境及所处的书斋、居室的意趣相应。

　　潘鼎生活的时代正是正统文人的绘画渐趋宫廷化的时期，这意味着四王画学整体的式微，个性张扬的扬州画派也已渐趋衰败，而所谓的"道咸画学中兴"尚未盛行。潘鼎既不具备宫廷绘画的格法深严，又无扬州八怪式的张扬笔墨，更不具有金石书画的苍劲浑朴，然而，当我们凝视这位山城文士的绘画时，却能感知到他那清远的文人画遗韵。"遇神情朗爽时，辄抽童年所习各经，高声诵之。当其牢骚抑郁，则以秃笔蘸墨，随意作竹数竿、兰数箭、石数拳，或取古人法书，纵笔临之。"潘鼎没有鬻画为生，诗文书画是这位山城文人性情的寄托，在神清气爽的时候诵读经文，清明静虑；在牢骚抑郁的时候以笔墨挥洒胸中块垒，作拳石兰竹直抒胸臆。端木国瑚在《潘彝长示湖北诗草》中称潘鼎"能以书法画兰竹"，道出了潘鼎绘画的书写性。笔墨书写是中国文人骨子里的文脉流淌与生命节奏，其诗书画交融，笔墨清远雅正，在物象书写中托物言志，在诗文题跋中蕴藏画外之意。潘鼎追求"画写物中态，诗传物外情"，这也正是宋元明以来苏轼、赵孟頫、董其昌所推崇的诗歌、书法与绘画相交融的文人画传统。显然，诗文是展现绘画精神与意境的前提，书法则为绘画提供了基本的笔法和结体模式。诗意性与书写性是文人画的双翼，这在诗书画兼修的潘鼎那里得到深刻的体现。

　　"虚怀幽契信相同，丝管春山听未终。左右清流又修竹，一生长领故人风。"先贤已远去，山城的春风、廊桥、清流依旧，在寂寥的历史画卷中，当我们展开这些墨兰图，依然可以看到潘鼎孜孜以求而又洒脱的身影。

翁志丹

癸卯冬月于胜缘堂

泰顺仙居桥

前　言

天才亮拔　博通道艺

一、生平交游

潘鼎，初名鹏，字程九；更名對，字小崑；再改名鼎，字彝长。乾隆四十年（1775）正月二十七日，生于泰顺县罗阳城东。祖父宏玺，恩贡生，候选教谕；父亲学地，弟尊、镐均是国学生。

潘鼎自幼聪明，被人称为神童。八岁时，其父慕庐月下小酌，命学吟，即有"影落酒杯里，手持万里天"之句。年仅十三即入县学，十五岁补廪生。

乾隆五十五年（1790），曾镛归里丁忧。其间，潘鼎从其读书，成为门下弟子。乾隆五十七年（1792）至嘉庆元年（1796），潘鼎赴杭州参加乡试、游学，广交文士，结识了瑞安林培厚，会稽莫晋，仁和钱林，丽水徐华西、姚苇舫、李石窗等朋友。他素有文物之好，凡购书籍、碑拓、印章、笔墨、文玩，皆不惜重金，日常生活却极其俭朴。

嘉庆二年（1797）春，潘鼎应东阳刘知县之邀，做过近两年的幕僚。嘉庆十三年（1808），他在杭州参加秋试，适从兄潘鹤峒病殁杭州寓所，亲视含殓，扶柩返乡。

潘鼎因诗文华丽名噪一时，然而他在科举上并不顺利，至嘉庆十五年（1810）三十六岁时才中副榜，授江苏直隶州州判职。嘉庆十七年（1812）十月，父病逝，潘鼎在家守制期间，掌教罗阳书院三年，造就后进，林鹗从其学。

嘉庆二十二年（1817），挚友林培厚出任重庆知府，邀潘鼎为幕僚，助其兴利除弊，政声斐然。其间，潘鼎一度执掌川东书院，成绩卓著，培养了如刘文焕、孟光弼等一批出类拔萃的人才。之后，林培厚调任湖北督粮道，潘鼎仍随之，匡助颇多。

嘉庆二十四年（1819），潘鼎与密友董斿自四川回杭州参加秋试，还乡后复主罗阳书院讲席五年。

道光五年（1825），潘鼎北上京都援例候铨。道光九年（1829），林培厚入觐述职，抵通州染疾不起，潘鼎自京师两度赶往通州，陪他度过最后时光，为他料理后事。在京都盘桓期间，潘鼎曾在军机大臣穆彰阿家中坐馆，深受其信任和赏识。后来，他又到直隶总督那彦成家中坐馆，担任其孙俭泉的老师，悉心教导，俭泉取得明显进步。道光十年（1830），皇帝欲改卜寿陵，那彦成听闻潘鼎通晓堪舆术，邀往易州择选陵址，并举荐好友端木国瑚。及陵址始定，效力者皆得授官，而潘鼎却接闻慈母病逝，出京千里奔丧，从此再无缘仕进。

道光十一年（1831），潘鼎再度充任罗阳书院山长，然多病不能督课，时以琴书诗画遣怀。道光十五年（1835）二月初六日，潘鼎病逝，享寿六十有一，私谥文敏。

二、书画精深

潘鼎博学多艺，精绘画、擅书法、能诗文、工笔札、会篆刻、通古琴、懂堪舆、善言辞，可以说是一位不折不扣的艺术通才。尤其在书法和绘画这两方面：书法集晋唐六朝之长，自成一家；擅长水墨写意，所画兰竹，得之宝贵。

潘鼎极具艺术天赋，从读书开始，对书画就情有独钟，"自束发受书，嗜好颇与俗殊"。他的书法从楷书入手，幼年由其父指导临习颜体，后渐转于行书，兼习篆隶。

在学习书法时，潘鼎提倡"师古"。所谓"师古"，不仅要学习古人笔墨，还要领会古人之心境。"漫论功力浅深，但下笔便须脱去凡近，此心果到古人前，此手自不落古人后，岂独书道哉。"潘鼎勤于思考，善于总结，"某质直且无师授，平居坐对笔砚，有思而未通，通而未信者，著之于纸，不下数十则"。潘鼎提出不拘泥于字的一笔一画，要顾及整体布局，"世之言用笔者，每不忽于一撇一捺，其法皆可废欤"。

几十年来，潘鼎遍临魏晋唐宋的名家墨迹。他博采王羲之、颜真卿、米芾、赵孟頫、董其昌诸家之长，博综融贯，把"二王"的俊秀流便、唐人的端重严谨和宋人的潇洒劲挺糅为一体，形成了自己雄秀流丽的风格。

后人评价潘鼎"书类张得天"。清刑部尚书张照（1691—1745），字得天，号泾南，书法天骨开张，气魄浑厚，兼能画兰、墨梅，疏花细蕊，极其秀雅。潘鼎虽在仕途上不如张照，但艺术成就与张照不分伯仲。

潘鼎有传世书法作品二十余幅，形式多样，有立轴、横卷、扇面、楹联，内容多为前人关于书法的论述和自撰的诗文、对联，字形严谨，用笔轻松，各臻其妙。其书一般不落年款，只落名款。多署"彝长潘鼎"或"彝长鼎"。

潘鼎不单在书法上造诣颇深，在绘画上亦卓有成就。他的绘画有苏轼、赵孟頫等人的风范，是纯粹的文人画。他将书法与绘画巧妙地融合在一起，"能以书法画兰竹"，以墨写意，给绘画增添了书写的意味。潘鼎善画梅兰竹石，尤善兰草，形神兼备，气韵生动。

潘鼎不但爱画兰，而且喜欢种兰，他在后院筑有近百平方米的兰圃，栽种了各式兰花。他将自己的书房取名"晤兰室"，将部分诗作辑成《晤兰室吟稿》，将书信集取名《晤兰室尺牍》。在赏兰、画兰的时候，他写下了近四十首题兰诗，如"持赠宜高士，吟诗属作家。今宵好明月，清影斗横斜""分香来笔下，送影到山家""一带春山寄怀抱，此时形迹惠风知"，从这些诗中可见他的清高和孤傲。

潘鼎还善画竹石、荷花，笔墨亦精绝。但无论画什么，均讲究经营位置，简洁洗练，尤其画与诗跋恰到好处，浑然天成，充分表现出高雅的文人情操与风度，"画写物中态，诗传物外情"，可谓心画合一。潘鼎的传世书画作品多以兰花为主，仅存十余幅。书画作品大多存于温州博物馆、瑞安博物馆和泰顺县博物馆。

温州博物馆藏《兰石图》，画中虽数丛兰花，数拳石，但把兰花的潇洒飘逸、石头的超逸孤傲结合在一起，堪称潘氏杰作。

瑞安博物馆藏《幽兰图》，两丛露根兰花，一上一下，互相呼应。潘鼎于兰花间自题七绝一首："虚怀幽契信相同，丝管春山听未终。左右清流又修竹，一生长领故人风。"整幅画着墨不重，运笔流畅而又婉转，把兰花的优雅气质勾画了出来。

泰顺县博物馆藏《墨荷图》，以墨色之深浅绘出荷叶的俯仰向背关系，荷叶间穿插两朵以淡墨勾勒的荷花，笔墨苍老，深而不腻，厚而无滞，画面意境空远、新奇动人。此画被定为三级文物。

潘鼎亦能刻，青年时尝镌"松亭""竹坡""梅溪"三石，自取"竹坡"，"松亭""梅溪"分赠好友董莳、曾璜，象征"岁寒三友"。潘鼎对篆刻有独到的见解："必多见汉人印，及近古名手制作，默会旨趣，力追古雅，方为能事。"潘鼎与赵之琛深交，其印"潘鼎""潘鼎私印""泰顺潘鼎彝长书画记"等，多半出自赵之琛之手。

潘鼎的书画作品颇受人喜爱，"石缘二兄见余尺牍而爱之，持纸属录数通""能诗、古文，工笔札，书法集晋唐六朝之长，自成一家，名重一时。水墨兰竹，得者宝贵"。一时间，上门索求书画者络绎不绝。对此，潘鼎总是有求必应，以致不堪重负。

古今书画专书对潘鼎的生平及书画艺术成就都有专门的介绍，择要如下：

清彭蕴璨著《历代画史汇传》："温州诸生。工兰竹。"

清蒋宝龄撰《墨林今话》："写兰石，墨气丰厚。书类张得天。"

清潘衍桐著《两浙輶轩续录》："生平博涉群书，善笔札，名一时，工画兰，尤为人所珍。"

民国李濬之编《清画家诗史》："嘉庆庚午副贡。工画兰。有《小丽农山馆诗钞》。"

1998 年版《浙江古今人物大辞典》："博览图籍，喜聚金石。善诗文，工书画。其书集晋唐六朝之长，自成一格，尤以水墨兰著称。作画题诗，画意深蕴，诗韵风雅，相得益彰。"

2007 年版《中国美术家大辞典》："生平喜聚金石，擅长书法、绘画，尤其善写兰石及竹，墨气丰厚，书法类似张照。与张衢友善，绘《六友图》。著《小丽农山馆诗钞》。"

三、诗文华瞻

潘鼎早慧，十八岁时诗文渐趋成熟，如首次赴杭乡试所作《渡钱唐登山望海》："昨夜桐江上，长风破浪来。帆随之字转，山到海门开。盘礴三千丈，琉璃一万堆。茫茫怀古意，更上越王台"，诗风清新淡远、自然脱俗，已具有很高的造诣。

潘鼎的诗歌作品内容丰富，艺术性强，做到"近而不浮，远而不尽，然后可以言韵外之致"，境界超远，余味无穷。学生林鹗评价潘鼎"诗以神韵胜，近体尤长"。

潘鼎的足迹遍及杭州、重庆、湖北、北京等地，所经之处，都留下不少的诗作。《百丈步别二弟彝仲》："欹枕寒灯梦不成，推衾还坐话残更。如何一夜清溪水，也作潺潺惜别声。"借助水声道出兄弟间依依惜别之情。《自钱唐一日至富阳城下》："江天划破木兰桡，一日邮程百二遥。得月水光浮作雾，近城人语响如潮。青罂酿玉难成酒，碧树依风好挂瓢。归计应无嫌太疾，故山麋鹿久相招。"描写游子归乡的迫切之情。

潘鼎交游甚广，和董正扬、林培厚、端木国瑚、林从炯等名士交往频繁，往来书札不断。《送端木鹤田》："乱红飞处有莺声，携手河桥问客程。正是江南三月暮，绿波时节送君行。"常以诗词书画酬友，好友张衢为其及端木国瑚、赵晋斋、金登园、董霞樵、林石笥六人绘成《六友图》。

潘鼎之诗现存四百二十首，《小丽农山馆诗钞》收入四百一十四首，遗补六首。作为一名诗人画家，题画诗占了四分之一。可惜潘鼎的诗多数散佚，在湖北任林培厚幕僚时，曾有《湖北诗草》一册，今已遗失。道光五年（1825）至卒，其人生最后十余年间，也无一诗留下。

潘鼎好笔札，文辞华美富丽，"为文以华瞻为主，诗亦如之"。其文章大多遗失，幸存《晤兰室尺牍》一册，收录书信二十七篇，另有遗补十三篇。当然潘鼎一生所写的书信，并非区区四十篇。民国邑贤翁栘曾集其家书长卷，请青田大儒刘燿东题跋："泰顺翁圣木自沪上寄示潘彝长先生家书长卷，属题其后。泰顺潘先生彝长，天才亮拔，博通道艺，由乡科副车，叙官州，以终其身，知者惜之。……匪特文墨可宝，辄其教子治家诸语，均可为后人法。……余藏先生嘉庆庚子行卷，经术湛深，才华横溢，乃不获显达于时，而独以书画之名传于后世，悲夫"。刘燿东在日记中表达了对潘鼎才华的赞扬之情和时运不济的惋惜之情，但此长卷现不知在何处。

四、成就成因

泰顺地处浙江南陲，世称岩疆。两宋三百多年间，共有八十九人考中进士，一百零六人考中诸科，可谓科甲兴盛，人才辈出，然而在书画艺术方面却鲜有名家。明清以来，士子为求干禄，书法多学横平竖直十分拘谨的馆阁体，缺乏生气；绘画亦属偏门，更是少人问津。潘鼎以画兰竹著称于世，是泰顺县首位在国内书画专书中有记载的书画家，他在书画艺术上取法弥高、笔调雅逸，展现了传统文人画的审美倾向和笔墨精髓。在他的书画作品中，诗书画合而为一，通过笔墨表现了其淡泊的生活态度和高雅的生活情趣，把泰顺书画艺术推上历史的高峰，给后人留下了学习的空间，有较高的研究价值。林鹗在诗文、书法、易学、琴学上受潘鼎指教，颇有建树，写下了《分疆录》《望山草堂诗钞》《望山草堂文集》《望山草堂琴学存书》《葬书易悟》等著作。后起之秀如潘自强、潘其祝、曾璧揩、彭维鼎、林毓材等，在书法、绘画、篆刻等方面受其影响，在各自的领域均取得了较高的成就。

潘鼎在书画艺术上能达到如此高的水准，有许多因素，除了个人的悟性和努力，还有三点：一是潘氏家族的文化氛围和财力，其家在罗阳是读书世家，其父博涉文史，善书法，尤精于榜书，为潘鼎走上书画艺术道路创造了良好的家庭环境。二是清乾嘉以来，泰顺文风逐渐复苏，出现了曾镛、董正扬、董斿、曾璜、周吾、董正揄等文士，他们或师或友，关系密切，为潘鼎走上艺术道路提供了优良的社会环境。三是广交朋友，潘鼎结识了端木国瑚、林培厚、项维仁、张衢、赵之琛、董云标、赵魏、林从炯、苏璠等一大批书画名家，他们交流频繁，在切磋中学习，取长补短，提高其艺术修养。

在整理和校注本书的过程中，因水平有限，会有些许疏漏，在此请读者予以指正。

翁晓互

甲辰春于罗阳

小丽农山馆诗钞

夏夜呈坐客

竹屋云归后，山亭客到初。况当凉意足，景物倍清虚。风逐蛙声急，月摇树影疏。吾生有幽兴，兹夕足相于。

【校注】

〖相于〗相厚；相亲近。汉焦赣《易林·蒙之巽》："患解忧除，皇母相于，与喜俱来，使我安居。"

中秋闻笛

见说中秋月，清光处处同。谁家吹玉笛，人在画楼中。

春　光

春光何处好，徒有向花心。欲访桃源路，蒙蒙烟雨深。

渡钱唐登山望海

昨夜桐江上，长风破浪来。帆随之字转，山到海门开。盘礴三千丈，琉璃一万堆。茫茫怀古意，更上越王台。

【校注】

〖钱唐〗即钱塘江。古称浙，全名浙江，又名折江、之江、罗刹江。钱塘江最早见名于《山海经》，因流经古钱塘县（今杭州）而得名。

〖桐江〗富春江的上游，即钱塘江流经桐庐县境内一段。唐陆龟蒙《钓车》："洛客见诗如有问，辗烟冲雨过桐江。"

〖海门〗又名鳖子门，为春秋至明时钱塘江入海口，在今杭州市萧山区东北坎山镇与赭山镇之间。

〖琉璃〗一种有色半透明的玉石，喻晶莹碧透之物，此喻碧波。

〖越王台〗浙江有两处。一处在今浙江绍兴种山，相传为春秋时越王勾践登临之处。另一处在萧山湘湖，相传当年勾践被夫差围困于此。从诗所描述的环境来看，指的应是后者。

乾隆五十七年（1792）春，作者十八岁，初次赴杭州参加乡试。本诗约作于此时。

梦　破

茶烟低拂簟文流，曲院风回雨乍收。梦破阑干槐影静，数声蝉噪夕阳秋。

【校注】

〖簟文〗亦作簟纹，即席纹。宋苏轼《南堂》："扫地焚香闭阁眠，簟纹如水帐如烟。"

葛林园

丹井知何处，梅花认此门。千年留胜迹，一亩拓祇园。顾我寻幽径，携朋住小轩。同周冠山下榻西轩。梵音空白昼，蝉韵寂黄昏。砌柏迎风老，池荷得雨喧。琴弦烦客理，时有客善琴。弈谱共僧论。寺僧能围棋。旧业抛书卷，新诗托酒樽。眠征湘簟稳，坐觉布衣尊。地自湖山美，人犹姓氏存。从容谈往事，卷石竟无言。

【校注】

〖葛林园〗在杭州西湖葛岭下，清代湖畔名园。

〖丹井〗炼丹取水的井。南朝梁江淹《杂体诗·效谢灵运〈游山〉》："乳窦既滴沥，丹井复寥沈。"

〖祇园〗"祇树给孤独园"的简称，梵文的意译。印度佛教圣地之一，后为佛寺的代称。唐白居易《题东武丘寺六韵》："香刹看非远，祇园入始深。"

〖周冠山〗里籍俟考，作者朋友。据曾镛《哭周冠山》诗，为泰顺生员。

〖湘簟〗湘竹编的席子。唐韦应物《横塘行》："玉盘的历矢白鱼，湘簟玲珑透象床。"

〖卷石〗如拳大之石。《礼记·中庸》："今夫山，一卷石之多，及其广大，草木生之。"

诗作于乾隆五十七年（1792）春夏间。

壬子省试报罢仍读书家塾

独向南山认敝庐，不才赢得俗情疏。梅花月落频搔首，一点寒灯自读书。

【校注】

〖省试〗唐宋时由尚书省礼部主持举行的考试，又称礼部试，后称会试。元代以后，分省举行考试，又称乡试。

〖报罢〗科举时代考试落第。清胡鸣玉《订讹杂录·报闻罢》："今人以落第为报罢。"

〖南山〗地址或在今泰顺县罗阳镇山交龙护寺附近。作者的先辈在南山建有别墅，作为家族子弟读书的场所。

诗作于乾隆五十七年（1792）冬。

春月感怀

南山有乔木，郁郁形不槁。其上迁流莺，求友音载好。走马欲何之，挥鞭垂杨道。道中无相知，道旁多青草。青草枯复生，夕阳终不老。嗟嗟我故人，不见心如捣。谓周冠山、张亦梁。

一卷山房漫兴

结宇平林外，悠然隔市阛。帘垂春昼永，花落午庭闲。书惯贪多读，诗难割爱删。课余仍寂静，坐对一卷山。

【校注】

〖一卷山房〗作者曾以"一卷山房"作为书斋和诗集的名称。

〖漫兴〗谓率意为诗，并不刻意求工。

〖悠然〗温州图书馆藏本（简称"温图本"）作"幽然"。

夜 饮

天风吹明月，倏忽下回廊。微凉阶下动，竹露清有光。移尊就明月，竹影来撑当。竹月俱不饮，抚景独彷徨。人生易晞露，行乐焉能长。年少不自惜，老大徒慌忙。劝竹复劝月，为予进一觞。月醉竹亦醉，予乃与之忘。清风在旁笑，无乃太疏狂。

【校注】

〖晞露〗日晒使露水蒸发，形容时间短暂。

〖无乃〗相当于"莫非""恐怕是"，表示委婉测度的语气。

小亭看梅

水精世界月轮通，叉手空明荡漾中。寒气扑人吟不得，梅花横影在亭东。

园林夜静稳栖鸦，萧瑟寒风拂袖斜。何处飘来一枝笛，也应愁杀树头花。

【校注】

〖叉手〗又作"抄手"。两手交叉放在胸前，为一种表示恭敬的姿势。

读书龙护寺

金阁焚香罢，无言独倚阑。人闲知昼永，地僻觉身安。酒到酣时足，山宜静处看。此中饶别趣，论与俗人难。

【校注】

〖龙护寺〗在泰顺县罗阳镇鹤联村山交自然村，是日本太初和尚于明洪武年间所建，俗称山交寺。此寺于 20 世纪五六十年代被毁。

重至龙护寺

叠嶂微凹处，林泉古寺开。白云知别久，迎我过山来。

龙护寺杂诗

树色参差草色齐，两山开处小桥低。黄莺似喜游人过，飞上花枝尽兴啼。

镇日柴门掩翠涛，人间流水自滔滔。春来却恐渔郎到，说与山僧莫种桃。

石塔荒凉古殿开，佛殿前有石塔。颓墙破壁长莓苔。桥头黑雾阑门入，知是前山雨欲来。

观音阁下最清幽，竹笕疏泉入屋流。一缕茶烟春又熟，满腔清意在诗喉。

云坞称名别院宜，当年墨渖忆淋漓。吾家绝胜风流事，公赠颜题我赠诗。寺别院名云坞，余高叔祖讳仲柏公题额。

谁家女伴最妖娴，偏欲烧香到此间。一带夕阳山下路，野花都插满头还。

寺前飞燕语支离，寺后田歌出陇迟。最是一年喧闹处，熟梅天气插田时。

乱峰堆里乱云堆，云自随风户自开。墙下忽闻花犬吠，料应有客过桥来。

前殿鸣钟响木鱼，角门轻隔竹帘疏。窗鸡似有逃禅悔，不听谭经听读书。

小雨初收枕簟清，牙签高插寂无声。流萤也感相怜意，飞过书窗分外明。

争名争利竞相夸，鼓吹谁听两部蛙。独有山僧偏解事，满池都种白荷花。

闻说龙潭六月凉，伏龙喷水敌人长。阿谁掣入天门去，谰语从来不可详。寺外里许，有龙潭，上流下注，浪花喷起高一二丈不等。土人云，其先有某，曾于此祷龙祈雨，遂挟龙入天门，龙飞，坠折肱。今寺旁犹存其像云。

秋风昨夜到园林，露冷墙根蟋蟀吟。诗思满怀人不识，半庭凉月下桐阴。

一条小瀑自天成，错落鲛珠散响清。林外风声檐外雨，夜来只是不分明。

光明螺髻象王容，浊酒清茶朔望供。一百八声吾亦解，小楼高处代敲钟。

欲唤山灵为解嘲，错将龙护作山交。郭公剩碣分明在，教与僧人细细抄。山交故地名，土人呼寺为山交，相沿已久，邑乘亦载焉。岁甲寅，予从家峰云伯读书其中，磨读寺后碑，始得之，碑款为始任邑令郭公显宗。

乍听山农槛外歌，担头挑得夕阳过。桥边忽值前村叟，笑问秋收各若何。

四山寥落树阴稀，风引闲云入座飞。佛阁鸣钟斋饭熟，月明照得一僧归。

两株古桧自青青，留得浓阴覆殿庭。更有万竿修竹好，也将清影拂疏棂。

莫把林园一例看，阑干独自倚清寒。山中好蕊都开遍，轮到梅花岁已阑。

闲行到处不通名，农父相看一笑迎。檐下儿童刚六岁，也能一例唤先生。

山交山下水粼粼，岸上荒蹊塞野榛。行到水穷山又曲，石边坐个钓鱼人。

村庄妇女也安贫，日日山头自采薪。一样光阴忙里过，买花斗草是何人。

乱山高下夕阳红，四五烟村约略同。自是王维描不得，新诗题上绿屏风。

【校注】

〖镇日〗整天，从早到晚。宋朱熹《邵武道中》："不惜容鬓凋，镇日长空饥。"

〖阑门入〗无凭证而擅自进入。《汉书·成帝纪》："阑入尚方掖门。"颜师古注引应劭曰："无符籍妄入宫曰阑。"

〖竹筧〗引水的长竹管。宋陆游《闭户》："地炉枯叶夜煨芋，竹筧寒泉晨灌蔬。"

〖墨渖〗犹墨迹。清昭梿《啸亭杂录·淳化帖》："惟大内所藏，系当日所赐毕士安者，篇帙完善，墨渖如新，成亲王曾见之。"

〖仲柏〗潘仲柏，字允殷，号甫庵，罗阳人，县学生员。

〖妖娴〗闲雅。

〖逃禅〗遁世而参禅。唐牟融《题寺壁》："闻道此中堪遁迹，肯容一榻学逃禅。"

〖两部蛙〗蛙鸣。《南齐书·孔稚珪传》："稚珪风韵清疏……门庭之内，草莱不剪，中有蛙鸣，或问之曰：'欲为陈蕃乎？'稚珪笑曰：'我以此当两部鼓吹，何必期效仲举。'"后以"两部鼓吹"指蛙鸣。宋戴复古《豫章巨浸呈陈幼度提干》："自成鼓吹喧朝夕，输与东湖两部蛙。"

〖谰语〗没有根据的话。《宋史·窦称传》："有家法，闺门敦睦，人无谰语。"

〖鲛珠〗神话传说中鲛人泪珠所化的珍珠。比喻雨珠、水珠。《洞冥记》："（吠勒国人）乘象入海底取宝，宿于鲛人之舍，得泪珠，则鲛所泣之珠也，亦曰泣珠。"

〖象王〗佛教语，象中之王。比喻佛或菩萨。

〖朔望〗朔日和望日。农历每月初一和十五。

〖一百八〗佛教习用之数。佛教认为人生的烦恼总共一百零八种，为尽除烦恼，故用此数。

〖郭公〗郭显宗，四川彭水人，监生。明景泰初知泰顺，为泰顺首任知县，开辟县治，疏通衢市，经始黉宫、神祠，定田赋，立均徭，课农桑，教生徒。德威并著，士民悦服。百姓为其塑像立碑，奉在学宫中祭祀。

〖峄云〗潘学邹，字希孟，号峄云，罗阳人。恩贡生，候选直隶州州判，生平好学问，通经史。

〖斗草〗又称斗百草，一种古代游戏。梁代宗懔《荆楚岁时记》："五月五日，谓之浴兰节。荆楚人并踏百草，又有斗百草之戏。"

诗作于乾隆五十九年甲寅（1794）。

大旱词

天宇真同十日磨，溪流无复荡微波。剧怜世上滂沱雨，只有三农眼底多。

漫将蛮语诉天知，释道官民拜跪随。我不诵经并念佛，只歌云汉八章诗。

满城清供接炉烟，此意终邀上帝怜。恼杀六街闲子弟，却将花果斗神筵。

沿途结伴集农人，粒食齐声诉苦辛。我不躬耕心也急，随班亦自拜龙神。

造物无心本至公，降灾原要万家同。年来米价知翔贵，忙杀持筹足谷翁。

【校注】

〖三农〗古谓居住在平地、山区、水泽三类地区的农民，后泛称农民。

〖云汉〗《诗经·大雅·荡之什》的一篇，是一首禳灾诗。全诗八章，每章十句。

〖清供〗清雅的供品。旧俗凡节日祭祀，用清香、鲜花、清蔬等作为供品。

〖翔贵〗物价上涨。《汉书·食货志上》："数横赋敛，民俞贫困。常苦枯旱，亡有平岁，谷贾翔贵。"

〖持筹〗手持算筹，多指理财或经商。

〖足谷翁〗富翁。宋孙光宪《北梦琐言》卷三："唐相国韦公宙，善治生……咸通初，除广州节度使，懿宗以番禺珠翠之地，垂贪泉之戒。京兆从容奏对曰：'江陵庄积谷尚有七千堆，固无所贪。'懿皇曰：'此可谓之足谷翁也。'"

莺

曲院沉沉曙色低，离迷花雾拥楼西。此中恐有佳人睡，掠过帘旌不敢啼。

【校注】

〖帘旌〗帘端所缀之布帛，泛指帘幕。

燕

呢喃絮语费商量，啄得春泥傍户翔。不是主人曾许借，为巢那便上高梁？

他乡落魄，归计逡巡，雨夜挑灯，凄然独坐，适见案头败絮，拾书四十字，投笔就枕，不自知其为歌为泣也。时寓杭之童乘寺

顾我何为者，皇然到此都。去家千里远，为客一身孤。旧事殊难说，斯时不可图。徘徊归未得，非是恋西湖。

【校注】

〖逡巡〗徘徊不进；滞留。《后汉书·隗嚣传》："舅犯谢罪文公，亦逡巡于河上。"李贤注："逡巡，不进也。"

〖童乘寺〗原在杭州清河坊，已圮。

〖皇然〗皇，通"惶"。惶恐貌。宋苏洵《上欧阳内翰书》："方其始也，入其中而惶然。"

〖难说〗温图本作"艰说"。

寓居古竹居闻钟

八月湖风冷扑襟，他乡天气异晴阴。净慈向晚敲钟急，犹是三峰寺里音。

【校注】

〖古竹居〗大约位于杭州转塘，现已无踪迹可寻。

〖净慈〗即净慈寺，位于杭州南屏山慧日峰下，西湖四大古刹之一。

〖三峰寺〗后晋天福年间（936—944）始建，原址坐落于泰顺县城关凤凰山左翼（今儒学底路）。嘉靖三十三年（1554）迁建罗阳太平桥东（址为今县府

大院）。此后多次修葺，面积为九千多平方米，建筑精巧，规模宏大。另据仙居《徐氏宗谱》，三峰寺建于宋开宝五年（972），其地原为水月庵基。

自 酌

自酌香醪慰苦辛，乡愁客感乱纷纷。云阴葛岭飞磷火，霜冷雷峰叫雁群。千里还家知有日，十年作赋竟无闻。传家笔砚分明在，肯向穷途取次焚？

【校注】

〖葛岭〗位于杭州西湖之北宝石山西面，道教名山胜地。相传东晋葛洪曾于此结庐修道炼丹，故而得名。

〖雷峰〗雷峰山，在杭州西湖南南屏山净慈寺前。明田汝成《西湖游览志·南山胜迹一》："雷峰者，南屏山之支脉也。"

内子遣伻来问近况，以诗答之

世事茫茫未足云，且将诗句答回文。人虽屡踬身还健，事到难图念已纷。银艾竟无腰下印，玉台空冷镜中云。相思倘记临岐语，堂上寒温莫倦勤。

【校注】

〖内子〗丈夫对妻子的通称。

〖遣伻〗派遣仆人。伻，仆人。明魏观《两浙寄子栗家书》："遣伻令远归，于汝还细说。"

〖屡踬〗屡次被东西绊倒。比喻事情不顺利，受挫折。

〖银艾〗银印和绿绶。绶用艾草染绿，故称绿绶为艾。汉制，吏秩比二千石以上皆银印绿绶。泛指高官。

〖玉台〗玉饰的镜台，镜台的美称。

西湖泛归寄董梅溪斿

款款清风澹澹云，三潭移棹刺波纹。堤边树暗分渔火，浦外沙明识鹭群。素月有情还照我，梅花无梦剧思君。来朝试向楼头望，多少幽怀寄水濆。

【校注】

〖董梅溪〗董斿（1775—1842），原名霖，字雨林，改名斿，字仲常，号梅溪，泰顺罗阳霞阳人。岁贡生，与作者关系甚笃。幼慧，书史过目成诵，屡试不第。历游浙、苏、鲁、湘、鄂、陕、滇、蜀等地，所到之处均与名流逸士会聚，唱酬咏和。曾任丽水莲城书院山长十年、罗阳书院山长三年。著有《太霞山馆文集》《太霞山馆诗钞》，并辑有《罗阳诗始》。

〖三潭〗三潭印月，杭州西湖十景之一，被誉为"西湖第一胜景"。

〖水濆〗水边。清唐孙华《上巳日同西土浩如及颐儿游淮云寺》："何处溯裙好，相携到水濆。"

六桥步月

映波桥下縠纹生，朗月随人照影行。多少西湖山下寺，净慈钟磬最分明。

里外湖光两片分，六桥低稳界春云。明朝准买西泠酒，一盏还浇苏小坟。

【校注】

〖六桥〗指苏堤映波、锁澜、望山、压堤、东浦、跨虹六桥，宋苏轼所建。

〖縠纹〗绉纱似的皱纹，常用以喻水的波纹。明杨慎《渡黑龙江时连雨水涨竟日乃济》："雨过添清气，风生爱縠纹。"

西　湖

芒鞋踏破六朝云，芳草迟迟又落曛。村女能知苏小墓，游人多上岳王坟。舟移柳色低歌扇，岸亚榴花妒舞裙。爱住西湖风景地，夜来菱唱快先闻。

【校注】

〖落曛〗日落时的余光。清王宾《江城子·清明》："一带斜曛归路，晚风料峭怯寒衣。"

〖亚〗通"压"。唐杜甫《入宅三首》："花亚欲移竹，鸟窥新卷帘。"

赴东阳刘尹幕留别林敏斋

难为孤客共飘流，谁复他乡念远游。鲍叔当年原谅管，王郎此去竟依刘。诗留岸柳春风恨，梦入江潮夜雨愁。何日相逢瓯海侧，一杯同醉谢公楼。

【校注】

〖刘尹〗姓刘的知县。查《东阳县志》，嘉庆二年（1797）前后无刘姓知县；乾隆五十六年（1791）至嘉庆六年（1801），有河南人刘成章任县丞。嘉庆二年（1797），或是东阳知县未到任，依惯例刘成章代知县。

〖林敏斋〗名培厚，字辉山，改字敏斋，今瑞安人。嘉庆十三年（1808）考取进士。曾任重庆知府、天津知府、湖北督粮道等职，颇有治声。著有《宝香山馆集》。林培厚出守重庆，邀潘鼎为幕僚，助其兴利除弊，政声斐然。道光九年（1829），林培厚在通州染疾不起，适潘鼎在京都候铨，两度赴通州代其办理公事，并为其办理后事。

〖鲍叔〗齐国内乱，管仲和鲍叔牙分道扬镳，各为其主，成了敌对的好友。鲍叔牙拥立公子小白登上君位，小白要抓管仲以解射钩之恨，鲍叔牙向公子小白建议，如想成就大业，管仲不可缺少。后公子小白采纳鲍叔牙的建议，拜管仲为相，鲍叔牙举贤不避亲，小白用贤不避敌，齐国的霸业由此奠基，管鲍之交成为千古美谈。

〖依刘〗《三国志·魏志·王粲传》："（王粲）年十七，司徒辟，诏除黄门侍郎，以西京扰乱，皆不就。乃之荆州依刘表。"后因以"依刘"谓投靠有权势者。此指诗人投靠刘尹充任幕僚。

〖谢公楼〗即温州池上楼，位于温州市鹿城区谢池巷，谢灵运出任永嘉太守时所建。

春　日

闲阶落日射苍苔，风暖晴窗八扇开。隔院杏花如有意，一枝横过短墙来。

【校注】

〖如〗好像。泰顺县图书馆藏本（简称"泰图本"）用朱笔改为"似"，若此，则三仄尾。

春　闺

把酒酹芳辰，临风细语频。春光且莫去，留待未归人。

【校注】

〖春闺〗女子的闺房。

东阳幕中却寄

空传投笔事封侯，贫贱难言已倦游。千里燕台储骏骨，两年秦客剩貂裘。笔中应惜能鸣雁，海上须怜不下沤。莫向穷途频刻责，仲宣诗句正生愁。

【校注】

〖倦游〗厌倦游宦生涯。《史记·司马相如列传》："长卿故倦游。"裴骃集解引郭璞曰："厌游宦也。"

〔燕台〕相传燕昭王筑台以招纳天下贤士，后作为君主或长官礼贤之典。

〔骏骨〕郭隗用买马作喻，劝燕昭王厚币以招贤，后喻杰出的人才。

〔剩貂裘〕指战国时苏秦入秦求仕，资用耗尽而归之事。《战国策·秦策一》："（苏秦）说秦王，书十上而说不行。黑貂之裘弊，黄金百斤尽，资用乏绝，去秦而归。嬴縢履跷，负书担囊，形容枯槁，面目犁黑，状有归色。"后指处境困顿。

〔能鸣雁〕喻有才者。《庄子·山木》："夫子出于山，舍于故人之家。故人喜，命竖子杀雁而烹之。竖子请曰：'其一能鸣，其一不能鸣，请奚杀？'主人曰：'杀不能鸣者。'"

〔不下沤〕沤，通"鸥"。鸥鸟不愿飞下来。比喻察觉他人将伤害自己，加倍防范。《列子·黄帝》："海上之人有好沤鸟者，每旦之海上，从沤鸟游，沤鸟之至者百住而不止。其父曰：'吾闻沤鸟皆从汝游，汝取来，吾玩之。'明日之海上，沤鸟舞而不下也。"

〔刻责〕严加责备；严格要求。《汉书·韩延寿》："或欺负之者，延寿痛自刻责。"

〔仲宣〕即汉末文学家王粲，字仲宣，建安七子之一。博学多识，文思敏捷，善诗赋，尤以《登楼赋》著称。

春 夜

重门深锁倍清幽，牢落春光满院愁。颇耐夜来眠不得，一枝花影上帘钩。

【校注】

〔牢落〕寥落，零落荒芜貌。唐罗邺《仆射陂晚望》："田园牢落东归晚，道路辛勤北去长。"

春 日

零乱图书散案头，竹帘如意坠双钩。东皇不管风和雨，并入春花一院愁。

【校注】

〖东皇〗指司春之神。

七夕寄内

惊看银汉影糊涂，千里谁怜客梦孤。侍女不知人意懒，促排瓜果拜黄姑。

【校注】

〖黄姑〗牵牛星。

月下闺意

碧天如鉴地如银，凉露无声湿坐茵。不是阿侬贪看月，为因照着远游人。

秋夜独坐寄怀曾宝镇、董雨林、家秉衡

独坐小堂深，天清万籁沉。剑光寒夜色，月影澹秋心。讲学依莲幕，吟诗寄竹林。故园风景好，归思托鸣琴。

【校注】

〖曾宝镇〗曾璜（1770—1801），字宝镇，号瘿甫，曾镛长子，泰顺罗阳人。廪生。颖敏好学，工诗文，著有《松亭遗草》。与作者、董正扬、董旂四人文采出众，关系甚好，有"罗阳四俊"之美称。

〖董雨林〗董旂。详注见《西湖泛归寄董梅溪旂》。

〖秉衡〗潘庭均（1777—1811），字秉衡，号酉生，泰顺罗阳人，府学生员。

〖莲幕〗《南史·庾杲之传》："（王俭）用杲之为卫将军长史。安陆侯萧缅与俭书曰：'盛府元僚，实难其选。庾景行泛渌水，依芙蓉，何其丽也。'时人以入俭府为莲花池，故缅书美之。"后称幕府为"莲幕"。此时潘鼎正在东阳县充当幕僚。

〖竹林〗三国魏正始年间（240—249），嵇康、阮籍、山涛、向秀、刘伶、王戎及阮咸七人，因常在当时的山阳县（今河南焦作修武县，可能为现今云台山一带）竹林之下，饮酒纵歌，肆意酣畅，世谓七贤，后与地名竹林合称。此代指曾璜、董旂、潘秉衡等好友。

自杭州返东阳舟中作

蓼草芦花水国秋，苎萝山下荡轻舟。那堪一夜猿声急，又入明朝客路愁。

【校注】

〖苎萝山〗在浙江诸暨市南，为西施出生地。赵晔《吴越春秋·勾践阴谋外传》："乃使相者国中，得苎萝山鬻薪之女曰西施、郑旦。"徐天祜注："《会稽志》：苎萝山在诸暨县南五里。"

闺中杂诗

小桃花树对妆楼，花上春风舞不休。吩咐侍儿下珠箔，免教红艳惹郎愁。

文房雅与绣房通，两点华灯相映红。郎织文章侬织锦，此中花样可相同。

风传漏箭点纱窗，夜半谭心对酒缸。不惜灯前回一顾，怜他人影也成双。

风诗懒唱硕人歌，顶上麒麟手自摩。若道生儿如得第，阿郎不及阿侬多。

琉璃窗下置郎当，案上钗钿列两行。一笑教看明镜里，有人学我试新妆。

斜红轻傅晓霞匀，鸳阁涂妆意自新。试取燕支调砚水，略分书味上朱唇。

一枝斑管约春葱，画得长蛾两笔工。莫把前山来比拟，阿侬眉样耻雷同。

小楼妆罢略徜徉，帘外风花裛细香。自爱一双蝴蝶好，学他颜色配衣裳。

小园三月作春游，环佩丁珰笑语柔。爱把花枝亲手折，与郎权当记书筹。

风台月榭最参差，宛转回廊引步迟。不觉自怜还自顾，荷花池上立多时。

百花亭里嫩风飘，亭外花开各自娇。薄怒一株青柳树，偷人眉意上柔条。

瓶花散影入清宵，坐拨朱弦隔绛绡。大好房中传别调，清风一曲念奴娇。

【校注】

〖侍儿〗使女；女婢。唐白居易《长恨歌》："侍儿扶起娇无力，始是新承恩泽时。"

〖漏箭〗漏壶的部件，上刻时辰度数，随水浮沉以计时。借指光阴。宋陆游《晨起》："夜润熏笼暖，灯残漏箭长。"

〖硕人〗美人。《诗·卫风·硕人》："硕人其颀，衣锦褧衣。"郑玄笺："硕，大也，言庄姜仪表长丽俊好，颀颀然。"

〖郎当〗器物名，用以洁净梳篦。

〖斜红〗指头上所戴的红花。南朝梁简文帝《艳歌篇十八韵》："分妆间浅靥，绕脸傅斜红。"

〖燕支〗即胭脂。燕支山，又称焉支山，在今甘肃山丹县，以盛产山丹花而得名，匈奴妇女以此花做胭脂以美容。匈奴失此山，曾作歌曰"失我燕支山，使我妇女无颜色"。

〖斑管〗毛笔。以斑竹为杆，故称斑管。

〖春葱〗比喻女子细嫩的手指。唐白居易《筝》："双眸剪秋水，十指剥春葱。"

〖长蛾〗妇女所画细长的眉毛。

〖风台〗敞露透风的台榭。

〖绛绡〗红色绡绢。绡为生丝织成的薄纱、细绢。宋李清照《采桑子》："绛绡缕薄冰肌莹，雪腻酥香。"

家临川兄寓书索字，纸尾自署曰市井中人，缘近日方卖药市口也。余目之不觉輾然，率占断句二章反寄之

大隐由来市上逃，公然名号亦尘嚣。始知爱住终南者，未若韩康卖药高。

梅仙市上称门卒，曼倩歌余叹陆沉。莫是胸中有邱壑，故将城市傲山林。

【校注】

〖临川〗潘明照（1762—1834），字临川，号瑶堂，泰顺罗阳人，廪生。

〖寓书〗寄信；传递书信。

〖輾然〗笑貌。《文选·左思〈吴都赋〉》："东吴王孙輾然而咍。"刘逵注："輾，大笑貌。"

〖大隐〗指身居朝市而志在玄远的人。晋王康琚《反招隐诗》："小隐隐陵薮，大隐隐朝市。"

〖终南〗终南山，位于陕西省境内秦岭山脉中段。唐卢藏用举进士，隐居终南山中，以翼征召，后果以高士名被召入仕，时人称之为随驾隐士。司马承祯尝被召，将还山，藏用指终南山曰："此中大有嘉处。"后因以"终南捷径"比喻谋求官职或名利的捷径。

〖韩康〗汉赵岐《三辅决录》："韩康，字伯休，京兆霸陵人也。常游名山，采药卖于长安市中，口不二价者三十余年。时有女子买药于康，怒康守价，乃曰：'公是韩伯休邪，乃不二价乎？'康叹曰：'我欲避名，今区区女子皆知有我，何用药为？'遂遁入霸陵山中。"后遂以"韩康"借指隐逸高士。亦泛指采药、卖药者。

〖梅仙〗梅福，字子真，汉九江郡寿春（今安徽寿县）人，官南昌尉。至元始中，王莽专政，福一朝弃妻子，去九江，传以为仙。其后，人有见福于会稽者，变名姓，为吴市门卒云。

〖曼倩〗东方朔（公元前154—前93），字曼倩，西汉平原厌次（今山东惠民）人。武帝时为太中大夫。性格诙谐滑稽。《史记·滑稽列传》："（东方）朔

行殿中，郎谓之曰：'人皆以先生为狂。'朔曰：'如朔等，所谓避世于朝廷间者也。古之人，乃避世于深山中。'时坐席中，酒酣，据地歌曰：'陆沉于俗，避世金马门。宫殿中可以避世全身，何必深山之中，蒿庐之下。'"

〖陆沉〗陆地无水而沉，比喻隐居。《庄子·则阳》："方且与世违，而不屑与之俱，是陆沉者也。"晋郭象注："人中隐者，譬无水而沉也。"

闲居书事

画桥东转碧溪头，家在罗峰第一流。_{溪名。}爱听鸟声多种树，贪看山色惯登楼。门无车马心先远，住有池塘趣便幽。若使班生知此意，不将铅管换封侯。

【校注】

〖罗峰〗在泰顺县罗阳镇东外三仙坪一带。民国《重修浙江通志稿》："（石林精舍）怪石嵯峨，亭榭清幽，为泰顺惟一风景区。"

〖班生〗班超（32—102），字仲升，东汉名将，扶风安陵（今陕西咸阳东北）人。班超不甘于为官府抄写文书，投笔从戎，随窦固出击北匈奴，又奉命出使西域，在三十一年的时间里，平定了西域五十多个国家。官至西域都护，封定远侯，世称"班定远"。

闺 词

缥缃坐拥似长城，药鼎茶铛伴短檠。底事到门偏不入，隔花悄立听书声。

【校注】

〖缥缃〗书卷。缥，淡青色；缃，浅黄色。古时常用淡青色、浅黄色的丝帛作书囊书衣，因指代书卷。元关汉卿《窦娥冤·楔子》："读尽缥缃万卷书，可怜贫杀马相如。"

〖短檠〗矮灯架，借指小灯。清纳兰性德《秋水·听雨》："依旧乱蛩声里，短檠明灭，怎教人睡。"

杜　门

杜门便合息交游，自有闲情寄一丘。墙矮只容山色入，池虚何碍月光留。事当过后多成悔，家到贫来少外求。独有名心消未得，夜深还上著书楼。

【校注】

〖杜门〗闭门。《史记·陈丞相世家》："陵怒，谢疾免，杜门竟不朝请。"

〖名心〗求功名之心。清李渔《风筝误·遣试》："老年最忌名心热，壮岁还愁宦念疏。"

偶　得

养犬养吠，养鸡养鸣。鸣吠匪时，憎恶随生。允矣君子，敬慎厥声。

【校注】

〖匪时〗不是时候。宋王子俊《淳熙内禅颂》："匪时匪今，振古之式。"

〖允矣君子〗意为他确实是正直的君子，一定能成就一番大业。《小雅·车攻》："允矣君子，展也大成。"

〖敬慎〗恭敬谨慎。明方孝孺《送伴读朱君之庆府序》："由义则安，蹈利则危。敬慎则获福，恣肆则致凶。"

宫　怨

自觉爱难忘，翻疑恩未绝。昨夜梦君王，犹赐同心结。

【校注】

〖君王〗温图本作"春王"，误。

爱　听

雾帐云屏影半欹，兰缸焰暗近床移。青纱枕半乌皮几，爱听钗声落鬓时。

【校注】

〖兰缸〗亦作兰釭。燃兰膏的灯，亦指精致的灯具。南朝齐王融《咏幔》："但愿置樽酒，兰釭当夜明。"

〖乌皮几〗乌羔皮裹饰的小几案，古人坐时用以靠身。

送曾宝镇之闽抚幕

琴囊剑匣每随身，千里还为入幕宾。我自归来君自去，可曾俱是不如人。去冬，予辞婺东幕，不赴。

鱼目由来易混珍，何妨赤水暂沉沦。遥知此去趋庭日，定有文章慰老亲。曾尊人复斋夫子在将乐。

默数交游似有因，不邀明月便三人。肯教一盏阳关酒，我与梅花自主宾。是日，为曾设伐山斋，董梅溪已在座，曾将辞不至，故并促之。

【校注】

〖幕宾〗幕僚或幕友。《晋书·郗超传》："谢安与王坦之尝诣温论事，温令超帐中卧听之，风动帐开，安笑曰：'郗生可谓入幕之宾矣！'"后以"幕宾"指官府参谋顾问人员，明清后亦以称幕友。

〖何妨〗温图本作"何堪"。

〖赤水〗古代神话传说中的水名。《庄子·天地》："黄帝游乎赤水之北，登乎昆仑之丘而南望，还归，遗其玄珠。"

〖复斋夫子〗曾镛，字在东，号鲸堂，晚号复斋，泰顺县罗阳镇三垟村人。潘鼎曾师从其读书。嘉庆十九年（1814），曾镛出任湖南省永州府东安县知县。居官清贫，在东安倡导清廉作风，有羊续之廉，治政有道，百姓安居乐业，被称颂为"曾青天"。著有《复斋文集》《复斋诗集》《复斋制义》等。

诗作于嘉庆五年（1800）。

董霞樵不识莺，作此调之

由来多识最为难，楚雀商庚总一般。也有羹汤医妒疾，岂无鼓吹入骚坛。衣拖柳色金还嫩，尾湿烟痕墨未干。底事诗人偏不识，寻常只作别禽看。

【校注】

〔董霞樵〕董斿，详注见《西湖泛归寄董梅溪斿》。

〔楚雀〕即黄鹂。《尔雅·释鸟》："鵹黄，楚雀。"南朝梁沈约《郊居赋》："其林鸟则翻泊颉颃，遗音下上，楚雀多名，流莺杂响。"

〔商庚〕鸟名，即仓庚。《大戴礼记·夏小正》："二月，有鸣仓庚。仓庚者，商庚也。"三国吴陆玑《毛诗草木鸟兽虫鱼疏·黄鸟于飞》："黄鸟，黄鹂留也，或谓之黄栗留。幽州人谓之黄莺，或谓之黄鸟，一名仓庚，一名商庚。"

〔羹汤医妒疾〕《红楼梦》第八十回"美香菱屈受贪夫棒，王道士胡诌妒妇方"，其中谈到贾宝玉到天齐庙里去烧香还愿，问庙中卖膏药的王道士："可有贴女人的妒病方子没有？"王道士说："贴妒的膏药倒没经过，倒有一种汤药或者可医"。叫做"'疗妒汤'：用极好的秋梨一个，二钱冰糖，一钱陈皮，水三碗，梨熟为度，每日清早吃这么一个梨，吃来吃去就好了。"

晨　起

晨起对花枝，无端增懊恼。不怨开时迟，惟嫌落时早。

涂明府过访，赠桃花十树，作此谢之

春耕劝罢过高车，装点青山又散花。石上丈人峰上女，一时齐拜使君嘉。

蚁舍蜗庐自一家，石开之字入门斜。关心令尹风流甚，不饷猪肝只饷花。

一溪回绕趁山斜，岭外遥看但落霞。似怕渔郎寻不得，门前为种十株花。

【校注】

〖涂明府〗涂大谟，湖南茶陵人，举人。嘉庆二年（1797）任泰顺知县。明府，明清时对知县的别称。

〖石上丈人〗又称石丈人，园林中的峭壁。

〖使君〗对州郡长官的尊称，此指知县涂大谟。唐张籍《苏州江岸留别乐天》："莫忘使君吟咏处，汝坟湖北武丘西。"

〖不饷猪肝〗指地方官爱才惜才。《后汉书·周黄徐姜等传序》："（闵仲叔）客居安邑。老病家贫，不能得肉，日买猪肝一片，屠者或不肯与，安邑令闻，敕吏常给焉。"

四月十九夜，梦得"水光轻带月，花影暗摇风"之句，起足成之

睡眼正朦胧，前檐漏未终。水光轻带月，花影暗摇风。趣易闲中得，诗难梦里工。好怀谁记取，笑遣笔头公。

【校注】

〖好怀〗好兴致。明高攀龙《夏日闲居》："顾此有好怀，酌酒遂陶然。"

〖笔头公〗唐韩休，字良士。头锐，时称笔头公。工文辞，举贤良方正科。累官工部尚书，迁太子少师。此指作诗之笔。

偶　感

智愚皆有过，独苦不自知。攻恶不攻己，毋乃近于痴。我见世间人，议论多差池。对面交相誉，反唇还相訾。听其所訾者，亦复各有宜。若更以反诘，彼此均无辞。大哉宣尼父，教人毋自欺。

【校注】

〖攻恶不攻己〗攻击别人的缺点，却不反省自己的缺点。《论语·颜渊》："子曰：……攻其恶，无攻人之恶。"

〖相訾〗相互诋毁、非议。《元史·李德辉传》："况复军政不一，相訾纷纷，朝夕败矣，岂能成功哉！"

〖宣尼父〗孔子。《大学》："所谓诚其意者，毋自欺也，如恶恶臭，如好好色，此之谓自谦，故君子必慎其独也。"

永嘉舟次送汪东村先生归嘉禾

胜遇何心阻渡航，万山堆里束轻装。摇鞭倘入天台去，好向桃花问阮郎。时上流发蛟，江潮倒却，先生舍舟而徒。

细雨人间也洗车，鸳鸯湖上鹊声哗。归程数过钱唐后，吉庆花开恰到家。

【校注】

〖汪东村〗嘉兴人，生平无考。

〖嘉禾〗旧时浙江嘉兴府的别称。

〖胜遇〗古代传说中的鸟，样子像翟鸟，红色，叫声像鹿鸣，是发洪水的征兆。

〖阮郎〗永平五年（62），会稽郡剡县刘晨、阮肇共入天台山采药，遇两丽质仙女，被邀至家中，并招为婿。阮郎本指阮肇，后亦借指与丽人结缘之男子。唐刘长卿《过白鹤观寻岑秀才不遇》："应向桃源里，教他唤阮郎。"

〖发蛟〗指发大水。蛟是古代传说中的一种龙，能兴云雨，发洪水。

〖鸳鸯湖〗即嘉兴南湖。

〖吉庆花〗古代七夕乞巧用的连理五彩绢花。唐张泌《妆楼记·吉庆花》："薛瑶英于七月七日，令诸婢共剪轻彩，作连理花千余朵，以阳起石染之。当午，散于庭中，随风而上，遍空中如五色云霞，久之方没，谓之渡河吉庆花，借以乞巧。"

赵校书席上调汪白榆

天台山下暂居停，两字平安报小青。汪断弦未续，闻内惟一小星。珍重一言传不得，自持卮酒劝双星。时汪有纪纲在侧，赵请饮以酒，嘱归勿以白如夫人，汪喜而亲赐卮酒焉。

【校注】

〖赵校书〗赵姓妓女。唐胡曾《赠薛涛》："万里桥边女校书，枇杷花下闭门居。"薛涛，蜀中能诗文的名妓，时称女校书。后以"女校书"为妓女的雅称。

〖汪白榆〗生平里籍无考。

〖小青〗年青的婢女。《诗经·召南·小星序》："小星，惠及下也。夫人无妒忌之行，惠及贱妾。"后以"小星"为妾的代称。

〖双星〗指牵牛星、织女星，神话中一对恩爱的夫妻。

〖纪纲〗统领仆隶之人，后泛指仆人。《左传·僖公二十四年》："秦伯送卫于晋三千人，实纪纲之仆。"

送　春

搔首问东皇，归鞭何太遽。流莺最恼人，犹立花开处。

伤　春

白夹春衫试软风，夕阳门外住花骢。司勋无限伤春意，都在湖州绿树中。

【校注】

〖白夹〗白色夹衣。借指无功名的士人。

〖花骢〗即五花马。一说唐人喜将骏马鬃毛修剪成瓣以为饰，分成五瓣者，称"五花马"，亦称"五花"。另一说，"五花马，谓马之毛色作五花文者。"

〖司勋〗即杜牧，晚唐时期诗人、散文家，曾于唐宣宗大中二年（848）入朝为司勋员外郎，故称杜司勋。传说，杜牧青年时游湖州，识一民女，年十余岁，杜牧与其母相约过十年来娶。十四年后，杜牧出任湖州刺史，女子已嫁人三年，生二子。杜牧感叹其事，作《叹花》："自是寻春去较迟，不须惆怅怨芳时。狂风落尽深红色，绿叶成阴子满枝。"

闻莺有感寄董雨林

晓树蒙蒙宿雾沉，羽衣熠耀湿黄金。幽闺有梦毋调舌，俗耳难医慎下针。共讶趋时成故事，孰怜求友是初心。就中稍喜双柑客，还向枝头问好音。

【校注】

〖熠耀〗光彩；鲜明。《诗经·豳风·东山》："仓庚于飞，熠耀其羽。"

〖俗耳难医慎下针〗出自"俗耳针砭"，指医治庸俗的听觉而使之高雅。唐冯贽《云仙杂记》卷二："戴颙春携双柑、斗酒，人问何之，曰：'往听鹂声。此俗耳针砭，诗肠鼓吹，汝知之乎？'"俗耳，听惯尘世之声的耳朵。

闺　词

乱红深处有书城，燕语莺歌闹不清。为语旁人莫喧聒，分明风送读书声。

东西试把角门扃，更唤凉风到后庭。新制轻纱小团扇，黄昏准备扑流萤。

【校注】

〖书城〗书籍环列如城，言其多。明陈继儒《太平清话·卷二》："宋政和时，都下李德茂环集坟籍，名曰书城。"

〖喧聒〗闹声刺耳。清袁枚《新齐谐·顾尧年》："病者曰：'外有钱塘袁某官喧聒于门，我怖之不能去。'"

落　花

河阳城在百花中，树上花开不见红。三月飘残刚我到，半生零落与君同。台前云雨香初歇，塞上琵琶曲未终。无限铅华销散处，数枝含怨在墙东。

小楼一望雨蒙蒙，憔悴花容寂寞中。衔去软随莺嘴湿，踏来低衬马蹄红。人归昆莫盟难悔，赋到长门语易工。仔细思量缘底事，始终惭负是春风。

东风非复旧因缘，独对时光泣暮烟。无可奈何前夜雨，谁能遣此夕阳天。春归坐下情难舍，梦触篱根恨不捐。今日且从红紫外，看谁同病最相怜。

胡为尔独在泥中，旧日秾华一瞬空。漫说天心非草草，转怜别意太匆匆。香魂散处犹为雨，薄命生来不在风。回语园林后来者，开花好趁夕阳红。

亦有开花一片心，偶经风雨便沉沦。轻身肯自随流水，芳意何因赠美人。画好漫传神外影，月明深惜梦中春。可怜三月繁华甚，辜负韶光是此辰。

似共东皇说故恩，一回低首又无言。隋家近日多新彩，崔姓前年有旧幡。粉蝶去时初过雨，金莺啼罢未开门。黄昏最是伤心处，影到空阶月一痕。

弄日倚风事总差，回头只觉费咨嗟。同心已托沾泥絮，别梦还缠浸水霞。街巷客来初扫径，城门人到恰啼鸦。如今领略春风意，低亚墙边莫放花。

升沉到处总无常，似尔何心恨独长。飞落泥涂原是命，开逢风雨不成妆。明珠漫自迎梁女，破镜何应付乐昌。如此年华如此度，教人怎不问苍苍。

【校注】

〔河阳〕古地名，在今河南省孟县西。晋潘岳曾任河阳县令，种桃李花，人号曰河阳一县花。

〔昆莫〕亦作昆弥。汉时乌孙王的名号，犹匈奴之单于。汉武帝把细君公主下嫁给乌孙国王昆莫，以和亲方式结盟，共同对付匈奴。《汉书·西域传下·乌孙国》："昆莫，王号也，名猎骄靡，后书'昆弥'云。"

〔非复〕不再是。唐李华《长门怨》："自惊罗带缓，非复旧来心。"

〔天心〕犹天意。

〔隋家〕即隋堤柳。隋炀帝时沿通济渠、邗沟河岸所植的柳树。宋刘弇《清平乐》："东风依旧，著意隋堤柳。"

〔崔姓〕崔护，字殷功，唐博陵人。传清明独游都城南，至一村居求饮，有女子启扉奉以盂水，独倚小桃柯伫立，意属甚厚。及来岁清明再往寻之，门庭如故而户扃锁矣，因题诗于其左扉："去年今日此门中，人面桃花相映红。人面不知何处去，桃花依旧笑春风。"

〔梁女〕梁绿珠，西晋白州博白县人。太康年间，石崇为交趾采访时，途经博白地，惊慕绿珠美貌，用三斛明珠聘为妾，并在皇都洛阳建造金谷园，内筑百丈高楼，以慰绿珠思乡之愁。

〖破镜何应付乐昌〗以"乐昌破镜"喻夫妻离散或决裂后重又团聚或和好。

〖沾泥絮〗沾泥的柳絮不再飘飞。比喻心情沉寂，不复波动。

〖苍苍〗指天。汉蔡琰《胡笳十八拍》："泣血仰头兮诉苍苍，胡为生兮独罹此殃。"

萤

小院凉初动，流萤几个辉。徐窥云母幌，轻拂美人衣。有意随风引，何心背月飞。短墙空缺处，过影尚依稀。

【校注】

〖云母〗即云母竹。《初学纪·广志》："云母竹，大竹也。"

辛酉秋八月初十日，曾宝镇病殁于寓，余时亦方膺危疾，死生未卜，忽见良朋凋丧，泪渍床席，不知所为。于其殡也，占断句哭之

生死频惊此处分，空从床上泣芝焚。可怜咫尺堂前地，不得凭棺一恸君。

【校注】

〖芝焚〗芝残蕙焚。比喻贤德者亡逝或遭贬谪。《南史·刘峻传》："敬通虽芝残蕙焚，终填沟壑，而为名贤所慕。"宋王安石《次韵陆定远以谪往来求诗》：

"牢落何由共一樽，相望空复叹芝焚。"

诗作于嘉庆辛酉年（1801）八月。

八月廿一日，曾宝镇柩出杭州，时余病犹未愈也

遥望江头酹一觞，灵辀此日出钱唐。九原有觉应怜我，病骨然犹滞一方。

【校注】

〖灵辀〗丧车。清谭嗣同《湘痕词》："灵辀轧轧鸣，送子入山道。"

八月廿九，余扶病渡钱唐江，感亡友曾宝镇之殁，赋诗纪痛

秋风飒飒一帆飞，两岸青山散落晖。怅触钱唐江上水，载人同去不同归。

【校注】

〖怅触〗感触。清赵翼《青山庄歌》："我闻此语心怅触，信有兴衰如转毂。"

十月望后，曾宝镇柩归里门，往哭其灵

私题两字上名旌，素旐飘摇雪满庭。君长于余才五岁，未应今日哭君灵。

回忆前言足黯然，故人今已隔重泉。平生万事随人后，一死如何到占先。曾常自言平生万事皆随人后，意谓功名、子嗣也。

【校注】

〖名旌〗铭旌或明旌。竖在灵柩前标志死者官职和姓名的旗幡，多用绛帛粉书死者的姓名、官衔、谥号等。

〖素旐〗导引灵柩的白色魂幡。明凌义渠《邺中诗》："素旐单车行路哭，投笺解绶老臣忙。"

闻曾宝镇遗腹生女

悠悠天道信难推，殃庆何因反报施。我说苏瑰应有子，谁知伯道竟无儿。雌风预入江船梦，余于永嘉舟次，梦至宝镇家，其小婢白余曰："主母顷已就蓐，生盖女也。"余掩耳疾走归，向家人恸哭，谓天道无知。晨起登岸，过复斋夫子，以梦告，夫子即法然泣下，余以梦恶应善解之。后余先至家，闻果于是日，遗腹生一女，亦一奇也。薤露空余陌路悲。他日登堂人感旧，典型可惜对文姬。

【校注】

〖殃庆〗祸殃与福庆。

〖报施〗报应。《左传·僖公二十四年》："报者倦矣，施者未厌。"后以报施谓报答，赐予。

〖苏瑰〗字昌容，雍州武功（今陕西武功）人。唐中宗曾经召见同任宰相的苏瑰之子苏颋、李峤之子进见。唐中宗道："尔宜记所通书言之。"苏颋说："木从绳则正，后从谏则圣。"李峤之子说："斫朝涉之胫，剖贤人之心。"皇上感叹道："苏瑰有子，李峤无儿。"

〖伯道〗晋邓攸，字伯道。永嘉末，因避石勒兵乱，携子侄逃难，途中屡遇险，恐难两全，乃弃去己子，保全侄儿，后终无子。《世说新语·赏誉》："谢太傅重邓仆射，常言：'天地无知，使伯道无儿。'"后用作"善人无子"之典。

〖雌风〗卑恶之风。

〖复斋夫子〗曾镛。详注见《送曾宝镇之闽抚幕》。

〖泫然〗流泪貌，亦指流泪。《礼记·檀弓上》："孔子泫然流涕曰：'吾闻之，古不修墓。'"

〖薤露〗乐府相和曲名，古代的挽歌。

〖文姬〗蔡琰，字文姬，陈留郡围县（今河南省杞县）人。

闺　词

红裙新试薄罗轻，自拣花蹊曲处行。忙杀侍儿寻不得，绿杨阴下听流莺。

【校注】

〖薄罗〗薄的丝织品。温图本作"旧罗"，误。

自题画兰

生长空谷，孤芳自知。有贤者之德，而不与俗宜。吁嗟兰兮予心悲。

仿梅花道人笔意，作蕙兰花赠周处士天拱，并系以诗

昨夜秋风里，兰开几朵花。分香来笔下，送影到山家。契本同心托，图仍世爱夸。左方题短韵，淡墨任欹斜。

蕙本称兰族，图成意共夸。在山非小草，此法本梅花。持赠宜高士，吟诗属作家。今宵好明月，清影斗横斜。

【校注】

〖梅花道人〗吴镇，字仲圭，号梅花道人，元嘉兴人。工词翰，善画山水竹石，每题诗其上，时人号为"三绝"。

〖周天拱〗周吾，谱名天拱，字在枢，又字子台，号颣翁，善读书，工诗。中年，辟别业灵山草堂于上察溪，课耕自娱。作品有《灵山草堂集》。

〖图仍〗温图本作"图承"。

壬戌秋末取道下洪至秀村途中杂兴

一曲清溪镜面平，绿杨堤上散丝轻。黄昏月色明如水，应有幽人把钓行。

独立苍茫意渺然，烟岚高下夕阳边。山川可惜开形势，寂寂于今五百年。

滄滄秋山似浪铺，夕阳林外闪归乌。杉皮屋子青苔径，便是倪家好画图。"杉皮屋子青苔径"本渔洋题沈客子《林屋幽居图》句。吾泰依山而居者，多用杉皮盖屋，故借用之。

三重高澡最凌兢，两字如何刻马灯。比似绛州传碧落，者番辜负李阳冰。出下洪有岭甚峻，名三重澡，予度此，瞥见路旁石壁有字大如掌，急下舆读之，乃"马灯"二字，不觉骇然久之。

【校注】

〖 下洪 〗今泰顺县罗阳镇下洪村。

〖 秀村 〗即筱村，泰顺县筱村镇东洋、长洋、新楼、竹园一带的统称。

〖 杂兴 〗有感而发，随事吟咏的诗篇。

〖 归乌 〗温图本作"归鸦"，误。

〖 倪家 〗倪瓒，初名珽，字元镇，号云林子、幻霞子、荆蛮民、经锄隐者，元代无锡人。书画名家，善水墨山水，逸笔草草，清远萧疏，对明清两代的文人画影响甚大。

〖 渔洋 〗王士禛，号渔洋山人，人称"王渔洋"，山东桓台人，清初杰出诗人。

〖 沈客子 〗沈季友，字客子，浙江平湖人，康熙二十六年（1687）副贡生。作品有《携李诗系》《学古堂诗集》。

〖 凌兢 〗亦作凌竞，战栗、恐惧的样子。宋王安石《九井》："飞虫凌兢走兽骇，霜雪夏落雷冬鸣。"

〖 碧落 〗唐碑名，在今山西省新绛县龙兴宫。唐韦绚《刘宾客嘉话录》："绛州《碧落碑》文乃高祖子韩王元嘉四男为先妃所制，陈惟玉书。今不知者皆妄有指说。"宋欧阳修《六一题跋》："有《碧落碑》，在绛州龙兴宫，宫有碧落尊像，篆文刻其背，故世传为《碧落碑》。据李璿之以为陈惟玉书，李汉以为黄公撰书，未知孰是。"

诗作于嘉庆七年（1802）秋末。

水　边

水边风日最媗妍，鬓影钗光上画船。正是婴春好时节，桃花如锦柳如烟。

【校注】

〖婴春〗春光和煦。清郭则沄《瑞鹤仙·戊辰九日宰堵冈登高，用梦窗韵》："婴春觞阔，泛月槎空，暗尘催老。"

〖如锦〗温图本作"如景"，误抄。

客中书事

曈曈晓日上窗纱，三月江城暖意加。才过清明能几日，隔墙人唤卖红花。

闲坐清厢日又西，半帘花气扑人低。窗前一个画眉鸟，也学吟诗自在啼。

【校注】

〖曈曈〗日初出，渐明貌。唐卢纶《腊日观咸宁王部曲娑勒擒豹歌》："山头曈曈日将出，山下猎围照初日。"

送端木鹤田

乱红飞处有莺声，携手河桥问客程。正是江南三月暮，绿波时节送君行。

江头斜日去帆低，翠霭苍烟一望迷。惟有离心似潮水，随君一宿上温溪。

【校注】

〖端木鹤田〗名国瑚（1773—1837），字子彝，号鹤田，晚号太鹤山人，青田人。嘉庆三年（1798）举人，任归安教谕十五年。以通堪舆之术，道光十年（1830）被召卜寿陵，特授内阁中书。道光十三年（1833）中进士，仍就原官。作品有《太鹤山人诗集》《太鹤山人文集》《周易指》《周易葬说》《地理元文注》。与潘鼎、董正扬、董斿、董廷对等交游甚密，曾住石林精舍。

〖温溪〗位于丽水市青田县东部，瓯江下游，原属永嘉，文成建县时划归青田。据记载，旧时温溪名安溪，因土话中"安"和"温"相同，加之靠近温州，故改称"温溪"。

一月风吹过

一月风吹过，春归唤奈何。红花与颜色，同此惜蹉跎。

一月风吹过，铅华暗自悲。傍人浑未解，说与落花知。

送曾复斋夫子赴汤溪学博任

为怜此去意何如，万轴牙签押笋舆。无计避愁还作宦，有心传后漫藏书。全家夜月萦乡梦，一路秋风上客裾。他日呱呱听泣罢，殷勤莫恋一双鱼。

底事临岐独惨神，十年师弟最相亲。青山计别盈千里，白首关心近六旬。事若可为犹未老，官虽独冷暂医贫。及身定讫千秋业，应有遗书付后人。

果是乾坤不负身，英豪自惜有艰辛。著书正是穷愁日，作宦原非爱热人。今古文章憎达命，朝廷风教重儒臣。此行会趁风云上，岂独名山事业新。

【校注】

〖汤溪〗县名，地处金华西部。明成化七年（1471）置县。1958年，汤溪县除衢州以北的两个乡划归兰溪县以外，其余并入金华县。

〖学博〗唐制，府郡置经学博士各一人，掌以五经教授学生。后泛称学官为学博。

〖万轴牙签〗形容藏书非常多。唐韩愈《送诸葛觉往随州读书》："邺侯家多书，插架三万轴。一一悬牙签，新若手未触。"温图本作"景轴牙签"，误抄。

〖笋舆〗竹舆，竹轿。

〖呱呱〗象声词，借指婴儿。此指曾镛老来得子。清徐芳《奇女子传》："妾，妇人，安能远出？必易服，往还且数月，而此呱呱何堪久掷？"

〖双鱼〗书信。

〖师弟〗老师和弟子。作者曾在罗阳书院师从曾镛读书。

〖自惜〗泰图本作"自昔"。

〖达命〗命达，命运通达之意。唐杜甫《天末怀李白》："文章憎命达。"

〖会趁风云〗君臣际会，亦泛指际遇。汉王粲《诗》："遭遇风云会，托身鸾凤间。"

〖名山事业〗藏之名山的事业，指不朽的著述。

嘉庆七年（1802）秋，曾镛出任汤溪县教谕，作者作诗送之。

再送曾复斋师

夫子何为者，栖栖又出门。一官殊未热，吾道颇称尊。旧业留书卷，离情付酒樽。他年趋讲席，文字定重论。

欲别浑无语，巾车已在门。辞家逢老岁，揽辔趁朝暾。岭外千峰远，桥边万树昏。长亭莫回首，此地最销魂。

【校注】

〖栖栖〗忙碌不安貌。《诗经·小雅·六月》："六月栖栖，戎车既饬。"

〖朝暾〗初升的太阳，亦指早晨的阳光。

次妹有幽静之德，适林氏一岁而寡，心甚伤之。癸亥秋寄素绫乞画，为写兰竹石三种，并题五截句归之

空谷有佳人，天然贵标格。雅伴结修篁，素心托拳石。

清极品自卓，静来香更真。黄磁与绮石，何处着纤尘。

十步香风接，兰芽出意长。可怜深谷里，独自赏孤芳。

尔室暗生香，咫尺即空谷。相赏澹忘言，同心契幽独。

小妹如兰秀，芳年怅孑居。殷勤写清影，寄当大雷书。

【校注】

〖次妹〗嫁泰顺县筱村东洋林开煜秀才。

〖标格〗风范，风度。

〖黄磁〗黄色瓷器。唐冯贽《记事珠》："王维以黄磁斗贮兰蕙，养以绮石，累年弥盛。"

〖大雷书〗即家书。南朝宋鲍照《登大雷岸与妹书》："吾自发寒雨，全行日少。加秋潦浩汗，山溪猥至，渡沂无边，险境游历，栈石星饭，结荷水宿，旅客辛贫，波路壮阔。始以今日食时仅及大雷。"

诗作于嘉庆八年（1803）秋。

为周琛山画荷花横卷，系之以诗

周君封题麦光纸一束，乞画牡丹兼修竹。牡丹浓肥富贵花，腻紫娇红姿太俗。此君品格岂不高，可惜千年子献属。先时嵇阮会七贤，林下不曾有茂叔。茂叔生性爱莲花，红云明镜夸不足。君于濂溪为后人，爱莲一说早应读。我曾乘兴访林屋，杀鸡为黍记留宿。墙阴隙地遍栽花，独少清池散湖目。林家之梅陶家菊，高士名花两不辱。此趣如何数典忘，家风千载宜私淑。兴来拈管为君图，画破镜湖烟一角。麝煤细绉生涟漪，笔花斜坼迸芳郁。叶公好伪亦通神，对此奚啻出波绿。灵山风月浩无边，_{周所居曰灵山草堂。}看花况称_{去声}。人如玉。

【校注】

〖周琛山〗即周吾，详见《仿梅花道人笔意，作蕙兰花赠周处士天拱，并系以诗》。

〖麦光纸〗宋苏轼《和人求笔迹》："麦光铺几净无瑕，入夜青灯照眼花。"赵次公注："麦光，纸名，盖南中竹纸之流。"冯应榴注引《一统志》："徽州府歙县龙须山出纸，有麦光、白滑、水翼、凝霜之名。"

〖此君〗竹的代称。《晋书·王徽之传》："尝寄居空宅中，便令种竹。或问其故，徽之但啸咏指竹曰：'何可一日无此君耶？'"

〖七贤〗即竹林七贤，指魏晋时嵇康、阮籍、山涛、向秀、刘伶、阮咸、王戎七位名士。

〖茂叔〗周敦颐（1017—1073），本名敦实，字茂叔，号濂溪，宋道州营道人。精于《易》学，喜谈名理，道学创始人。作品有《周子全书》。

〖湖目〗莲子的异名。

〖林家之梅陶家菊〗宋林逋爱梅成癖，二十年不出孤山，终身与梅鹤为伴，有"梅妻鹤子"的雅称。晋陶潜归隐田园，独爱菊花，故称"陶家菊"。

〖私淑〗私下敬仰但未得到某人的亲身传授。《孟子·离娄下》："予未得为孔子徒也，予私淑诸人也。"

〖麝煤〗麝墨，即含有麝香的墨，后泛指名贵的香墨。唐王勃《秋日饯别序》："研精麝墨，运思龙章。"

〖细绉〗指画法。"绉"同"皱"。

〖笔花〗即笔生花。相传李白少时，梦见所用笔头上生花，后来文采横溢，名闻天下。

〖叶公〗沈诸梁，芈姓，沈尹氏，名诸梁，字子高。春秋末期楚国军事家、政治家。封地在叶邑（今河南叶县），自称叶公。

〖奚啻〗亦作奚翅。何止；岂但。

送沈兰初六绝句

一枝画笔辟鸿蒙，六尺屏风泼墨工。留得启南家法在，仙山楼阁有无中。兰初善画，尤工为楼台、亭榭。《石田翁仙山楼阁图》绝妙一时，兰初于此不无家法也。

画谱曾传十竹斋，兰香蕙秀品还偕。何当借共离骚读，一月芳馨在袖怀。惠示《十竹斋兰谱》，借留一月。

玉山终日坐壶觞，幕卷芙蓉拥软香。谁识郗生饶借箸，又推余技到三苍。兰初善饮，尝于醉后以箸作书见饷。

白沙茅笔擅纵横，异想还输用挟争。我欲为君添四友，千年陶荻与任荆。

缪篆兼通大小源，雕虫妙技恰专门。王晁姜赵当时体，古法凭谁恣讨论。工铁笔。

玉印牙章手白镌，贪钤名字上花笺。与君共有今生癖，且结他时未了缘。

【校注】

〖沈兰初〗无考。根据诗文，沈兰初曾任幕僚，与作者关系甚好。善画，工篆刻。

〖启南〗沈周（1427—1509），字启南，明长洲（今江苏苏州）人，工诗善画。

〖十竹斋〗即《十竹斋书画谱》，明末胡正言编印，分为书画谱、墨华谱、果谱、翎毛谱、兰谱、竹谱、梅谱、石谱八大类，兼有讲授画法供人临摹的功能。

〖玉山〗俊美的仪容。《晋书·裴楷传》："楷风神高迈，容仪俊爽，博涉群书，特精理义，时人谓之玉人，又称'见裴叔则（裴楷字）如近玉山，映照人也。'"

〖幕卷芙蓉〗即芙蓉幕，意幕僚。

〖郗生〗郗超，字景兴、敬舆，高平郡（今山东省济宁市）人。东晋时期大臣、文学家、佛学家。郗超为大司马桓温的亲信谋臣。谢安尝诣温论事，温令超于帐中听之，风动帐开，安称超为"入幕之宾"。

〖借箸〗指谋划。唐杜牧《河惶》："元载相公曾借箸，宪宗皇帝亦留神。"

〖余技〗指无须耗用主要精力的技艺、技能。

〖三苍〗指《仓颉》《爱历》《博学》，是秦统一文字之后介绍小篆楷范的字书。汉代合此三书称为《仓颉篇》，亦称为《三苍》。此借指书写篆书或篆刻。

〖白沙茅笔〗陈献章（1428—1500），字公甫，别号石斋，人称"白沙先生"，是岭南唯一从祀孔庙的大儒。晚年喜用茅笔作书，下笔挺健雄奇，时呼为"茅笔字"。

〖缪篆〗六体书之一，也称摹印篆，用以摹刻印章。《汉书·艺文志》："六体者，古文，奇字，篆书，隶书，缪篆，虫书。"颜师古注："缪篆，谓其文屈曲缠绕，所以摹印章也。"清桂馥将汉魏印文统称为"缪篆"，并类编其文为《缪篆分韵》。

〖大小〗指大篆、小篆。

〖工铁笔〗指精通篆刻。铁笔，刻印刀的别称，以其用刀代笔故名。清沈复《浮生六记·闲情记趣》："（鲁璋）善写松柏及梅菊，工隶书，兼工铁笔。"

自题画兰长卷

有客有客在空谷，厥体安闲气静穆。生来不争春花春，一心惟伴东篱菊。东篱花放秋阳中，幽岩十里芳馨逐。我来深山结茅屋，山深无少苦幽独。抽毫为模美人图，香风腕下来馥馥。图成不觉花解语，欲问芳名偏耳熟。吁嗟兰兮，我曾痛饮美酒，细把离骚读。

【校注】

〖为模〗抄本作"为抚"，应是"为橅"之误。"橅"古同"模"，照着样子画或写。

【花解语】花懂得人的语言，亦形容女子姿容秀丽。明吴承恩《西游记》第六十回："娇娇倾国色，缓缓步移莲。貌若王嫱，颜如楚女。如花解语，似玉生香。"

送观察李石农先生　有序

恭惟阁下，间世星郎，分藩海国。理烦治剧，政以简而弥清；振纪提纲，奸不除而自息。车随甘雨，时多惠泽之颂；座有春风，更作斯文之主。人民和乐，风化维新。宜乎大吏升贤，首列诸州之上；考堂论绩，许胪四善之科。际兹简书既至，遥知使节将移。对此日之甘棠，旋思召伯；闻满城之桃李，争送刘郎。某也荒谷枯葵，同倾爱日；深山小草，总拜仁风。未免有情，染笔思图纯礼；可能无意，买丝早绣平原。爰制巴词，用尘清听。唱廉范襦裤之歌，正当此日；瞻郭泰龟龙之表，且俟他年。

吹台山色郁苍苍，画戟森严使节光。一道福星来日下，<small>公以郎曹分巡瓯</small>括。六年甘雨遍岩疆。无双政绩追毛喜，第一风流接谢康。闻说纪纲提挈罢，还多风月费平章。

焚香燕寝了公余，官阁风清响佩琚。生本多情偏爱士，性原无欲但抄书。荆州未识缘终薄，北海重留愿竟虚。只好他年同召父，瓣香虔祝遍邦闾。

保厘分陕奠关河，一柱雄擎镇逝波。问绩自称循吏最，读书肯让古人多。乔卿合赐三公服，叔度争传五裤歌。此去朝天应不远，定闻褒诏下金坡。

秋风万里动蜺旌，一片慈云出鹿城。词赋有人为上客，田畴如我亦苍生。虚襟不峻龙门限，遗爱长留蜃海名。知否他年寻手迹，延宾亭下最关情。

【校注】

〖观察〗官名。唐代于不设节度使的区域设观察使，省称观察，为州以上的长官。宋代观察使为虚衔，清代作为对道员的尊称。

〖李石农〗李銮宣（1758—1817），字伯宣，号石农，山西静乐人。乾隆五十五年（1790）进士，官至云南巡抚。嘉庆三年（1798）擢温处兵备道，在温六年，修明文教，颇有政声，与前任无锡秦小岘（瀛）并称"前秦后李"。

〖星郎〗《后汉书·明帝纪》："馆陶公主为子求郎，不许，而赐钱千万，谓群臣曰：'郎官上应列宿，出宰百里，苟非其人，则民受其殃，是以难之。'"后称郎官为"星郎"。

〖理烦治剧〗处理繁重难办的事务。

〖四善〗唐代官员考核指标体系。四善即"一曰德义有闻，二曰清慎明著，三曰公平可称，四曰恪勤匪懈"，简单来说就是德、慎、公、勤。

〖甘棠〗《史记·燕召公世家》："周武王之灭纣，封召公于北燕……召公巡行乡邑，有棠树，决狱政事其下，自侯伯至庶人各得其所，无失职者。召公卒，而民思召公之政，怀棠树不敢伐，歌咏之，作《甘棠》之诗。"后以"甘棠"称颂循吏的美政和遗爱。

〖爱日〗《左传·文公七年》："赵衰，冬日之日也。"后称冬日为爱日，亦常比喻恩德。

〖仁风〗比喻地方官有善政。唐独孤及《送马郑州》："当使仁风动，遥听舆颂喧。"

〖平原〗赵国平原君赵胜，战国四公子之一，好客纳士，家中宾客常数千人，世人称贤。《史记·平原君虞卿列传》："平原君赵胜者，赵之诸公子也。诸子中胜最贤，喜宾客，宾客盖至者数千人。"后用来称颂好客的贤者。

〖襦裤之歌〗比喻受百姓欢迎的德政。

〖郭泰龟龙之表〗比喻杰出人物。郭泰，东汉太原界休（今山西介休东南）人，字林宗。其博通典籍，教授弟子数千。及卒，蔡邕为撰碑文，有"犹百川之归巨海，鳞介之宗龟龙也"句。

〖吹台山〗位于温州市瓯海区中部，由莲花、白云、岭头、平天镬、柴头、东坑、圆眼坦诸山组成。

〖毛喜〗字伯武，南北朝荥阳阳武（今河南原阳）人。陈朝时累官太子右卫率、右卫将军，封为东昌县侯。陈叔宝继位后，贬为永嘉王内史。任内不接受俸禄，为政宽宏清静，官民便利。

〖荆州未识〗唐朝韩朝宗因曾任荆州长史兼襄州刺史，故称"韩荆州"。韩朝宗喜欢提拔后进，受到读书人的尊敬。有人说："生不用封万户侯，但愿一识韩荆州。"后来演化为文人之间的一种敬辞。识荆指久闻大名，有幸初次结识。荆州未识指闻名已久却未能结识。

〖北海〗李邕，字泰和，唐朝扬州江都（今江苏扬州）人。早擅才名，工文善书，尤长以行楷写碑，取法王羲之、王献之而自具面目。因其曾为北海太守，世称"李北海"。

〖召父〗召信臣，字翁卿，西汉九江郡寿春（今安徽寿县）人，与东汉杜诗，先后为南阳太守。两人在担任南阳太守期间，开凿水利，开垦荒山，广拓耕田，注重农业发展，深受百姓爱戴，称为"前有召父，后有杜母"。后以"召父杜母"颂扬地方官政绩显赫。温图本作"台父"，误抄。

〖虔祝〗虔诚祝福。泰图本作"称祝"。

〖保厘〗治理百姓，保护扶持使之安定。《书·毕命》："越三日壬申，王朝步目宗周，至于丰，以成周之众，命毕公保厘东郊。"孔传："用成周之民众，命毕公使安理治正成周东郊，令得所。"

〖三公服〗指帝王对有政绩官吏的恩宠。

〖五裤歌〗指称颂地方官吏施行善政。

〖金坡〗古时皇宫正殿称金銮殿，殿旁有坡称金銮坡，坡与翰林院相接，故以"金坡"借指翰林院。宋王安石《纯甫出僧惠崇画要予作诗》："金坡巨然山数堵，粉墨空多真漫与。"

〖蜺旌〗彩饰之旗。《文选·司马相如〈上林赋〉》："拖蜺旌，靡云旗。"李善注引张揖曰："析羽毛，染以五采，缀以缕为旌，有似虹蜺之气也。"

〖鹿城〗温州别称。据传晋代温州太守郭璞率众建城时，有白鹿衔花之瑞，故称"白鹿城"或"鹿城"。

〖蜃海〗即蜃江，瓯江的别名。此借指温州。

〖延宾亭〗亭在温州何处，无考。

嘉庆九年（1804）四月，李銮宣卸职温处兵备道，升任云南按察使。作者作诗送别。

甲子归舟

昨夜篷舟宿苇花，朝来乡树辨槎丫。自怜八度槐黄客，听水听风又到家。

【校注】

〖槎丫〗亦作杈丫，参差交错貌。

〖槐黄〗古代指士子忙于准备应试的季节。

嘉庆九年（1804）年秋，作者参加乡试落第，回乡途中所作。

送　人

清溪白石自杈丫，独上滩头放小艖。为语流泉莫呜咽，老人此日正辞家。

【校注】

〖艖〗同"叉"，指小船。

送王培和先生归武义

归去田园意洒如，东门柳色集冠裾。乔松霄汉大槐坂，何似今朝薄笨车。

家山楼阁起笙声，四壁松风答响清。引得白云来住屋，先生身世是通明。

名籍仙人隶木公，果然八十见方瞳。屏风好事称他日，若个传神阿堵中。

不登碧玉阆风巅，不溯扶桑旭日边。福地洞天三十六，神芝采处即琼田。《洞天福地志》："金华山为三十六洞天。"

【校注】

〔王培和〕武义人士，余俟考。

〔薄笨车〕一种制作粗简而行驶不快的车子。《宋书·隐逸传·刘凝之》："妻亦能不慕荣华，与凝之共安俭苦。夫妻共乘薄笨车，出市买易，周用之外，辄以施人。"

〔木公〕仙人名，又名东王公或东王父，为道教男仙领袖，常与西王母（即金母）并称。唐韦渠牟《步虚词》："西海辞金母，东方拜木公。"

〔方瞳〕方形的瞳孔，古人认为是长寿之相。唐李白《游太山》："山际逢羽人，方瞳好容颜。"

〔阿堵〕指眼睛。《晋书·文苑传·顾恺之》："恺之每画人成，或数年不点目精。人问其故，答曰：'四体妍蚩，本无阙少于妙处，传神写照，正在阿堵中。'"

〔阆风巅〕山名。传说中神仙居住的地方，在昆仑之巅。《海内十洲记·昆仑》："山三角：其一角正北，干辰之辉，名曰阆风巅；其一角正西，名曰玄圃堂；其一角正东，名曰昆仑宫。"

〔扶桑〕传说日出于扶桑之下，拂其树杪而升，因谓为日出处。亦代指太阳。

〖福地洞天〗同"洞天福地"，指神仙所居地。唐杜光庭《洞天福地记》："列出十大洞天、三十六小洞天、七十二福地的名称。"

〖琼田〗传说中能生灵草的田。《十洲记·祖洲》："鬼谷先生云：'此草是东海祖洲上，有不死之草，生琼田中，或名为养神芝。其叶似菰，苗丛生，一株可活一人。'"

曾复斋师以汤溪学博保荐入都，诗以送别

浮云高鸟忽分飞，门外天涯手自挥。万里关河今日始，廿年京国故人稀。师归自都门已二十载。红惊旧观花争发，绿过新堤树合围。垂老遭逢成一荐，夕阳回首素心违。

标奇赏德久交推，洛下驰章一鹗随。青史功名前哲在，白头心事古人知。谢安志为苍生出，杨震官原教授移。金殿定闻天语慰，少烦霖雨佐无私。

【校注】

〖遭逢〗际遇。

〖素心违〗心愿没有达到。

〖久交〗旧交。南朝宋鲍照《与伍侍郎别》："贫游不可忘，久交念敦敬。"

〖洛下〗指洛阳城，代指京城。

〖一鹗〗汉孔融《荐祢衡表》："鸷鸟累百，不如一鹗。"以"一鹗"指才士祢衡，后比喻出类拔萃的人才。

〖谢安〗字安石，东晋时期政治家。

〖志为〗温图本作"计为"。

〖杨震〗字伯起，东汉弘农华阴人。通晓经籍、博览群书，人称赞为："关西孔子杨伯起。"《后汉书·杨震传》："当之郡，道经昌邑，故所举荆州茂才王

密为昌邑令,谒见,至夜怀金十斤以遗震。震曰:'故人知君,君不知故人,何也?'密曰:'暮夜无知者。'震曰:'天知,神知,我知,子知。何谓无知!'密愧而出。"

诗作于嘉庆十年(1805)。

过徐岙口号

一揖登堂笑口开,碧苔砌下见寒梅。似闻隔舍妇姑语,十四年前客又来。

【校注】

〖徐岙〗即徐岙底,在泰顺筱村。据记载,宋宣和年间,方腊作乱,徐震(泰顺仙居人)率兵抵抗,不幸牺牲。其灵柩返乡途中,经徐岙前的玉溪暂歇,忽天降大雨,使久旱而几近枯萎的禾稼尽沐甘霖。于是村民将此地命名为"徐岙",以志纪念,并在村头立忠训庙奉祀。

〖口号〗表示随口吟成,和"口占"相似。

〖妇姑〗婆媳。汉贾谊《新书·时变》:"妇姑不相说,则反唇而睨。"

闻 笛

凉天霜气袭衣尘,月下秋容澹澹匀。寄语邻家休弄笛,夜深愁杀倚楼人。

雨甚，董眉伯招饮，书二绝句寄之

漏天烂雨湿春泥，楼外浓云压树低。不奈数声山菌子，报人啼到角门西。

仙家新熟五云浆，折简招呼醉一觞。时眉伯为其封君开介寿之觞。记得主人诗句好，如何不共雨商量。眉伯雨中辞席，有"不曾细雨共商量"之句。

【校注】

〖董眉伯〗董正扬（1768—1816），字眉伯，号昙柯，泰顺罗阳人，嘉庆七年（1802）进士，官大庾知县，著有《味义根斋诗稿》《文选集律》。

〖山菌子〗竹鸡的别名。明李时珍《本草纲目·禽二·竹鸡》："山菌子即竹鸡也。"集解引陈藏器曰："山菌子生江东山林间，状如小鸡，无尾。"亦省称"山菌"。

〖五云浆〗美酒。北周庾信《温汤碑》："其色变者，流为五云之浆。"

〖封君〗旧时子孙贵显，其祖或父受有封典的，称为封君。

〖介寿〗祝寿。《诗经·豳风·七月》："为此春酒，以介眉寿。"郑玄笺："介，助也。"

赵灌松先生斋中牡丹开花一朵招饮赋诗

画堂银烛耀春光，相赏名花对玉缸。座上诗名谁第一，眼前国色竟无双。红衫照影开明镜，玉佩摇风倚绿窗。最是主人珍惜甚，金铃高护彩云幢。

一枝红玉最鲜明，隔槛招呼认小名。不爱并头贪结子，却教独出擅倾城。楼台夜月陪孤梦，罗绮春风寄别情。生怕更深人定后，满庭香露太凄清。

竹间水际旧时称，似此孤花得未曾。为爱浓香扶素壁，最怜只影倚华灯。生来艳质原无侣，移近名流恰有朋。从此高斋足相对，酒怀诗兴一时增。

【校注】

〖赵灌松〗名贻瑄，号灌松，乐清人。少耳聋，善医，好诙嘲。晚年精于诗律，作品有《十声诗》。

〖玉缸〗酒瓮的美称。唐岑参《韦员外家花树歌》："朝回花底恒会客，花扑玉缸春酒香。"

〖照影〗温图本作"照耀"，当误。

〖人定〗夜深人静时。《后汉书·来歙传》："臣夜人定后，为何人所贼伤，中臣要害。"王先谦集解："《通鉴》胡注：'日入而群动息，故中夜谓之人定。'惠栋曰：'杜预云，人定者，亥也。'"

〖只影〗温图本作"双影"，误抄。

四月十七舟中口占

断云漏日照篷低，隔岸烟销草色齐。又是一年春事了，青山处处杜鹃啼。

【校注】

〖断云〗片云。南朝梁简文帝《薄晚逐凉北楼迥望》："断云留去日，长山减半天。"

湖心亭坐月，分韵得一东

夜气远蒙蒙，孤亭一艇通。湖光浮处满，月色坐来空。胜侣他乡集，良宵此地同。来朝图画里，人在玉壶中。

【校注】

〖湖心亭〗位于杭州西湖中央，中国四大名亭之一。

〖玉壶〗比喻明月。唐朱华《海上生明月》："影开金镜满，轮抱玉壶清。"

曾复斋师六十寿诗

少年辛苦踏京尘，十上才名迈等伦。百折不磨成老健，一生无欲是精神。文章寿有名山业，经济才留在野身。计日为霖传好语，皇朝爱用者成人。

【校注】

〖京尘〗京洛尘、京雒尘。比喻功名利禄等尘俗之事。晋陆机《为顾彦先赠妇》："京洛多风尘，素衣化为缁。"

〖迈等伦〗超出同辈。唐杜甫《奉贺阳城郡王太夫人恩命加邓国太夫人》："富贵当如此，尊荣迈等伦。"

〖老健〗指诗文风格老练有力。宋朱熹《跋病翁先生诗》："逮其晚岁，笔力老健，出入众作，自成一家，则已稍变此体矣。"

〖名山业〗即名山事业，详注见《送曾复斋夫子赴汤溪学博任》。

〖经济才〗治国安民的才能。唐杜甫《上水遣怀》："古来经济才，何事独罕有。"

〖为霖〗霖，甘雨，时雨。比喻济世泽民。

〖耇成人〗年老贤德之人。《书·康诰》:"汝丕远惟商耇成人,宅心知训。"孔颖达疏:"谓求殷之贤人大远者,备遍求之。"

诗作于嘉庆十三年(1808)春节前后。

张氏姊自制烟荷包属题二诗

纷帨衿缨大小觿,轻垂箴管配高低。可怜椒颂停吟后,无复披衣问晓鸡。姊舅姑殁已数年。

盛云囊制有奇妍,金缕青丝约软绵。何似淡巴菰叶好,一筒闲吸散轻烟。

【校注】

〖纷帨衿缨大小觿,轻垂箴管配高低〗指儿媳侍奉公婆。纷帨,拭物的抹布;衿,结上带子;缨,香囊;觿,解结的锥子,有大觿、小觿;箴,缝衣针;管,置针线之具。《礼记·内则第十二》:"妇事舅姑,如事父母。鸡初鸣,咸盥漱……左佩纷帨、刀、砺、小觿、金燧;右佩箴、管、线、纩,施縏袠,大觿、木燧。衿缨,綦屦。以适父母舅姑之所……问所欲而敬进之。"

〖椒颂〗椒花颂,新年祝词。《晋书·列女传·刘臻妻陈氏》:"刘臻妻陈氏者,亦聪辨能属文,尝正旦献《椒花颂》。"

〖舅姑〗女子称夫之父母,俗称公婆。

〖淡巴菰〗亦作淡巴姑,指烟草。清王士禛《香祖笔记》卷七:"吕宋国所产烟草,本名淡巴菰,又名金丝薰。"

题某盐使山楼读易图

烟月西湖问旧游，六朝竹树最清幽。渡江便乞黄堂俸，来住秋山读易楼。

夜静时闻柏子香，画图几砚亦精良。君才足等山公上，不共魏舒论短长。

【校注】

〖黄堂〗官名。秦置郡守，汉景帝时改名太守，为一郡最高的行政长官。隋初以州刺史为郡长官。宋以后改郡为府或州，太守已非正式官名，只用作知府、知州的别称。明清时专指知府。

〖山公〗山涛（205—283），字巨源，别号山公，三国至西晋时期大臣、名士，竹林七贤之一。

〖魏舒〗（209—290）字阳元，魏晋时期名臣。《世说新语·山涛》："后武帝（司马炎）又问如前，济（王济）曰：'臣叔不痴。'称其实美。帝曰：'谁比？'济曰：'山涛以下，魏舒以上。'"

家君子筑室于先大父墓侧，颜曰慕庐，落成命赋

榆荚惊风滴寒雨，寸心草泣春晖苦。依茔筑室兴百堵，趋庭凄想夜台语。绕树鹁鸲雪点斜，群飞上坟为插花。瑶阶琼露霏丹液，紫芝擎出瑛盘赤。巍巍孝德招群灵，金锡堂构流模型。羽陵披腹空暴蠹，养志何时此中住。鸡豚菽水逮亲存，深衷更慕墓庐慕。

【校注】

〖家君子〗父亲。

〔先大父〕已故的祖父。潘鼎祖父潘宏玺（1691—1769），字御有，号梅村，乾隆庚午恩贡，候选教谕，墓在司前镇龟山。

〔趋庭〕《论语·季氏》："（孔子）尝独立，鲤趋而过庭。曰：'学诗乎?'对曰：'未也。''不学诗，无以言。'鲤退而学诗。他日，又独立，鲤趋而过庭。曰：'学礼乎?'对曰：'未也。''不学礼，无以立。'鲤退而学礼。"鲤，孔子之子伯鱼。后以"趋庭"谓子承父教。

〔夜台〕坟墓，亦借指阴间。南朝梁沈约《伤美人赋》："曾未申其巧笑，忽沦躯于夜台。"

〔鹎鹠〕乌鸦的别名。

〔瑛盘赤〕红色的玉石盘。

〔羽陵〕古地名。《穆天子传》卷五："仲秋甲戌，天子东游，次于雀梁，□蠹书于羽陵。"郭璞注："谓暴书中蠹虫，因云蠹书也。"后以"羽陵"为贮藏古代秘籍之处。

〔披腹〕披露真诚。《史记·淮阴侯列传》："臣愿披腹心，输肝胆，效愚计，恐足下不能用也。"

〔养志〕培养、保持不慕荣利的志向，多指隐居，亦谓奉养父母能顺从其意志。

〔菽水〕豆与水，指所食唯豆和水，形容生活清苦。《礼记·檀弓下》："子路曰：'伤哉！贫也！生无以为养，死无以为礼也。'孔子曰：'啜菽饮水尽其欢，斯之谓孝。'"后常以"菽水"指晚辈对长辈的供养。

〔深衷更慕墓庐慕〕此句似有不通，或是"深衷更慕慕庐墓"。深衷，内心；衷情。

题某小照

一领狐裘路八千，红依香幕住初莲。归来笑指庭梅说，小别风光十六年。

帷筹边火佐平安，但看霜花胆亦寒。近日吞航方肆突，谁将三尺剪狂澜。

【校注】

〖边火〗边境烽火。清傅山《送友之秦中》："愿闻边火息，归计莫蹉跎。"

〖霜花〗亦作霜华，指闪着寒光的锋刃。明夏完淳《钱漱广为余内兄弟死绝句》："看君壁上龙鸣剑，依旧霜花夜夜深。"

〖吞航〗犹吞舟。晋左思《吴都赋》："长鲸吞航，修鲵吐浪。"

〖肆突〗侵犯；冲突。

〖三尺〗指剑。《汉书·高帝纪下》："吾以布衣提三尺，取天下，此非天命乎？"颜师古注："三尺，剑也。"

挽 某

花动空山溪水香，玉盂遽吸古藤浆。早知风烛须臾事，悔把家乡作异乡。

苦置行窠稳寄身，买邻不鄙谓僧珍。深深玉树长埋后，惭愧空斋满榻尘。

结橑连栅宅一区，平分风月足清娱。忍看一旦风流尽，不独伤心过酒垆。

红烛荧荧结旧煤，东南奥突两边开。相看便是令威宅，化鹤何年再下来。

【校注】

〔买邻〕求得好邻居而购买住宅。《南史·吕僧珍传》："初，宋季雅罢南康郡，市宅，居僧珍宅侧，僧珍问宅价，曰：'一千一百万。'怪其贵。季雅曰：'一百万买宅，千万买邻。'"

〔结橑连栭〕形容房屋宽广连片。橑，屋椽；栭，屋梁。《列子·力命》："子衣则文锦，食则粱肉，居则连栭，出则结驷。"

〔令威〕丁令威，传说中的神仙名。晋陶潜《搜神后记·丁令威》："丁令威，本辽东人，学道于灵虚山。后化鹤归辽，集城门华表柱。时有少年，举弓欲射之。鹤乃飞，徘徊空中而言曰：'有鸟有鸟丁令威，去家千年今始归。城郭如故人民非，何不学仙冢累累。'遂高上冲天。"

家七兄过留夜话，即所持乌竹扇索画墨兰，时方有同室之言，遂题百七十言以劝之

蓬麻生异根，相扶乃以直。薰莸臭不同，秦越即肘腋。君从察溪来，怀此心不怿。却因入室言，索我墨兰迹。岂敢辞一挥，伸缩十指力。意蓄神始完，笔到春已坼。香风散砚池，黝花开夜色。昔闻所南翁，写兰兼荆棘。君子与小人，杂处不嫌逼。世路多迷阳，举足君自择。是非生昭昭，何如守其黑。况君居深山，辉光久韬匿。行年届知非，宜早敦玄德。招摇乌竹扇，萧疏墨兰叶。出入怀袖间，君子风不隔。床前明月生，清光荡虚壁。莫忘同心言，相赠以为益。

【校注】

〖蓬麻〗蓬生麻中，不扶而直，意思为蓬草长在麻地里，不用扶持也能挺立住。此处为蓬草和苎麻互相扶持，向上生长。

〖薰莸〗香草和臭草。比喻善恶、贤愚、好坏等。《左传·僖公四年》："一薰一莸，十年尚犹有臭。"杜预注："薰，香草；莸，臭草。十年有臭，言善易消，恶难除。"

〖秦越〗春秋时秦在西北，越居东南，相距极远。比喻疏远隔膜，互不相关。

〖肘腋〗胳膊肘与胳肢窝。比喻切近之地。《三国志·蜀志·法正传》："主公之在公安也，北畏曹公之强，东惮孙权之逼，近则惧孙夫人生变于肘腋之下。"

〖察溪〗在泰顺罗阳镇，有上、下察溪。

〖所南翁〗郑思肖（1241—1318），连江（今属福建）人，诗人、画家。南宋灭亡后，自称孤臣，改名思肖，号所南，示不忘赵意。其擅长作墨兰，花叶萧疏而不画根土，意寓宋土地已被掠夺。作品有诗集《心史》《郑所南先生文集》《一百二十图诗集》等。

〖迷阳〗有刺的小灌木。王先谦集解："谓棘刺也，生于山野，践之伤足，至今吾楚舆夫遇之犹呼迷阳踢也。"

〖韬匿〗敛藏；隐藏。谓不为人所知。

〖知非〗五十岁的代称。《淮南子·原道训》："故蘧伯玉年五十，而有四十九年非。"谓年五十而知前四十九年之过失。后以"知非"称五十岁。

〖玄德〗指潜蓄而不著于外的德性，形容修养深厚。

雁山五珍咏

龙湫茶

凤饼龙团记七闽，此间仙茗更无伦。五千尺布初来地，百二重峰特放春。谷雨平添山气味，松风活借水精神。云英采掇真奇绝，不负名留冠五珍。

观音竹

促节休窥佛面慈，圆通第一此曾推。猫头迸玉经时细，凤尾摇金入听卑。千个字疑偷贝叶，一寠水合灌杨枝。冻风肯送旃檀气，容易黄昏过短篱。

金星草

百斛珍珠与斗妍，斗间草际认匀圆。只应剑气山中活，恰有星文叶上联。青带草堂春入梦，绿摇藜阁夜虚悬。莫嫌触眼无芒角，散种犹疑自九天。

山乐官

仙乐钧天袅半空，无端喉舌共玲珑。名稽鸟纪分司外，韵入仪廷率舞中。晓树飞回齐刻羽，春风谱出又移宫。双柑斗酒听莺处，合许诗肠鼓吹同。

香　鱼

雁山流与海潮通，别有庖鱼半尺供。五月疏风吹网罟，一溪香水浸夫容。生来鳞鬣金花灿，配入菖蒲酒味浓。记得年年村父说，浴兰时节巧相逢。

【校注】

〖龙湫茶〗茶名，雁荡山五珍之一。清劳大舆《瓯江逸志》卷三二："雁山五珍：谓龙湫茶、观音竹、金星草、山乐官、香鱼也。茶即明茶，紫色而香者名玄茶，其味皆似天池而稍薄。"

〖凤饼龙团〗宋代贡茶名。用上等茶末制成团状，印有凤纹或龙纹，故称。宋张舜民《画墁录》卷一："丁晋公为福建转运使，始制为凤团，后又为龙团，贡不过四十饼，专拟上供，虽近臣之家，徒闻之而未尝见也。"

〖七闽〗指古代居住在今福建省和浙江省南部的闽人，因分为七族，故称。《周礼·夏官·职方氏》："辨其邦国、都、鄙、四夷、八蛮、七闽、九貉、五戎、六狄之人民。"贾公彦疏："叔熊居濮如蛮，后子从分为七种，故谓之七闽。"后称福建省为闽或七闽。

〖平添〗平白或自然而然地增添。温图本作"频添"。

〖云英〗云气之精华，泛指露珠、水珠，借指雁荡山茶之嫩芽。

〖观音竹〗形小，可供盆栽。元李衎《竹谱详录·竹品谱》："观音竹，两浙、江、淮俱有之，一种与淡竹无异，但叶差细瘦，仿佛杨柳，高止五六尺，婆娑可喜，亦有紫色者。永州祁阳有一种止高五七寸，人家多植之水石之上，数年不凋瘁，彼人亦名观音竹。"

〖圆通〗佛教语，谓悟觉法性。圆，不偏倚；通，无障碍。

〖猫头〗笋的别名。宋陈师道《寄潭州张芸叟》："秋盘堆鸭脚，春味荐猫头。"

〖凤尾〗凤尾竹，亦泛指竹子。宋仲殊《玉楼春》："黄梅雨入芭蕉晚，凤尾翠摇双叶短。"

〖贝叶〗古代印度人用以写经的树叶，亦借指佛经。

〖旃檀〗檀香。唐王维《荐福寺光师房花药诗序》："焚香不俟于旃檀，散花奚取于优钵。"

〖金星草〗又名凤尾草、七星草。明李时珍《本草纲目·草九·金星草》："金星草，西南州郡多有之，以戎州者为上。喜生背阴石上净处，及竹菁中少日色处，或生大木下及背阴古瓦屋上。初出深绿色，叶长一二尺，至深冬背生黄星点子，两两相对，色如金，因得金星之名。"

〖山乐官〗鸟名。宋王质《林泉结契》卷一："山乐官，身全褐，能作歌音，又能作拍弹音如喤啰者，声清软，性极从容。"亦省称"山乐"。

〖仙乐钧天〗意同"钧天广乐"，指天上的音乐。南朝梁刘勰《文心雕龙·乐府》："钧天九奏，既其上帝。"

〖鸟纪〗传说少皞氏以鸟纪官，以鸟名官。

〖刻羽〗引商刻羽，指讲究声律、有很高的音乐演奏成就。战国楚宋玉《对楚王问》："引商刻羽，杂以流徵，国中属而和者不过数人而已；是其曲弥高，其和弥寡。"

〖移宫〗移宫换羽。原指乐曲换调，后也比喻事情的内容有所变更。宫、羽，古代乐曲中的两种曲调名。宋周邦彦《意难忘·美人》："知音见说无双，解移宫换羽，未怕周郎。"

〖诗肠鼓吹〗比喻激发诗人创作欲望的音乐。

〖香鱼〗肉质鲜美，有香味，故名。清劳大舆《瓯江逸志》："香鱼，鳞细不腥，春初生，月长一寸，至冬月长尺余，则赴潮际生子，生已辄槁。唯雁山溪涧有之，他无有也。一名记月鱼。"

〖夫容〗芙蓉，荷花的别名。

〖鳞鬣〗龙的鳞片和鬣毛，代称鱼。五代齐己《池上感兴》："碧底红鳞鬣，澄边白羽翰。"

〖浴兰时节〗端午节。《荆楚岁时记》载："五月五日，谓之浴兰节。"

题三弟遗照

传神作意点双瞳，一幅伤心死后容。从此茫茫天宇内，只应对此当相逢。

【校注】

〖三弟〗潘明鹄（1787—1806），字凌九，号恧恭。

自题兰竹

碧云摇荡墨痕香，青竹幽兰散影凉。春气一帘人梦醒，漫天烟雨隔潇湘。

溪坪饯席口占送李芝岩

小榼芳醪此日情，山风吹雨复吹晴。与君约定重阳日，缓缓吴山顶上行。

【校注】

〖溪坪〗泰顺县罗阳镇溪坪村。

〖李芝岩〗括苍人，余俟考。

〖榼〗古代盛酒的器具。

〖吴山〗在杭州。《大清一统志·浙江杭州府》："吴山，在府城内西南隅。

旧名胥山，上有子胥祠，唐元和十年刺史卢元辅作《胥山铭》。"

诗作于嘉庆十三年（1808）。

芝岩临行索画扇，为写二竹，并题四断句送之

自写琅玕百尺身，亭亭双立最相亲。与君持向青田去，挥手清风是故人。

蓬山钟磬细砂和，片月随风倚翠窠。竹间着一月。何事群仙游赏地，却教鸾影下庭柯。故人端木子彝国瑚，青田人，以绝丽之才挑授令长，心甚惜之。

黄陵庙下水迢迢，烟月黄昏不自聊。知否有人云影外，双吹凤管和箫韶。余友钱金粟林、林敏斋培厚，皆以今年登进士与馆选。

不须凤柱怨知音，淡墨微香别后心。试看摩云两竿竹，秋深风雨作龙吟。

【校注】

〔断句〕绝句。

〔琅玕〕竹。清吴伟业《又题董君画扇》："湘君泣泪染琅玕，骨细轻匀二八年。"

〔蓬山〕蓬莱山，相传为仙人所居。唐李商隐《无题》："蓬山此去无多路，青鸟殷勤为探看。"

〔绝丽〕极其华美。汉扬雄《答刘歆书》："雄为郎之岁，自奏少不得学，而心好沉博绝丽之文。"

〔挑授〕大挑授官。清乾隆十七年（1752）定制，三科〔原为四科，嘉庆五年（1800）改三科〕不中的举人，由吏部据其形貌应对挑选，一等以知县用，二等以教职用。每六年举行一次，意在使举人出身的士人有较宽的出路，名曰大挑。

〖令长〗秦汉时治万户以上县者为令，不足万户者为长。后以"令长"泛指县官。

〖黄陵庙〗传说为舜二妃娥皇、女英之庙，亦称二妃庙，在湖南省湘阴县之北。北魏郦道元《水经注·湘水》："湖水西流，径二妃庙南，世谓之黄陵庙也。"

〖不自聊〗犹无聊。宋刘克庄《长相思·饯别》："风萧萧，雨萧萧，相送津亭折柳条，春愁不自聊。"

〖馆选〗指新科进士考得庶吉士资格后，入翰林馆学习。

关于诗题，《晤兰室吟稿》本（简称"晤本"）作《题双竹送李芝岩归青田》。

诗作于嘉庆十三年（1808）。

自题白描菊花

澹云流水荡秋光，瘦影疏花上画廊。刚是白衣人到后，满庭凉月但闻香。

满庭凉月但闻香，玉露秋风好道场。一盏寒泉千片雪，便应持荐水仙王。

【校注】

〖白衣人〗为朋友赠酒或饮酒、咏菊等典故。南朝宋檀道鸾《续晋阳秋·恭帝》："王宏为江州刺史，陶潜九月九日无酒，于宅边东篱下菊丛中摘盈把，坐其侧。未几，望见一白衣人至，乃刺史王宏送酒也。即便就酌而后归。"

〖水仙王〗宋代西湖旁有水仙王庙，祀钱塘龙君，故称钱塘龙君为水仙王。宋苏轼《书林逋诗后》："不然配食水仙王，一盏寒泉荐秋菊。"另《饮湖上初晴后雨》："此意自佳君不会，一杯当属水仙王。"苏轼自注："湖上有水仙王庙。"

送陈韵轩先生归新昌

似曾相识到来初，远道洪乔致尺书。先生始来，为余致杭州友人书。岂有英声腾上国，先教隘巷驻轻舆。余未晋谒，先辱枉问，且云于省垣即耳知余。风扉玉屑随花坠，月朗冰壶照座虚。自叹风流非孺子，南州一榻愧悬徐。

干戚豆笾教化基，伤心北斗与南箕。尊罍已缺扬云醴，罗阳书院戊辰年山长束脩，至今缺如。襕带犹留董子帷。幽谷肉腥来虎吓，夜堂身势贱狸卑。厉贤养器横经地，除却孙宏总未知。先生于书院事，持论独正。

太邱善德旧家声，选署儒官品秩清。不遣槐宫讥燕麦，肯因食指怨羊羹。人伦水镜交前辈，弦管春风被后生。与曾复斋先生交好。何意有人矜白眼，看朱成碧测高名。

越鸟南枝叹北风，问心常自感谦冲。不辞倒屣迎王粲，更遣论文共阿戎。先生命世兄以文卷就余论究。投锦报无青玉案，先生遇余甚厚，愧无以报。叩囊明愧水晶笼。先生每有疑议，辄谘于余。炳之前后殷刘客，来往周旋笑未工。

高歌一曲苦辛行，孰锡褒章柿叶绫。我比范云输秀朗，人嫌文举有冰棱。闻有短余于先生前者。托身社鼠方磨齿，远迹冥鸿欲避矰。余亦旋有武林之行。多感闭门陈正字，排风借羽叹才能。

远上东门望旆旌，胶庠恩重去装轻。山光帆影明瓯海，雨气潮声黯越城。马足细萦芳草意，树头遥系夕阳情。不堪桃李花开日，手折杨枝又送行。

【校注】

〔陈韵轩〕名树箕，号韵轩，新昌人，廪生，嘉庆十三年（1808）任泰顺儒学教谕。

〔洪乔〕南朝宋刘义庆《世说新语·任诞》："殷洪乔作豫章郡，临去，都下人因附百许函书。既至石头，悉掷水中，因祝曰：'沉者自沉，浮者自浮，殷洪乔不能作致书邮。'"后称不可信托的寄信人为"洪乔"。把托人捎信捎不到的情况称作"洪乔捎书"；盼望书信早日与亲人见面称作"洪乔莫误"。

〖英声〗美好的名声。清吴伟业《思陵长公主挽诗》："英声超北地，雅操迈东乡。"

〖轻舆〗轻车。晋左思《吴都赋》："轻舆按辔以经隧，楼船举帆而过肆。"

〖冰壶〗盛冰的玉壶，常用来比喻品德清白廉洁。

〖南州一榻〗《后汉书·徐稺》："徐稺字孺子，豫章南昌人也。家贫，常自耕稼，非其力不食……时陈蕃为太守，以礼请署功曹，稺不免之，既谒而退。蕃在郡不接宾客，唯稺来特设一榻，去则县之。后举有道，家拜太原太守，皆不就。"

〖干戚豆笾〗干戚，干，盾；戚，大斧。古代祭祀时操干戚以舞。豆笾，古代祭祀时盛食物的礼器。抄本作"豆边"，误。

〖北斗与南箕〗斗宿和箕宿。《诗经·小雅·大东》："维南有箕，不可以簸扬；维北有斗，不可以挹酒浆。"后比喻有名无实。

〖扬云醴〗扬云酒。《抱朴子·外篇》："扬云酒不离口，而《太玄》乃就。"扬云，即扬雄，西汉蜀郡成都（今属四川）人，字子云，博览群书，长于辞赋，著有《太玄》《法言》《方言》《训纂篇》。

〖束脩〗古人以肉脯十条扎成一束，作为拜见老师最起码的礼物。《礼记·少仪》："其以乘壶酒、束脩、一犬赐人。"郑玄注："束脩，十脡脯也。"

〖襕带〗穿襕衫时所系革带，代指襕衫。其制始于北周，后世沿袭，明清时为秀才、举人公服。

〖董子帷〗指授课之处。《汉书·董仲舒传》："（董仲舒）下帷讲诵，弟子传以久次相授业，或莫见其面，盖三年不窥园，其精如此。"

〖幽谷肉腥来虎吓，夜堂身势贱狸卑〗即虎卑势狸卑身。指养精蓄锐，准备袭击的意思。《吴越春秋·勾践入臣外传》："夫虎之卑势，将以有击也。狸之卑身，将求所取也。"

〖养器〗培养人才。《三国志·吴志·孙休传》："古者建国，教学为先，所以道世治性，为时养器也。"

〔横经〕横陈经籍，指受业或读书。

〔太邱〕陈寔（104—187），字仲躬，颍川许县（今河南许昌东）人，东汉名士。曾任太丘长，后世称"陈太丘"。其子陈纪、陈谌并著高名，时号"三君"。以清高有德行闻名于世，与钟皓、荀淑、韩韶合称为"颍川四长"。

〔不遗〕温图本作"不遗"。

〔燕麦〕比喻有名无实。北魏宣武帝时期，高级学官"国子祭酒"邢邵对于朝廷不重视学术却花很大人力、财力去修建寺院十分不满，认为这会误国误民，就会同其他学官联名上书复兴太学，说："今国子虽有学官之名，而无教授之实，何异兔丝燕麦，南箕北斗哉?"

〔羊羹〕以羊肉制作的羹。《战国策·中山策》："中山君飨都士大夫，司马子期在焉。羊羹不遍，司马子期怒而走于楚。"

〔人伦〕人才。《北史·杨愔传》："典选二十余年，奖擢人伦，以为己任。"

〔水镜〕明鉴，明察。《隋书·高祖纪上》："公水镜人伦，铨衡庶职，能官流泳，遗贤必举，是用锡公纳陛以登。"

〔看朱成碧〕把红的看成绿的，形容眼花不辨五色。亦作看碧成朱。

〔谦冲〕谦虚。三国魏曹操《报荀彧书》："前后谦冲，欲慕鲁连先生乎?"

〔倒屣〕亦作倒屦。急于出迎，把鞋倒穿。《三国志·魏志·王粲传》："时邕才学显著，贵重朝廷，常车骑填巷，宾客盈坐。闻粲在门，倒屣迎之。粲至，年既幼弱，容状短小，一坐尽惊。邕曰：'此王公孙也，有异才，吾不如也。'"后形容热情迎客。

〔阿戎〕指晋"竹林七贤"之一王戎。南朝宋刘义庆《世说新语·雅量》："王戎七岁，尝与诸小儿游。看道边李树多子折枝。诸儿竞走取之，唯戎不动。人问之，答曰：'树在道边而多子，此必苦李。'取之信然。"王戎遂为早慧的典型。后以"阿戎"称美他人之子。

〔青玉案〕青玉所制的短脚盘子，借指回赠之物。唐刘复《出三城留别幕中三判官》："愧无青玉案，缄佩永不泯。"

〔殷刘客〕晋殷浩、刘惔的并称。

〖柿叶绫〗绫名。《事物异名录·布帛·绫》引晋郭义恭《广志》："柿叶，今时绫名。"

〖范云〗字彦龙，南乡郡舞阴县（今河南泌阳县）人。南朝梁大臣，著名文学家。六岁时，随姑父袁叔明读《诗经》，日诵九纸。八岁时，遇到豫州刺史殷琰。殷琰同他攀谈，范云从容对答，即席作诗，挥笔而成。

〖秀朗〗秀美俊朗；秀美清朗。

〖文举〗孔融（153—208），字文举，东汉鲁国鲁县（今山东曲阜）人。少有异才，勤奋好学，累官少府、大中大夫。性好宾客，喜抨议时政，言辞激烈，后因触怒曹操而为其所杀。文辞有名于世，为"建安七子"之一，作品有《孔北海集》。

〖冰棱〗比喻锋芒毕露或刚强正直。

〖社鼠〗社坛里的老鼠。比喻有所凭依而为非作歹的人。

〖冥鸿〗高飞的鸿雁。汉扬雄《法言·问明》："鸿飞冥冥，弋人何篡焉。"李轨注："君子潜神重玄之域，世网不能制御之。"后因以"冥鸿"喻避世隐居之士。

〖矰〗古代射鸟用的拴着丝绳的箭。

〖陈正字〗陈师道，字履常，一字无己，自号后山居士，徐州彭城（今江苏徐州）人。官至秘书省正字，后因称陈正字。金元好问《论诗》："传语闭门陈正字，可怜无补费精神。"施国祁笺注："陈无己平时出门，觉有诗思，便急归拥被，卧而思之，呻吟如病者，或累日方起，故曰：闭门觅句陈无己。"

〖排风〗迎风，顶风。明刘基《拔蒲》："自非排风羽，莫羡凌云翔。"

〖胶庠〗周代学校名。周时胶为大学，庠为小学。后世通称学校为"胶庠"。《礼记·王制》："周人养国老于东胶，养庶老于虞庠。"

〖越城〗今绍兴。公元前 490 年，越王勾践迁都建城于此而得名。

诗作于嘉庆十三年（1808）前后。

寄天孙和端木子彝

一点钉花媚翠房，玉帘深坐夜更凉。莫教贪绣鸳鸯谱，懒把金针压锦囊。

绛河低界玉绳斜，梦绕银屏路已赊。画里分明传好信，怎生消受此梅花。

锦字挑残金缕机，紫罗囊佩炉光辉。棋枰已拚东山赌，要乞谢娘来解围。

【校注】

〖天孙〗指传说中巧于织造的仙女。唐柳宗元《乞巧文》："下土之臣，窃闻天孙，专巧于天。"

〖端木子彝〗端木国瑚。详注见《送端木鹤田》。

〖钉花〗灯花。油灯余烬结成的花形灯芯。清陈维崧《三姝媚·寄远用梅溪词韵》："恰又平明，好梦与钉花都谢。"

〖绛河〗银河，又称天河、天汉。古代观天象者以北极为基准，天河在北极之南，南方属火，尚赤，因借南方之色称之。

〖玉绳〗星名。常泛指群星。《文选·张衡〈西京赋〉》："上飞闼而仰眺，正睹瑶光与玉绳。"李善注引《春秋元命苞》曰："玉衡北两星为玉绳。"

〖梅花〗梅花落，汉乐府横吹曲名。

〖东山赌〗东晋谢安在苻坚大军压境时，胸有成算，从容指挥，仍在山间别墅与人下围棋赌别墅。此指临危不惧的大将风度。

〖谢娘解围〗相传晋王凝之弟献之曾与宾客谈议，词理将屈，凝之妻道韫遣婢白献之曰："欲为小郎解围。"乃施青绫步鄣自蔽，申献之前议，客不能屈。后遂用作称颂才女的典故。

己巳秋中山亭夜集同端木鹤田、林石笥联句

秋序已云迈鹤田，繁阴谢林木。月朗爱夜长小崖，地静觉风肃。亭构遗六松石笥，墙壁写千竹。澄景招素心鹤田，奇石豁清目。论高河汉卑小崖，诗逸风云俗。臭味齐苔岑石笥，声律中黍谷。蠹简倦研摩鹤田，兕觥勤典录。橘剖霜花鲜小崖，茶煎雪乳足。糟粕逃迂辛石笥，烟墨敝颠旭。尘缁肆纷纭鹤田，世缨离缚束。至道有真阶小崖，冲怀得芳躅。岳契谐向平石笥，天游恣方朔。岩馌石髓青鹤田，钵洗云肤绿。弹琴鹤倒回小崖，炼鼎龟跧伏。华胥信渺茫石笥，卷娄讥龌龊。萝薜衣皋夔鹤田，筦簋坐贲育。方圆物多违小崖，寒暑运必复。居易安寡营石笥，迎闲展良瞩。木屐东山遥鹤田，阑干北斗曲。栖鸟暗还飞小崖，吟虫冷犹续。来阴积连璧石笥，逝欢追秉烛。荒鸡蹴床头鹤田，残兔堕檐角。抱各万岁期小崖，吉岂一人卜。搦管起彷徨石笥，岁岁共相勖鹤田。

【校注】

〖中山亭〗清光绪《永嘉县志》："中山，在鹿城书院侧，虽小阜，系郡城主山。上有亭，久圮。国朝乾隆二十四年郡守李琬建中山书院（在今温州实验中学一带）于此。"时端木国瑚在书院掌教。

〖鹤田〗端木国瑚。

〖石笥〗林从炯（1779—1835），原名佩金，字子朗，号石笥，温州瑞安人。道光元年（1821）举人，曾任国史馆誊录。著有《玉甑山馆诗钞》八卷、《文钞》一卷，曾修《承德府志》。与当时泰顺名士董正扬、潘鼎、董斿、董廷对等关系密切，互为好友。

〖联句〗作诗方式之一。由两人或多人各成一句或几句，合而成篇。旧传始于汉武帝和诸臣合作的《柏梁诗》。

〖小崖〗作者。

〖遗六松〗遗，抄本作"余"。据《太鹤山人集》改"遗六松"。

〖苔岑〗晋郭璞《赠温峤》："人亦有言，松竹有林。及余（尔）臭味，异苔同岑。"后世以"苔岑"指志同道合的朋友。

〖蠹简〗被虫蛀坏的书，泛指破旧书籍。

〖迂辛〗唐代辛立度，性迂，时人以此称之。

〖颠旭〗唐代书法家张旭嗜酒，每大醉狂走下笔，或以头濡墨而书，既醒自视以为神，世呼"张颠"。后以"颠旭"称张旭。

〖至道〗极精深微妙的道理或道术。

〖冲怀〗谦冲之胸怀。

〖芳躅〗前贤的踪迹。

〖向平〗东汉高士向长，字子平，隐居不仕，子女婚嫁既毕，遂漫游五岳名山，后不知所终。后以"向平"为子女嫁娶既毕者之典。

〖方朔〗东方朔。

〖石髓〗石钟乳。古人用于服食，也可入药。《晋书·嵇康传》："康又遇王烈，共入山，烈尝得石髓如饴，即自服半，余半与康，皆凝而为石。"

〖云肤〗晋潘尼《苦雨赋》："气触石而结蒸兮，云肤合而仰浮。"谓云气逐渐集合。后以"云肤"指云气。

〖华胥〗《列子·黄帝》："（黄帝）昼寝，而梦游于华胥氏之国。华胥氏之国在弇州之西，台州之北，不知斯齐国几千万里。盖非舟车足力之所及，神游而已。其国无帅长，自然而已；其民无嗜欲，自然而已……黄帝既寤，怡然自得。"后指理想的安乐和平之境，或作梦境的代称。

〖卷娄〗拘挛。衰老背驼貌。《庄子·徐无鬼》："年齿长矣，聪明衰矣，而不得休归，所谓卷娄者也。"

〖萝薜〗薜荔和女萝。两者皆野生植物，常攀缘于山野林木或屋壁之上。后指隐者或高士的衣服。

〖皋夔〗皋陶和夔的并称。传说皋陶是虞舜时刑官，夔是虞舜时乐官。后常借指贤臣。

〖笾簋〗古代的两种祭器。抄本作"笾踽"，据《太鹤山人集》改。

〖贲育〗战国时勇士孟贲和夏育的并称。《汉书·司马相如传下》："臣闻物有同类而殊能者，故力称乌获，捷言庆忌，勇期贲育。"颜师古注："孟贲，古之勇士也，水行不避蛟龙，陆行不避豺狼，发怒吐气，声响动天。夏育，亦猛士也。"

〖寒暑〗抄本作"大小"，据《太鹤山人集》改。

〖寡营〗欲望少，不为个人营谋打算。唐韦应物《与韩库部会王祠曹宅作》："守默共无吝，抱冲俱寡营。"

〖来阴〗温图本作"素阴"，抄误。

〖搦管〗握笔；执笔为文。

〖岁岁〗抄本作"岁寒"，据《太鹤山人集》改。

诗作于清嘉庆十四年（1809）秋。

过秉衡侄留赠

岁暮无所适，常到阿咸家。竹送溪头月，梅开屋角花。移灯看捣药，掬水听煎茶。坐余留赠句，淡墨任欹斜。

【校注】

〖秉衡〗潘庭均。详注见《秋夜独坐寄怀曾宝镇董雨林家秉衡》。

〖阿咸〗三国魏阮籍侄阮咸，有才名，后称侄为"阿咸"。宋苏轼《和子由除夜元日省宿致斋》："朝回两袖天香满，头上银幡笑阿咸。"

庚午元日立春试笔作

一片东风至，千门曙色开。冰都连夜解，雪为送春来。宝字辉红帖，椒觞暖绿醅。木根生意动，先报一枝梅。

【校注】

〖椒觞〗盛有椒浆酒的杯子。此指酒杯。

诗作于嘉庆十五年（1810）农历正月初一。

周星斋五十寿诗

巨鳌戴山来西极，风驷云轩日游息。抱神守一归静域，是仙是隐谁能识。灵山主人青童君，（灵山主人乃星斋自号。）叱龙耕烟卧白云。霞裾玉佩香兰春。螺顶紫芝光如璃，一篇篇裁花作骨，奇情逸志飞天末，金银台上击铜钵。步虚声写蕊珠文，兴来泼墨铺鸾笺，满堂空翠摇晴烟。模山范水呵元气，一凹一凸符自然。忆我始叩神仙宅，玉戏天公为留客。东风吹面酿桃花，十日平原沉琥珀。再来约趁黄花黄，白露为霜葭苍苍。高潭夜泻银河水，寒蟾老兔回辉光。此景一别遂十载，桑田几处走沧海。藻屏云幕通红泉，只有灵山春不改。岁阳天上纪商横，仙家缸面浮长生。云际金铃语香雾，五十瑶筹报海曙。宝书见说驰春罗，蓬壶灵圃来经过。行厨六甲骖纤阿，斫桂烧麟餐胡麻。青琴玉女夸双蛾，弹璈鼓瑟肩相摩。白云黄竹舒清歌，倚声赴节趋鸣珂。主人高坐冠峨峨，鲸吞虹饮翻金螺。旧日昆仑弃桃核，胭脂出树生红花。宴罢璇台齐拍手，笑言此会他时有。主人不语理前游，望风却念红尘友。莺谷瑶华远致辞，冈陵云出言相思。草堂今日敷琼席，乞赋群仙高会诗。我曾胜侣崆峒结，琅函蕊简编三绝。远游方欲窥瑶坛，一粒孤进求还丹。临行握管歌长句，留寄灵山栖隐处。木兰从此乘长风，片帆倘许瀛洲通。（编者按，疑此脱句。）泠然直造青琳宫。端持手板参木公，联步还与群仙逢。携尊试问前时会，酒痕知带缸花红。归来更约同怀客，共登灵山最上峰。天长地久应有极，灵山之会无时穷。

【校注】

〔周星斋〕周吾。详注见《仿梅花道人笔意，作蕙兰花赠周处士天拱，并系以诗》。

〔戴山〕负山。王逸注引《列仙传》："有巨灵之鳌，背负蓬莱之山而抃舞。"

〔风驷云轩〕天上仙人的车驾，有瞬步千里之能。

〔守一〕亦作守壹。道家修养之术，谓专一精思以通神。《庄子·在宥》："我守其一以处其和，故我修身千二百岁矣，吾形未常衰。"

〔青童君〕亦称青童大君。神话传说中的仙人，居东海。

〔霞裾〕犹霞衣，指仙人的衣裾。宋苏轼《次韵韶倅李通直》："待我丹成驭风去，借君琼佩与霞裾。"

〔金银台〕传说仙人所居的金银筑成的楼台。《文选·郭璞〈游仙诗〉》："神仙排云出，但见金银台。"李善注："《汉书》：齐威宣、燕昭使人入海，求蓬莱、方丈、瀛洲。此三神山者，仙人及不死之药皆在焉，而黄金白银为宫阙。"

〔蕊珠〕蕊珠官，亦省称"蕊官"。道教经典中所说的仙官。

〔模山范水〕用文字或图画描绘山水景物。

〔玉戏〕下雪。宋陶谷《清异录·天文》："比邱清传与一客同入湖南，客曰：'凡雪，仙人亦重之，号天公玉戏。'"

〔十日平原〕比喻朋友连日欢聚。《史记·范雎蔡泽列传》："（秦昭王）乃详为好书遗平原君曰：'寡人闻君之高义，愿与君为布衣之友，君幸过寡人，寡人愿与君为十日之饮。'"亦作十日饮、十日欢。

〔琥珀〕美酒。唐李贺《残丝曲》："绿鬓年少金钗客，缥粉壶中沉琥珀。"

〔寒蟾老兔〕月亮。传说月中有蟾、白兔，故称。唐李贺《梦天》："老兔寒蟾泣天色，云楼半开壁斜白。"

〔岁阳〕亦称岁雄。古代以干支纪年，十干叫"岁阳"。

〔商横〕十干中"庚"的别称，用以纪年。

〖缸面〗新酿成的酒。唐何延之《兰亭始末记》:"(辩才)便留夜宿,设缸面药酒茶果等。江东云缸面,犹河北称瓮头,谓初熟酒也。"

〖灵圉〗神仙的总称。《史记·司马相如列传》:"灵圉燕于闲观,偓佺之伦暴于南荣。"司马贞索隐引张揖曰:"众仙号。"

〖六甲〗五行方术之一,即所谓遁甲之术。晋葛洪《神仙传·左慈》:"乃学道,尤明六甲,能役使鬼神,坐致行厨。"

〖纤阿〗古神话中御月运行之女神。

〖胡麻〗芝麻。相传汉张骞得其种于西域,故名。

〖青琴〗传说中的女神名。《史记·司马相如列传》:"若夫青琴宓妃之徒,绝殊离俗,姣冶娴都。"司马贞索隐引伏俨曰:"青琴,古神女也。"

〖璈〗乐器。《汉武帝·内传》:"王母命侍女弹八琅之璈,吹云和之曲。"

〖鸣珂〗显贵者所乘的马以玉为饰,行则作响,因名。此指居高位。南朝梁何逊《车中见新林分别甚盛》:"隔林望行幰,下阪听鸣珂。"

〖金螺〗用鹦鹉螺或红螺壳做成的酒杯的美称。

〖弃桃核〗宋苏轼《东坡志林》:"尝有三老人相遇,或问之年。一人曰:'吾年不可记,但忆少年时与盘古有旧。'一人曰:'海水变桑田时,吾辄下一筹,尔来吾筹已满十间屋。'一人曰:'吾所食蟠桃,弃其核于昆仑山下,今已与昆仑齐矣。'以余观之,三子者与蜉蝣朝菌何以异哉?"

〖璇台〗饰以美玉的高台,传说中仙人的居所。晋郭璞《游仙诗》之十:"璇台冠昆岭,西海滨招摇。"

〖望风〗远望;仰望。《文选·李陵〈答苏武书〉》:"远托异国,昔人所悲,望风怀想,能不依依。"李周翰注:"望风,谓远望也。"

〖莺谷〗莺处幽谷。比喻人未显达时的处境。

〖瑶华〗亦作瑶花。比喻诗文的珍美,亦用以对人诗文的美称。唐储光羲《酬李处士山中见赠》:"引领迟芳信,果枉瑶华篇。"

〖高会〗盛大宴会。《战国策·秦策三》:"于是使唐雎载音乐,予之五千金,居武安,高会相与饮。"鲍彪注:"《高纪》注,大会也。"

〖崆峒〗山名。在今甘肃平凉市西。相传是黄帝问道于广成子之所,也称空同、空桐。后亦以指仙山。

〖琅函〗道书。明杨慎《艺林伐山·仙经》："琼文、藻笈、琳篆、琅函，皆指道书也。"

〖蕊简〗道书。明王志坚《表异录·艺文》："道书曰蕊简，佛经曰贝文。"

〖编三绝〗韦编三绝。连编竹简的皮绳断了三次，比喻读书勤奋刻苦。

〖瑶坛〗用美玉砌成的高台，多指神仙的居处。

〖孤进〗特别求取上进，谓非常出色。

〖还丹〗道家合九转丹与朱砂再次提炼而成的仙丹。

〖泠然〗轻妙貌。《庄子·逍遥游》："夫列子御风而行，泠然善也。"郭象注："泠然，轻妙之貌。"

〖琳宫〗仙宫。亦为道观、殿堂之美称。

〖木公〗仙人名。

自题折枝牡丹

艳态浓情不自持，撩风惹雨乍开时。似为玉环留小影，温泉香滑出凝脂。

【校注】

〖折枝〗花卉画法之一。不画全株，只画连枝折下来的部分，故名。宋仲仁《华光梅谱·取象》："（六枝）其法有偃仰枝、覆枝、从枝、分枝、折枝。"

〖玉环〗杨贵妃小字。

自题墨菊

西风自种玉成窠，门巷无人载酒过。香气故应抟作梦，醒来无奈月明多。一作"一枕秋山清梦醒，夜凉无奈月明多"。

【校注】

〖抟〗抄本作"搏"，误。抟的繁体为"摶"，除字形与"搏"相似外，且为平声，意思为集聚，与诗意更为符合。

〖夜凉〗温图本作"夜深"。

即席赠陈竹师 有序

庚午夏仲，余来杭州，陈君竹师挟膳携朋，觞余于吴山之寓馆。余感其意，赋诗谢之。竹师慕贤好义，一时名下士乐与俱游。孟公多趣，曲逆能贤，固有家风焉。忆余甲子岁，始相与握手，酒肥茶脆，周旋甚欢。兹夕琴尊辄复相对，览风景而不殊，喜故人之无恙。况乎座上高贤，才皆吾友；江间古月，朗入君怀。喝令传觞，不醉何待。迨乎醇醴发颜，嘉肴果腹。烛眄花笑，玉醉山颓。口起河而辨悬，壶击玉而歌缺。阮公垒块，浇以酒而益生；崔侯文章，杂以蚓而多愧矣。嗟乎！冠盖京华，孰惜斯人之憔悴；凫舠客馆，最怜今夕之欢娱。八韵具成，一篇还赠。凡兹密坐，请锡和言。

不须历落叹奇才，且对长江饮百杯。千里我从瓯海至，六年君自广州回。体肤对面商肥瘦，丝竹关心问乐哀。一事不堪齐掉首，当时书剑尚尘埃。

拔剑高歌日几回，当年裙屐记徘徊。席间投辖嘉宾醉，门外停骖长者来。壮志肯随铜屑尽，朗怀常为月轮开。移尊况复欢今夕，多愧扬云是赋才。

【校注】

〖陈竹师〗其人失考。

〖孟公〗陈遵，字孟公，杜陵（今陕西省西安市）人。

〖发颜〗使脸色发红。

〖山颓〗形容醉倒。元杨仲弘《雪后次韵郑集之》："君辞如泉酒，我醉如山颓。"

〖阮公垒块〗谓心中郁结的不平之气。南朝宋刘义庆《世说新语·任诞》："阮籍胸中垒块，故须酒浇之。"

〖崔侯文章〗崔斯立，字立之，唐代博陵（今河北定县）人。能诗，有逸句。韩愈《赠崔立之评事》："崔侯文章苦捷敏，高浪驾天输不尽。"

〖当年裙屐〗裙屐少年。原指六朝贵游子弟，束裙着屐是当时盛行的装束。泛指大家子弟。清余怀《板桥杂记·雅游》："裙屐少年，油头半臂，至日亭午，则提篮挈榼，高声唱卖逼汗草、茉莉花。"

〖投辖〗《汉书·陈遵传》："遵耆酒，每大饮，宾客满堂，辄关门，取客车辖投井中，虽有急，终不得去。"辖，车轴两端的键。后以"投辖"指殷勤留客。

〖扬云〗扬雄。详注见《送陈韵轩先生归新昌》。

诗作于嘉庆十五年（1810）仲夏。

陈竹师三十初度之辰，余同蔡璇斋，孙佛沙，李清渠、芝岩兄弟，林石笥醵金为寿，诸君子皆以诗佐觞，余亦咏六截句志其事

三十知名说阮修，敛钱婚娶最风流。千秋佳话喧名士，何似今宵酒一瓯。

【校注】

〖醵金〗集资，凑钱。宋陶毂《清异录·黑金社》："庐山白鹿洞，游士辐凑，每冬寒，醵金市乌薪为御冬备，号黑金社。"

〖阮修〗西晋陈留尉氏人，字宣子，阮咸从子。与王敦、谢鲲、庾敳同为王衍"四友"。修居贫，年四十余未有室，王敦等敛钱为婚。

席间，戏为六国连兵斗嬴秦之令，泻酒一巨觥，拇战三北者饮之。竹师固喜饮，以强秦自居，伸拳遽出，求与之对，乃蔡君璇斋当之而靡，再出双，连失二筹。顾竹师雄风陡振，瞋眸奋发，呼声震屋瓦，谓六国唾手可倾覆。余急止璇斋勿复进，横接与抗，瞬目三胜之，尽复蔡所失筹，而竹师浮一大白矣

秦王虎视独眈眈，搅阵翻营转斗酣。今日楚兵一当百，渡河横击走章邯。

【校注】

〖拇战〗猜拳，酒令的一种。其法为两人同时出一手，各猜两人所伸手指合

计的数目，以决胜负。

〔三北〕三次败逃；连输三次。《韩诗外传》卷十："《传》曰：卞庄好勇，母无恙时，三战而三北。交游非之，国君辱之。卞庄子受命，颜色不变。"

〔瞋眸〕瞪大眼珠。《北史·杨大眼传》："旗鼓相望，瞋眸奋发，足使君目不能视，何必大如车轮。"

〔大白〕大酒杯。汉刘向《说苑·善说》："魏文侯与大夫饮酒，使公乘不仁为觞政，曰：'饮不釂者，浮以大白。'"

〔章邯〕秦人，字少荣。陈胜、吴广起事，奉命率骊山徒卒，败周文，破陈胜，屡战屡胜。二世三年（公元前 207），在巨鹿为项羽所败，遂降。从羽入关，立为雍王。楚汉战争中，被刘邦围攻于废丘，兵败自杀。

竹师十指既连挫于余，因而伸手失势，所向皆北，举令一巡，负酒七碗，然饮兴益豪，引满举白，反卮无余沥也

巡筵拇战竟无功，虹吸鲸吞气倍雄。酒味岂如茶味好，却教七碗效卢仝。

【校注】

〔卢仝〕（约 775—835）号玉川子，唐代诗人。卢仝好茶成癖，被世人尊称为茶仙。著有《茶谱》，其中《七碗茶诗》最为脍炙人口："一碗喉吻润，二碗破孤闷。三碗搜枯肠，惟有文字五千卷。四碗发轻汗，平生不平事，尽向毛孔散。五碗肌骨清。六碗通仙灵。七碗吃不得也，唯觉两腋习习清风生。"

中酒，竹师私出，持一善笛者来，置座侧，使为新声，既复倚声而歌将离之曲

一枝玉笛按新声，更遣匆匆唱渭城。听曲我知君有意，最难忘是故人情。

【校注】

〖中酒〗饮酒半酣时。《汉书·樊哙传》："项羽既飨军士，中酒，亚父谋欲杀沛公。"颜师古注："饮酒之中也。不醉不醒，故谓之中。"

〖新声〗新作的乐曲；新颖美妙的乐音。

〖渭城〗即唐代诗人王维在送别友人去边疆时写下的七言绝句《渭城曲》："渭城朝雨浥轻尘，客舍青青柳色新。劝君更尽一杯酒，西出阳关无故人。"此诗后来被编入乐府，广为传诵，成为饯别的名曲。或名《阳关曲》，或名《阳关三叠》。

席散后，竹师携乐上吴山，狂歌跳舞，经时始返

客散空斋夜气清，片云头上月华生。是夜有月华。狂歌大笑出门去，携乐吴山被酒行。

【校注】

〖被酒〗为酒所醉，犹中酒。《后汉书·刘宽传》："宽尝于坐被酒睡伏。"李贤注："为酒所加也。"

竹师方奏乐，半岭有寻声而至者，至则惟见碧树参天，白月瞰人，凉风吹骨，顾影生怜。而乐参差若坠云际，诚不知竹师又趋过山坳，度曲石阑上也。时铜龙漏下三筹，山上固鲜游迹。而来日城中哗传，月华散彩之夕，仙人奏乐吴山阴矣

笙声半岭裂轻鸾，又过山坳坐石阑。知否有人疑子晋，昨宵仙乐在云端。

【校注】

〖度曲〗按曲谱歌唱。汉张衡《西京赋》："度曲未终，云起雪飞。"

〖铜龙〗漏器的吐水龙头，亦借指漏壶。明李东阳《送进士归省》："宵辞禁漏铜龙尽，晓散朝行白鹭稀。"

〖轻鸾〗轻飞的鸾鸟。比喻仙女。唐李商隐《拟沈下贤》："千二百轻鸾，春衫瘦著宽。"

〖子晋〗王子乔的字，神话人物。相传为周灵王太子，喜吹笙作凤凰鸣声，被浮丘公引往嵩山修炼，后升仙。

蔡七让泉招饮赋诗 有序

蔡七让泉，虎林豪士也。岁戊辰与余始相遇于陈竹师处，见如平生欢。今年夏，余来杭州，寓居海会寺之南隐山房。让泉闻余至，时方登吴山剧饮，遽乘醉来访，狂呼排闼入，取蒲团席地坐，论议风生，旁观者眉为之乍伸。既而具酒馔，邀余为逃暑之饮，不晴卜而雨卜，恐遗余以襦襁子之诮也，让泉诚能爱人以德矣。饮之日，同人皆有诗，余不敏，重以让

泉之命，其曷敢辞。

禁得三年别，相逢首乱搔。暂因携美酒，邀共读离骚。花气熏人静，帘波荡雨高。踟蹰吟未得，敢自负诗豪。

【校注】

〖虎林〗虎林、武林，杭州之旧称。武林之名最早出自《汉书》，与境内武林山有关。班固《汉书·地理志》："武林山，武林水所到之处出。东入海，行八百三十里。"据传唐朝为避李虎（唐高祖李渊的祖父）之讳而改为"武林"。

〖平生欢〗素来交好。

〖海会寺〗已圮。遗址在杭州市上城区大井巷。

〖排闼〗推门，撞开门。宋王安石《书湖阴先生壁》："一水护田将绿绕，两山排闼送青来。"

〖觙襶子〗不晓事的人。《古文苑·程晓〈嘲热客诗〉》："只今觙襶子，触热到人家。"章樵注："音耐戴，言不爽豁也。《类说》《集韵》：'觙襶，不晓事之名。'"

〖爱人以德〗按照道德标准去爱护和帮助他人。

诗作于嘉庆十五年（1810）庚午夏。

自题墨兰

一片香风到砚池，疏花密叶自参差。傍人未信春生手，携近岩边月下窥。

自题墨竹

谓曰非竹，神随影完。谓曰非兰，笔走香攒。春云远坠沅湘湿，一丛斜倚青琅玕。

【校注】

〖沅湘〗沅芷湘兰，指生于沅湘两岸的芳草。此指兰花。

从父峄云先生七十寿诗

龟龙在渊，鸿鹄乘云。物寿以性，人寿以仁。时惟伯父，渊冲其量。轸方毂圆，玉式金相。道华外荣，和神内王。日月齐晖，嵩岳等望。岁在涒滩，年纪从欲。云顶松扶，鸠端玉琢。今世颜曾，古时佺偓。济济宗人，锵锵群彦。酒挹长生，洽和奉献。鼎以犹子，得从诸郎。桂堂赓韵，兰席接芳。倚声染翰，诗祝如冈。白云绕笔，素书满床。日负赵衰，风卧羲皇。从容名教，和乐未央。愿持兹意，千岁为常。永歌难老，寿考无疆。

【校注】

〖从父〗父亲的兄弟，即伯父或叔父。

〖渊冲〗《文选·陆机〈皇太子宴玄圃宣猷堂有令赋诗〉》："茂德渊冲，天姿玉裕。"张铣注："冲，深也。言茂盛之德如渊之深。"

〖轸方毂圆〗如轸木那样方正、轮毂那样圆满。

〖玉式金相〗南朝梁刘勰《文心雕龙·辨骚》："金相玉式，艳溢锱毫。"形容人表里俱美。

〖道华〗谓纷华盛丽的意念。

〖和神〗和悦心神。《汉书·田千秋传》："玩听音乐，养志和神。"

〖涒滩〗岁阴申的别称，古用以纪年。《尔雅·释天》："（太岁）在申曰涒滩。"《吕氏春秋·序意》："维秦八年，岁在涒滩。"高诱注："岁在申名涒滩……涒滩，夸人短舌不能言为涒滩也。"

〖颜曾〗孔子弟子颜回和曾参的并称。

〖佺偓〗偓佺，神话传说中的仙人。汉刘向《列仙传·偓佺》："偓佺者，槐山採药父也，好食松实，形体生毛，长数寸，两目更方，能飞行逐走马。"

〖犹子〗侄子。《礼记·檀弓上》："丧服，兄弟之子，犹子也，盖引而进之也。"本指丧服而言，谓为己之子期，兄弟之子亦为期。后称兄弟之子为犹子，亦称从子。

〖赓韵〗和韵。宋楼钥《客省中次适斋韵》："诗筒才到先赓韵，酒兴方浓莫算杯。"

〖诗祝如冈〗温图本作"诗竹"，误。《诗经·小雅·天保》："如山如阜，如冈如陵。"本为祝颂人君之词，后为祝寿之词。

〖日负赵衰〗赵衰冬日。比喻人的态度温和慈爱，使人愿意接近。日负，晒太阳。春秋鲁左丘明《左传·文公七年》："赵衰，冬日之日也；赵盾（赵衰之子），夏日之日也。"杜预注："冬日可爱，夏日可畏。"赵衰，春秋晋国人，字子余，又称赵成子、成季。从公子重耳流亡在外十九年，历尽险阻艰难，助重耳回国即位为晋文公。

〖风卧羲皇〗形容人生活悠然自适，心境闲逸。晋陶潜《与子俨等疏》："常言五六月中，北窗下卧，遇凉风暂至，自谓是羲皇上人。"

〖名教〗名声与教化。《管子·山至数》："昔者周人有天下，诸侯宾服，名教通于天下。"

诗作于嘉庆十七年（1812）春节前后。

壬申九日舟中作

人乐登高节，吾乘上濑船。张帆悬海日，掞舵拗溪烟。流折沙横截，篙回岸倒旋。山疑推蜀士，石似走秦鞭。密竹围村小，乔松插盖圆。片云鱼阵过，杂乐鸟声喧。绿树家园近，黄花客路妍。何人来送酒，有弟和诗篇。时三弟同舟。经笥闲同检，茶炉试自煎。加餐书待报，谓周藕农。尝药病初痊。时病疟，赵灌松先生馈药，于舟中服之而愈。爽气秋天迥，澄怀水镜鲜。何当新制曲，一为谱鸣弦。

【校注】

〖掞舵〗亦作掞柁、掞柂。拨转船舵，指行船。

〖石似走秦鞭〗"鞭石""秦王鞭石"的典故。《太平御览》引《三齐略记》："秦始皇作石桥于海上，欲过海看日出处。有神人驱石，去不速，神人鞭之，皆流血，今石桥犹赤色。"后用"鞭石"比喻造桥有如神助，做事得到神助。此指作者坐在行船上，看溪边石头似有神人驱动一般，接连不断从眼前划过。

〖三弟〗潘镐，字成九，一字季彝，国学生。

〖经笥〗《后汉书·文苑列传上·边韶》："腹便便，五经笥。"后用"经笥"比喻博通经书的人。

〖周藕农〗名衣德，原名灏，字子莲，号藕农，温州永嘉人，嘉庆二十四年（1819）举人，作品有《周衣德集》。

〖赵灌松〗赵贻瑄。详注见《赵灌松先生斋中牡丹开花一朵招饮赋诗》。

诗作于嘉庆十七年（1812）重阳节。

夜泊黄山潭

晚烟笼水薄于纱，林外秋风雁影斜。一片黄山潭上月，照人今夜宿芦花。

月明竹露摇金铎，雨过风泉响玉琴。岩下推篷烧烛坐，夜凉一为赏清音。

【校注】

〖黄山潭〗位于景宁县城西南标溪乡。

〖金铎〗即铎，古乐器名，"四金"之一。《周礼·地官·鼓人》："以金铎通鼓。"郑玄注："铎，大铃也，振之以通鼓。司马职曰：司马振铎。"

诗作于嘉庆十七年（1812）秋。

哭次儿钟奇

壬申九月重阳节，正是吾儿毕命时。痛佩茱萸天际坐，罔知家难自吟诗。

一纸家书泪暗催，返魂香歇念成灰。怜渠骨肉无多甚，付与深山伴草莱。

叹余无岁不离家，岁岁归来抚髻丫。今日凄然檐下坐，满腮清泪滴黄花。

耳底如闻唤阿爷，心知质已委泥沙。伤怀莫忆从前事，五载优昙顷刻花。

【校注】

〖草莱〗草莽，杂生的草。《南史·孔圭传》："门庭之内，草莱不剪。"

〖髻丫〗盘于头顶左右两边的发髻。宋苏轼《送笋芍药与公择》："还将一枝春，插向两髻丫。"

〖优昙〗优昙钵花。优昙为梵语的音译，又译为"优昙华""优昙钵""优昙钵罗""优钵昙华""乌昙跋罗"，即无花果树，产自印度，我国云南等地亦有生长，其花隐于花托内，一开即敛，不易看见。佛教以为优昙钵开花是佛的瑞应，称为"祥瑞花"。

诗作于嘉庆十七年（1812）重阳后。

高爱溪先生寿诗

青山如黛鬓如霜，洗竹浇花自在忙。百岁相依期老母，六旬知己属杜康。琴弹流水风云静，画点桃源日月长。固有屏风传好事，松乔筋骨斗坚强。

【校注】

〖高爱溪〗泰顺人，余不详。

〖洗竹〗削去丛竹的繁枝。唐刘禹锡《遥贺白宾客分司初到洛中戏呈冯尹》："洗竹通新径，携琴上旧台。"

〖流水〗即《高山流水》，古琴曲名。亦泛指琴曲。

〖松乔〗神话传说中仙人赤松子与王子乔的并称，泛指隐士或仙人。

为刘小藜画兰题句

梦断湘江暮雨余，碧窗云影坐清虚。谢生竟体芬芳甚，写出幽花恐不如。

纤茎瘦叶自清华，笔引香风趁势斜。记得石林深洞里，一丛闲放两三花。

【校注】

〖刘小藜〗或是泰顺知县刘炳然之子。

〖清华〗指景物清秀美丽。晋谢混《游西池》："景昃鸣禽集，水木湛清华。"

奉和刘明府五十五岁生辰言怀谢客之作 有序

伏读《乙亥生辰言怀谢客》之作，字都轩昂，志若卑抑。杜少陵移夔之岁，别柳知春；杜集有《移居夔州》作。按工部时五十五岁。李太白望皖之篇，投云许意。于辞无假，厥义有归。夫其官海疑波，年华识鬓。餐芝愿在，制锦心劳。士元非百里之才，云宰实四夔之选。箕裘欲继，将作孝以作忠；诗礼思传，一治家于治国。高阁麒麟之绩，深山猿鹤之情。莫不归命性灵，受裁风雅。交萦象管，约赴鸿章。以故启灵台而寂叩，气走如云；入乐府以冥搜，声和被纸。情田自种，英华吐慈孝之经；性海常澄，烟墨拥神仙之气。虽有作者，何以加焉。是宜播诸管弦，以昭文德；岂独刊之道路，使继声尘。某凤承齿盼，常奉明辉。分坐榻于南州，人非名士；受居廛于东郭，分是苍生。岩邑山多，宜指而作仁人之寿；寸心草小，合兴而扬君子之风。遂乃固陋不辞，和歌辄献。弄夔门之促节，自知间杂俳优；奏蛙国之繁音，何足赓扬盛美。然而舆人之诵具在，知己之感难忘。依韵回环，冀全欢于终始；连篇往复，寓密意之缠绵。不禁欣然，妄希莞尔。伏惟照察，无任兢惶。

簿书钱谷任纷更，历落崚嶒自性情。直道何曾妨膴仕，读书真不负平生。年无荒歉征奇政，邑有弦歌是颂声。三里之城七里郭，口碑谁不载公名。

坐拥皋比愧盛名，只余称祝到贤声。头颅如许公宁负，脾肉无端我亦生。公自言政简多暇，有脾肉复生之感。余亦以贫贱居闲，同致慨焉。东阁花明春有意，南楼客醉月多情。每从欢宴归来后，街鼓频听转二更。每侍清宴，散必二鼓。

【校注】

〖刘明府〗刘炳然，字藜阁，安徽怀宁人。举人，嘉庆十九年至二十一年（1814—1816）任泰顺知县。

〖谢客〗谢灵运。

〖卑抑〗疑是"卑抑"，谦恭忍让。

〖李太白望皖之篇〗即李白《江上望皖公山》："奇峰出奇云，秀木含秀气。清晏皖公山，巉绝称人意。独游沧江上，终日淡无味。但爱兹岭高，何由讨灵异。默然遥相许，欲往心莫遂。待吾还丹成，投迹归此地。"

〖疑波〗温图本作"拟波"，抄误。据上下文或是"凝波"。

〖餐芝〗传说仙家以芝草为食，指修身养性，不慕名利。南朝梁陶弘景《解官表》："臣闻尧风冲天，颍阳振饮河之谈，汉德括地，商阴峻餐芝之气。"

〖制锦〗《左传·襄公三十一年》："子皮欲使尹向为邑。子产曰：'少，未知可否。'子皮曰：'愿，吾爱之，不吾叛也。使夫往而学焉，夫亦愈知治矣。'子产曰：'不可……子有美锦，不使人学制焉。大官、大邑，身之所庇也，而使学者制焉，其为美锦不亦多乎？'"后以"制锦"为贤者出任县令之典。

【士元】庞统，字士元，外号凤雏，汉时荆州襄阳人，与诸葛亮齐名。据《三国演义》，庞统去投刘备，任为耒阳令，诸葛亮知道后对刘备说："士元非百里之才，胸中之学，胜亮十倍。"

【云宰】玄宰。《新唐书·崔造传》："崔造，字玄宰，深州安平人。永泰中，与韩会、卢东美、张正则三人友善，居上元，好言当世事，皆自谓王佐才，故号四夔。"后将同时贤能出众的四人美称为"四夔"。

【箕裘】比喻祖上的事业。《礼记·学记》："良冶之子，必学为裘，良弓之子，必学为箕。"良冶、良弓，指善于冶金、造弓的人。意为子弟由于耳濡目染，往往继承父兄之业。

【高阁】麒麟阁，汉代阁名，在未央宫中。汉宣帝时曾画霍光等十一功臣像于阁上，以表扬其功绩。封建时代多以画像于"麒麟阁"表示卓越功勋和最高的荣誉。

【猿鹤】借指隐逸之士。清方文《饮从兄撎公民部》："猿鹤岂无干禄意，江关只恐厌人稠。"

【性灵】内心世界。泛指精神、思想、情感等。唐孟郊《怨别》："沉忧损性灵，服药亦枯槁。"

【象管】象牙制的笔管。亦指珍贵的毛笔。

【灵台】位于额头，古代修仙之人把此处称为"灵台"。《黄庭外景经·上部经》："灵台通天临中野。"务成子注："头为高台，肠为广野。"

【情田】《礼记·礼运》："故人情者圣王之田也，修礼以耕之，陈义以种之，讲学以耨之，本仁以聚之，播乐以安之。"后以"情田"指心地。

【英华】美好的声誉。《汉书·叙传上》："今吾子幸游帝王之世，躬带冕之服，浮英华，湛道德。"颜师古注："英华，谓名誉也。言外则有美名善誉，内则履道崇德也。"

【性海】佛教语，又称果海，指本性之海，以此比喻真如之理性深广如海。

【文德】指礼乐教化，与"武功"相对。

【声尘】指名声。南朝梁刘孝标《自序》："余声尘寂寞，世不吾知，魂魄一去，有同秋草。"

〔南州〕借指徐穉。东汉陈蕃为太守，在郡不接宾客，唯徐穉来特设一榻，去则悬之。后用为"好客"之典。清宋琬《韩子新归中州诗以赠之》："邑宰闻生来，下榻如南州。"

〔俳优〕古代以乐舞谐戏为业的艺人。

〔舆人〕众人。《国语·晋语三》："惠公入，而背外内之赂。舆人诵之。"韦昭注："舆，众也。"

〔伏惟〕亦作伏维。下对上的敬辞，表示希望。

〔兢惶〕惊惧惶恐。《旧唐书·杜佑传》："尘渎圣聪，兢惶无措。"

〔钱谷〕钱币、谷物。常借指赋税。《史记·陈丞相世家》："（孝文皇帝）问：'天下一岁钱谷出入几何？'勃又谢不知。"清纪昀《阅微草堂笔记·如是我闻四》："吴兴某，以善治钱谷有声。"

〔嶔崎〕险峻；不平。比喻品格卓异。宋秦观《南都新亭行寄王子发》："亭下嶔崎淮海客，末路逢公诗酒共。"

〔直道〕正道，指确当的道理、准则。《韩非子·三守》："然则端言直道之人不得见，而忠直日疏。"

〔膴仕〕高官厚禄。《诗经·小雅·节南山》："琐琐姻亚，则无膴仕。"毛传："膴，厚也。"

〔公名〕温图本作"公平"，抄误。

〔皋比〕虎皮。《左传·庄公十年》："自雩门窃出，蒙皋比而先犯之。"杜预注："皋比，虎皮。"古人坐虎皮讲学，后指讲席。

〔头颅如许〕源自南朝梁陶弘景《与从兄书》："仕宦期四十左右作尚书郎，即抽簪高迈。今三十六，方作奉朝请，头颅可知，不如去。"常用此事作为感叹年迈、不求仕进的典故。

〔脾肉〕"脾"通"髀"，大腿。《三国志·蜀书·先主传》裴松之注引《九州春秋》说：刘备有一次见自己大腿上的肉又长起来了，自叹"今不复骑，髀里肉生"。后用"髀肉复生"表示慨叹久处安逸，想要有所作为。

诗作于嘉庆二十年（1815）。

101

为刘明府设饯山斋，再请而诺，即走笔驰诗催之

击肉烹鱼味共鲜，田家鸡黍亦登筵。前徒乍报高轩至，惹得厨娘喜欲颠。

书生请客比河清，难得天公特放晴。相待便应携斗酒，石林高处听流莺。

【校注】

〖高轩〗高车，贵显者所乘，亦借指贵显者。此指刘炳然知县。

〖石林〗石林精舍，位于泰顺县罗阳镇东外村三仙坪，系潘鼎父亲潘学地所建。

张灿堂明府卸事之日，出便面属写兰草一丛，即题此送之

一月山中住，香名讶许同。民皆称爱日，地已洽仁风。旧梦湘云远，新知楚畹通。欲因留小影，点笔未能工。

【校注】

〖张灿堂〗某县知县，里籍未考。据《分疆录》，嘉庆年间，泰顺无张姓知县。

〖便面〗古代用以遮面的扇状物。《汉书·张敞传》："然敞无威仪，时罢朝会，过走马章台街，使御吏驱，自以便面拊马。"颜师古注："便面，所以障面，盖扇之类也。不欲见人，以此自障面则得其便，故曰便面，亦曰屏面。今之沙门所持竹扇，上衮平而下圜，即古之便面也。"后称团扇、折扇为便面。

〖香名〗美名。唐岑参《送许子擢第归江宁拜亲因寄王大昌龄》："青春登甲科，动地闻香名。"

〖楚畹〗《楚辞·离骚》："余既滋兰之九畹兮，又树蕙之百亩。"后以"楚畹"泛称兰圃。

为姚芷卿三兄作兰草一丛，即题句送别

　　为写幽兰影，临歧更赠歌。香风随处有，臭味此中多。静处看拳石，清音想佩珂。前途芳讯好，莫自怨蹉跎。

【校注】

　　〖姚芷卿〗杭州人，嘉庆十九年至二十年（1814—1815）在泰顺佐理县务。余无考。

　　〖臭味〗比喻同类。《左传·襄公八年》："季武子曰：'谁敢哉！今譬于草木，寡君在君，君之臭味也。'"杜预注："言同类。"

　　诗作于嘉庆二十年（1815）。

题刘明府新昌德政画册　　有序

　　嘉庆丙子春三月，蔡阁老父母，以廉能调官甬上，行有日矣。因出其向日《新昌德政画册》见示，乃知所以治吾邑者，固先于斯图见之。今吾邑仰泽怀风，瞻恋无已，诚何异于新昌民哉？盥手披览，感颂同深，敬题一律，即求训定。

　　旌旗犹为拥声芳，到处齐觇凤羽光。一卷画图成县谱，两州题咏共甘

棠。来苏后我迎神父，默借随人乞象王。知否欲留留不得，河山同此认
恩长。

【校注】

〖老父母〗旧时对地方官的敬称，谓其爱民如子。

〖凤羽光〗吉光凤羽，意为吉光与凤凰的毛羽。比喻艺术珍品。明王世贞
《题三吴楷法十册》："吾所缀集，皆待诏中年以后书，真吉光凤羽，缉而成裘，
后人其宝守之。"

〖甘棠〗详注见《送观察李石农先生》。

〖来苏〗谓因其来而于困苦中获得苏息。《书·仲虺之诰》："攸徂之民，室
室相庆曰：'徯予后，后来其苏！'"孔传："汤所往之民皆喜曰：'待我君来，其
可苏息。'"

〖神父〗古时百姓对贤明的地方长官的尊称，有敬之如神、尊之如父之意。
《后汉书·鲍德传》："（鲍德）累官为南阳太守。时岁多荒灾，唯南阳丰穰，吏
人爱悦，号为神父。"

〖象王〗详注见《龙护寺杂诗》。

诗作于嘉庆二十一年（1816）三月。

赠别吴春波先生

齐鲁荆吴遍履綦，岩疆书剑忽相期。梦回水石游前定，春波先生梦至一
处，白石如林，清流见底，竹树掩映，每曲益幽。及来罗阳，由瑞安江溯流至百丈步，适
符梦境焉。交到神仙品可知。春波旧客山左之金乡，其县署有乩仙，与之诗笔往还，目
为心友，仙尝醮笔赠诗，有"交从淡处始能真"之句。三载清风依玉麈，余每至署，常
坐春波榻，清谈竟日。一朝别恨付斑骓。他时握手还何处，指点浮云万里驰。

【校注】

〖吴春波〗监生，余不详。

〖齐鲁荆吴〗齐鲁，今山东。荆吴，春秋时的楚国与吴国，后泛指长江中下游地区。

〖岩疆〗边远险要之地。此指泰顺。

〖金乡〗山东省金乡县。金乡是千年古县，夏为有缗国，秦设郡县，建武元年（25），置金乡县。

〖乩仙〗扶乩时请托的神灵。

〖玉麈〗玉柄麈尾，东晋士大夫清谈时常执之。

〖斑骓〗毛色青白相杂的骏马。唐李商隐《春游》："桥峻斑骓疾，川长白鸟高。"

题罗汉图

旖旎青云拥足飞，却教狂虎识棕衣。不辞拍手天花坠，拗取松枝作麈挥。

锡影凌空想化踪，琉璃宝地忽相逢。阿罗汉道谈何易，指向高天证老龙。

【校注】

〖天花坠〗天花乱坠。后来形容说话言辞巧妙，有声有色，非常动听（多指夸大而不切实际）。

〖拗取〗折取。

〖阿罗汉〗梵语译音，即得道者、圣者的意思，也可以称作"罗汉"。

关于诗题，晤本作《题罗汉画扇》。

题画兰集兰亭字

连日所作墨兰，未有题咏，昨于灯下展玩晋唐旧帖，而吟兴忽发，遂集《兰亭》字得诗十二首，持此以赠幽兰，花知不寂寞矣。六月望前三日并记。

长天清气带春林，风日无言自古今。得有一亭临水坐，暂时觞咏亦山阴。

和风当坐日生春，自取天怀寄静因。不向崇山闲骋足，固知一室有幽人。

虚室相期气不迁，一时静气得天然。幽情契合无人喻，林外春风自管弦。

每因山水坐清虚，室内悟言合取诸。一岁系怀知有在，和风朗日暮春初。

昔年暂作会稽游，竹外兰亭水抱幽。今日放怀随所遇，清风犹向坐间流。

古贤感慨托悲丝，相喻无言岂若斯。一带春山寄怀抱，此时形迹惠风知。

一气春和若可听，自知相契在无形。闲观尽日天情足，人坐清风水曲亭。

茂林幽趣向人生，水竹虚和映带清。不是崇兰能有气，春风虽至也无情。

虚怀幽契信相同，丝管春山听未终。左右清流又修竹，一生长领故人风。

地静天清与世殊，随时俯仰足相娱。也知管领春风外，闲坐山亭一事无。

终日山林托兴长，闲情临水坐流觞。天风领得春兰气，静向幽人一寄将。

放足春山听所之，幽兰随地与人期。会稽天气虽然古，犹有清风视昔时。

群山静揽畅春情，水竹应和引带清。自是崇兰能有气，不然岂得快风生。

【校注】

〖暂作〗温图本作"晢足"，抄误。

〖悲丝〗悲哀的弦乐声。唐杜甫《促织》："悲丝与急管，感激异天真。"

〖映带〗景物互相衬托。晋王羲之《兰亭集序》："又有清流激湍，映带左右。"

关于诗题，晤本作《集兰亭字题画兰》。最后一首泰图本、温图本均无，从晤本补入。

荆坑旅馆和林石笥韵

明月清尊费客吟，乡园犹隔莽榛深。风欺去鸟吹难定，山稷游云走不禁。赖有交情盟白水，敢将颜色借黄金。丈夫共抱登车志，莫负荒鸡此夜心。

【校注】

〖荆坑〗浙江省缙云县东渡镇金坑村，金坑原名荆坑。

〖稷〗谷名。"稷"或是"复"之误。

丙子腊月治装北上留别亲友

禄养吾儒事，谁知负米难。家贫求作客，计拙欲为官。风力鞭丝劲，霜花剑影寒。故园山万朵，回首暮云攒。

壮气空千里，刚风扑面迎。我才应有用，君辈剧多情。日出天阶近，云驰马足轻。为怀陈仲举，揽辔志澄清。

【校注】

〔禄养〕以官俸养亲。古人认为官俸本为养亲之资。汉焦赣《易林·革之观》："飞不远去，法为囷待，禄养未富。"

〔负米〕外出求取俸禄钱财等以孝养父母。《孔子家语·致思》："子路见于孔子曰：'负重涉远，不择地而休；家贫亲老，不择禄而仕。昔由也，事二亲之时，常食藜藿之实，为亲负米百里之外。'"

〔揽辔志澄清〕在乱世有革新政治、安定天下的抱负。南朝宋刘义庆《世说新语·德行》："陈仲举言为士则，行为世范，登车揽辔，有澄清天下之志。"

诗作于嘉庆二十一年（1816）十二月。

百丈步别二弟彝仲

两夜荒村对榻眠，三朝才上木兰船。傍人莫笑行濡滞，雁影天边一字连。

敧枕寒灯梦不成，推衾还坐话残更。如何一夜清溪水，也作潺湲惜别声。

白舫青帘待晓开，夕阳乌帽尚徘徊。篙师也解离人意，悄倚樯边不敢催。

临行且复立斯须，高鸟浮云倏忽逾。尺璧荆山传异宝，可能敌此寸阴无。

高立沙堤意未安，百千离绪总无端。心知咫尺滩头地，已作孤篷万里看。

【校注】

〖百丈步〗泰顺百丈埠头，今淹没在飞云湖底。

〖彝仲〗作者二弟，谱名潘明鹤，字鸣九，学名尊，字彝仲，国学生。

〖濡滞〗停留；迟延；迟滞。《孟子·公孙丑下》："三宿而后出昼，是何濡滞也！"赵岐注："濡滞，淹久也。"

〖乌帽〗黑帽，古代贵者常服。隋唐后多为庶民、隐者之帽。唐白居易《池上闲吟》之二："非道非僧非俗吏，褐裘乌帽闭门居。"

〖尺璧〗直径一尺的璧玉，言其珍贵。《淮南子·原道训》："圣人不贵尺之璧，而重寸之阴，时难得而易失也。"

〖荆山〗山名。在今湖北省南漳县西部，漳水发源于此。山有抱玉岩，传为楚人卞和得璞处。

诗作于嘉庆二十一年（1816）十二月。

放舟寄二弟彝仲

故作欢容别，遥知忍泪看。乾坤此兄弟，游处共艰难。掉首山连岸，停桡月上滩。剧怜今夜影，两处对形单。

放棹滩头去，终朝拭泪痕。家贫怜弟苦，身贱愧亲恩。暇逸诚何敢，辛酸且自吞。高堂留白发，养莫缺晨昏。

【校注】

〔暇逸〕亦作暇佚。闲散安逸。《书·酒诰》："惟御事厥棐有恭，不敢自暇自逸。"

〔晨昏〕"晨昏定省"的略语，意为朝夕慰问侍奉。唐孟郊《杀气不在边》："况余隔晨昏，去家成阻修。"

家弟彝仲年逾三十，未赋弄璋，夙欲为聘小妇，而未得其人。濒行有以某姓女来议，予固尝耳熟者，而弟之懒而置之也，以诗促之

揩眼金光席上铺，怜渠未弄掌中珠。茂陵待聘还须聘，一语从他诮老奴。

隔岸桃花放晓晴，桃根桃叶旧知名。门前流水清如许，莫忘拿舟打桨迎。

【校注】

〔弄璋〕《诗经·小雅·斯干》："乃生男子，载寝之床，载衣之裳，载弄之璋。"毛传："半圭曰璋……璋，臣之职也。"诗意祝所生男子成长后为王侯，执圭璧。后称生男为"弄璋"。

〔小妇〕妾；小老婆。《汉书·元后传》："凤（王凤）知其小妇弟张美人尝已适人，于礼不宜配御至尊，托以宜子，内之后宫。"颜师古注："小妇，妾也。"

〔濒行〕即将出发的时候。

〔掌中珠〕亦作掌上明珠、掌上珠。比喻极受疼爱的人。后多指极受父母钟爱的儿女。

〔茂陵〕《西京杂记》载，汉司马相如将聘茂陵人之女为妾，卓文君作《白

头吟》以自绝，相如乃止。又司马相如曾家居茂陵，后世因以"茂陵"代称司马相如。

〖桃根桃叶〗东晋美女，桃叶为姐，桃根为妹，皆为书法家王献之之妾。后泛指美女。

诗作于嘉庆二十一年（1816）十二月。

寄周会同京、宗文纯兄弟

自知匹马出乡关，白发慈亲倚户看。天上青箱移粟远，雨前墨灶长苔寒。千言下笔蚕声易，一饭求人雁嘴难。无计却将三十口，缄辞嘱尔重悲酸。

【校注】

〖周会同京、宗文纯〗周京（1784—1860），字会同，号古侠，罗阳人。附贡生，加主簿衔。著有《读书随笔》四卷，《巽言录》一卷，《古侠遗诗》若干卷。周纯（1787—1835），字宗文，罗阳人。

〖青箱〗收藏书籍字画的箱笼。清方文《润州早发》："白露水千里，青箱书一函。"

〖墨灶长苔寒〗《昭明文选》卷四十五："孔席不暖，墨突不黔。"谓墨翟东奔西走，每至一地，烟囱尚未熏黑，又到别处去了。此指家贫不能举火。

〖雁嘴〗箭穿雁嘴。比喻不开口说话。

〖无计却将三十口〗出自杜甫《得弟消息二首》："汝懦归无计，吾衰往未期。浪传乌鹊喜，深负鹡鸰诗。生理何颜面，忧端且岁时。两京三十口，虽在命如丝。"

诗作于嘉庆二十一年（1816）十二月。

林贯三明经寿诗

漫从朋辈数英雄，矍铄谁知有是翁。肯为功名怜哲弟，不辞辛苦报先公。莱衣色舞萱花笑，_{太夫人在堂。}爱日光敷玉树融。我有延年甘菊酒，一尊遥寄自瓯东。_{时余在瓯城。}

【校注】

〔林贯三〕瑞安人。据林培厚《天台别家兄贯三》中的诗句"垂老情于骨肉亲"，应是林培厚的兄长。

〔明经〕唐代科举以诗赋取士谓之进士，以经义取士谓之明经。到明清时代，明经便作为贡生的别称。

〔哲弟〕指林培厚。

〔莱衣色舞〕《艺文类聚》卷二十引《列女传》："老莱子孝养二亲，行年七十，婴儿自娱，著五色采衣。尝取浆上堂，跌仆，因卧地为小儿啼，或弄乌鸟于亲侧。"后为孝养父母之词。

〔光敷〕广布。《三国志·吴志·贺邵传》："愿陛下上惧皇天谴告之诮，下追二君攘灾之道……则大化光敷，天人望塞也。"

诗作于嘉庆二十一年（1816）十二月。

正月三日探梅果园，即造主人，阍者辞以出，知其高卧谢客，诡辞授仆也。即日赋以四诗寄之，间寓想于艳情，知无伤于雅谑

青壁丹崖认白云，客途容易感离群。等闲爱踏松台路，半为梅花半是君。

缩头尽日卧匡床，却遣长须应户忙。何似梅花偏坦荡，任余袍笏丈人旁。

水仙花放小盆间，*几上供水仙花。* 风过庭柯思佩环。绝似佳人矜窈窕，珠帘暂遣隔重山。

闭户逾垣例不刊，闲人宁解肃衣冠。沉沉忽笑侯门地，一样萧郎谒见难。

【校注】

〔果园〕项维仁，初名烋，字寿春，号勉轩，晚号果园，清永嘉城区（今鹿城区）人，筑园松台山麓。温州著名书画家、诗人。泰顺董正扬称其画多苍郁之气，为"本朝永嘉第一"，遗著有《果园诗抄》一卷、《诗稿》五卷。

〔阍者〕守门的人。

〔雅谑〕趣味高雅的戏谑。

〔松台路〕松台山上的路。松台山，别名净光山，是温州"斗城"九山之一，位于旧城西南角，因山坪如台，苍松林立，故称"松台山"。

〔匡床〕安适的床。汉桓宽《盐铁论·取下》："匡床旃席，侍御满侧者，不知负辂挽船，登高绝流之难也。"王利器校注："《淮南子·主术篇》曰：'匡床蒻席。'今案高诱注曰：'匡，安也。'"

〔长须〕男仆。

〔袍笏〕朝服和手板。上古自天子以至大夫、士人，朝会时皆穿朝服执笏。亦泛指官服，或借指有品级的文官。

〔佩环〕借指女子。宋姜夔《疏影》："想佩环、月夜归来，化作此花幽独。"

〔闭户〕指人不预外事，刻苦读书。《文选·任昉〈天监三年策秀才文〉》："闭户自精，开卷独得。"李善注引《楚国先贤传》："孙敬入学，闭户牖，精力过人，太学谓曰'闭户生'。"

〔逾垣〕翻越墙头。《诗·郑风·将仲子》："将仲子兮，无逾我墙。"后因以"逾垣"谓男女私会偷情。

〔萧郎〕唐崔郊之姑有一婢女，后卖给连帅，郊十分思慕她，因赠之以诗曰：

"公子王孙逐后尘，绿珠垂泪滴罗巾。侯门一入深如海，从此萧郎是路人。"后以"萧郎"指美好的男子，或女子爱恋的男子。

诗作于嘉庆二十二年（1817）正月。

上元夜，舟出南塘，见张灯甚盛，时方以事急归，未遑停桡一赏游也

风扶步障照天青，金碧楼台展画屏。两岸笙歌交夜月，一塘灯火喷春星。香尘细拨兰桡集，玉漏迟催宝马停。独有劳人劳太甚，片帆东去感浮萍。

【校注】

〔南塘〕南塘河。南宋淳熙十三年（1186），温州太守沈枢，发动民众整治疏浚温州到瑞安长达七十多里的七铺塘河，因在温州城南面，故称南塘河。

〔步障〕亦作步鄣，用以遮蔽风尘或视线的一种屏幕。三国魏曹植《妾薄命》："华灯步障舒光，皎若日出扶桑。"

〔香尘〕芳香之尘，多指女子之步履。晋王嘉《拾遗记·晋时事》："（石崇）又屑沉水之香如尘末，布象床上，使所爱者践之。"

〔兰桡〕用木兰树造的船。南朝梁任昉《述异记》："木兰洲在浔阳江中，多木兰树。昔吴王阖闾植木兰于此，用构宫殿也。七里洲中，有鲁般刻木兰为舟，舟至今在洲中。诗家云木兰舟，出于此。"后常用作船的美称。

〔劳人〕忧伤之人。《诗经·小雅·巷伯》："骄人好好，劳人草草。苍天苍天！视彼骄人，矜此劳人。"马瑞辰通释："高诱《淮南子》注：'劳，忧也。'劳人即忧人也。"

诗作于嘉庆二十二年（1817）正月。

自题墨竹

夜遥风露清，天迥星辰静。明月下空阶，闲浸竹枝影。

赴西蜀留别姚芷卿

一日相逢手又分，两年长坐忆兰熏。河山忽遣宾成主，书剑无端我类君。芷卿杭州人，以儒生治刑名学。先佐理吾邑，居二年，时余方连主罗阳书院讲席，相与往来甚欢。今芷卿再至，而余以友人林敏斋太史出守四川重庆，遽亦远作入幕之宾。抚今追昔，不无主客聚散之感。地转江声吹赤日，天回蜀道出青云。男儿四十犹为客，巴峡啼猿忍乍闻。

【校注】

〖姚芷卿〗杭州人，嘉庆十九、二十年（1814—815）在泰顺佐理县务。余无考。

〖兰熏〗兰薰。兰之馨香，喻人德行之美。《文选·刘孝标〈广绝交论〉》："颜冉龙翰凤雏，曾史兰薰雪白。"张铣注："兰薰雪白，喻芳洁。"

〖刑名学〗主张循名责实，慎赏明罚。

诗作于嘉庆二十二年（1817）春。好友林培厚任重庆知府，作者应邀前往充当幕僚。

留别诸弟

雨雪方歌载路寒，绿杨又遣拂征鞍。余去冬，克期北上，已束装就道，顾以先人坟茔事，行未四百里而复。今又改计入蜀，而陌头杨柳，青青照路矣。出依贤友辞家易，谓林敏斋太守。行恋慈亲别弟难。见志忍虚三釜养，伤贫权借一枝安。白云天上朝朝有，入眼翻愁倚户看。

【校注】

〔见志〕表明志向。南朝梁刘勰《文心雕龙·诸子》："诸子者，入道见志之书。"

〔三釜〕古代一般年成每人每月的食米数量，比喻菲薄的俸禄。《庄子·寓言》："曾子再仕而心再化，曰：'吾及亲仕，三釜而心乐；后仕，三千钟而不洎，吾心悲。'"

〔一枝安〕安于家居的生活。《庄子·逍遥游》："尧让天下于许由……许由曰：'子治天下，天下既已治也。而我犹代子，吾将为名乎？名者，实之宾也。吾将为宾乎？鹪鹩巢于深林，不过一枝；偃鼠饮河，不过满腹。归休乎君，予无所用天下为！庖人虽不治庖，尸祝不越樽俎而代之矣。'"

诗作于嘉庆二十二年（1817）春。

玉山客馆示同行诸君

暂因投馆息风尘，银水琼杯取薄醾。酒白如水，味薄而宜口。一道河声骄夜雨，入夜雨甚。三层阁影削朝云。馆有阁三层，甚高。山连东浙回头近，地割江西到此分。同伴莫嗟行路苦，前途转舵正劬勤。

【校注】

〖玉山〗玉山县，今隶属江西省上饶市。

〖投馆〗投宿，临时住宿。《周礼·秋官·环人》："掌送逆邦国之通宾客……舍则授馆。"温图本作"授馆"，意为宾客安排行馆。

〖风尘〗温图本作"征尘"。

〖味薄〗温图本作"味厚"，抄误。

〖转舵〗转动船舵改变航向。泰图本作"辕柂"，误。

〖劬勤〗辛劳，劳苦。《后汉书·袁绍传》："故冒践霜雪，不惮劬勤，实庶一捷之福，以立终身之功。"

端阳日

玉山山下水西门，乍解征衣向酒尊。风雨一川烟树暝，却从楼上望乡园。

吾家今日举蒲觞，白发新尝角黍香。行役料应嗟有子，不知何处过端阳。

【校注】

〖角黍〗粽子。《太平御览》卷八五一引晋周处《风土记》："俗以菰叶裹黍米，以淳浓灰汁煮之令烂熟，于五月五日及夏至啖之。一名粽，一名角黍。"

〖行役〗旧指因服兵役、劳役或公务而出外跋涉。泛称行旅，出行。南朝梁柳恽《捣衣诗》："行役滞风波，游人淹不归。"

诗作于嘉庆二十二年（1817）端午。

江上见红日

乌焰烧山山欲沉，云锦天孙忙织纤。圆光直落穿水腹，擎天一柱磨黄金。

【校注】

〖乌焰〗红日。唐罗邺《冬日旅怀》："乌焰才沉桂魄生，霜阶拥褐暂吟行。"

〖云锦〗朝霞；彩云。《文选·木华〈海赋〉》："若乃云锦散文于沙汭之际，绫罗被光于螺蚌之节。"张铣注："云锦，朝霞也。"

〖天孙〗传说中巧于织造的仙女。

〖织纤〗指织作布帛之事。《墨子·非攻下》："农夫不暇稼穑，妇人不暇纺绩织纤。"

玉山溪上见水碓

水边碓轮高于屋，轮转水升檐际落。青天无云白雨飞，蛟龙掉尾蟆珠跃。庚庚大木卧沉江，横担水势如徒杠。雷车訇磕趋一处，乱兼鸣杵声击撞。红鲜白粲日万斛，满城烟火黄昏熟。阴阳旋转归一气，一物之微民所利。更闻袁州境内有筒车，制度与此无过差。以筒系轮吸水起，一车足灌田万家。

【校注】

〖蟆珠〗蚌珠，珍珠。

〖庚庚〗纹理横布貌。宋辛弃疾《鹧鸪天·徐衡仲惠琴不受》："玉音落落虽难合，横理庚庚定自奇。"

〖徒杠〗可供徒步行走的小桥。《孟子·离娄下》："岁十一月，徒杠成；

十二月，舆梁成，民未病涉也。"朱熹集注："杠，方桥也。徒杠，可通徒行者。"

〖雷车〗雷声。明袁宏道《过黄河》："雷车争砰鍧，雪屋互排荡。"

〖訇磕〗形容大声。《文选·司马相如〈上林赋〉》："沉沉隐隐，砰磅訇磕。"李善注引司马彪曰："砰磅訇磕，皆水声也。"

〖白粲〗白米。宋苏轼《送江公著知吉州》："白粲连樯一万艘，红妆执乐三千指。"

〖袁州〗今江西省宜春市的古称。

登滕王阁

滕王高阁上嶙峋，舣棹招寻问水滨。文酒千秋开胜饯，江风一夜送才人。鸿篇继世荣旋后，佳句当时讶有神。不觉登临转惘怅，江湖飘泊自埃尘。起句一作"雕甍画栋上嶙峋"；次联一作"楼阁至今名帝子，江山终古认才人"。

【校注】

〖滕王阁〗位于江西省南昌市东湖区，始建于唐永徽四年（653），为唐太宗李世民之弟滕王李元婴任江南洪州都督时所修。现存建筑为1985年重建，因初唐诗人王勃所作《滕王阁序》而闻名于世，与湖南岳阳岳阳楼、湖北武汉黄鹤楼并称为江南三大名楼，是中国古代四大名楼之一。

舟中即景

日落沧江暮色迎，片帆斜挂绮霞明。船头塔起低如堠，山面松排远似城。

帆转罡风沙嘴侧，缆牵细雨滩头直。一行白鹭背船飞，横斜界破青山色。

【校注】

〖堠〗古代瞭望敌方情况的土堡。明朱同《曹操杨修玩曹娥碑图》："江水粼粼照岸浮，古碑如堠立江头。"

〖罡风〗劲风。明屠隆《彩毫记·游玩月宫》："虚空来往罡风里，大地山河一掌轮。"

〖沙嘴〗一端连陆地，另一端突出水中的带状沙滩，常见于低海岸和河口附近。唐皇甫松《浪淘沙》："宿鹭眠鸥飞旧浦，去年沙嘴是江心。"

〖界破〗划破。唐徐凝《庐山瀑布》："今古长如白练飞，一条界破青山色。"

舟出醴陵，见有屋枕江岸，三面空明不设窗格，中榜五字曰"屋小如扁舟"。精洁可爱，惜匆匆未及一登，作片时游赏也

谁家置屋枕江流，榜字横题小似舟。帆影远归檐际下，山光回向槛边浮。卷帘恰受风三面，照水偏宜月一钩。独有匆匆江上客，暂时无分作勾留。

【校注】

〖醴陵〗今湖南省辖县级市，地处湖南省东部。

出渌口见有结茅籪上者，口占一截

叠籪结屋等浮查，尽日云花与浪花。却怪张融少高致，牵舟岸上苦为家。

【校注】

〖渌口〗隶属于湖南省株洲市，位于湖南省中部偏东，湘江中游。古称漉浦，别称渌湘，以地处渌水汇注湘江水口得名。

〖浮查〗漂浮海上的木筏。晋王嘉《拾遗记·唐尧》："尧登位三十年，有巨查浮于西海，查上有光，夜明昼灭，海人望其光，乍大乍小，若星月之出入矣。查常浮绕四海，十二年一周天，周而复始，名曰贯月查，亦谓挂星查，羽仙栖息其上。"

〖张融〗字思光，南朝齐吴郡吴人。弱冠知名。初为宋新安王行参军，出为封溪令。路经嶂岭，土人执而将杀食之，神色不动，土人异而释之。浮海至交州，于海中作《海赋》。

湘江晚霞

霞彩都成碧，汀波到底清。远兼堤柳暗，斜入渚烟明。风动玻璃活，天浮琥珀轻。余辉诚可接，一为濯尘缨。

【校注】

〖玻璃〗比喻平静澄澈的水面。宋毛滂《清平乐》："天连翠潋，九折玻璃软。"

〖濯尘缨〗濯缨，洗涤帽缨。《孟子·离娄上》："沧浪之水清兮，可以濯我缨。"温图本作"灌尘缨"，抄误。

过桃源

见说桃源洞，桑麻岁月深。不知有魏晋，何况到如今。

我欲寻幽径，浓云半岭阴。踟蹰一搔首，溪上乱鸣禽。

【校注】

〖桃源〗今桃源县，位于湖南省西北部。桃源县西南桃源山下有一洞，又名秦人洞、白马洞，相传是东晋陶渊明所记桃花源的遗址。

混石塘坐石望月和董仲常

日落山气清，维舟得石碣。欣然出篷底，不觉屐齿折。抵掌瞰潜蛟，呼朋攀栖鹘。窄步防倾欹，侧身从蓍蘖。仰捫似扪萝，俯循非采蕨。须臾立高平，数卷光且洁。离立任两参，列坐还促膝。谈深麈尾劳，歌善唾壶缺。清光水面来，怀抱开朗月。南风天末起，凉意均细葛。顾念同心人，于我早蛩蹶。何意浮萍根，流荡犹连结。涉路五千余，艰难共盘屈。一夕向溪隈，仍兹坐砗矼。白石照清泉，心迹双澄澈。斯人与斯境，造物岂虚设。石交义在敦，岁久敬弥揭。白首无相尤，怀哉缅先哲。

【校注】

〖混石塘〗位于湖南省西北部沅江边。

〖董仲常〗董斿。此次西行入川，作者与好友董斿结伴而行。

〖石碣〗石堰。《宋书·自序传·沈良》："郡界有古时石碣，芜废岁久，亮（沈亮）签世祖修治之。"

〖抵掌〗击掌，表示奋激。《后汉书·隗嚣传》："而王之将吏，群居穴处之徒，人人抵掌，欲为不善之计。"泰图本作"据掌"。

〖蹩躠〗尽心用力貌。《庄子·马蹄》："及至圣人，蹩躠为仁，踶跂为义，而天下始疑矣。"成玄英疏："蹩躠，用力之貌。"

〖麈尾〗古人闲谈时执以驱虫、掸尘的一种工具。在细长的木条两边及上端插设兽毛，或直接让兽毛垂露外面，类似马尾松。因古代传说麈迁徙时，以前麈之尾为方向标志，故称。晋陶潜《晋故征西大将军长史孟府君传》："亮以麈尾掩口而笑。"

〖唾壶缺〗南朝宋刘义庆《世说新语·豪爽》："王处仲每酒后辄咏'老骥伏枥，志在千里。烈士暮年，壮心不已'。以如意打唾壶，壶口尽缺。"后以"唾壶击缺"或"唾壶敲缺"形容心情忧愤或感情激昂。

〖蛩蹶〗喻二者相依为命。《吕氏春秋·不广》："北方有兽，名曰厥，鼠前而兔后，趋则路，走则颠，常为蛩蛩距虚取甘草以与之；蹶有患害也，蛩蛩距虚必负而走。此以其所能托其所不能。"抄本作蛩蠢，误。

〖碑矶〗亦作碑兀。高耸；突出。

〖石交〗交谊坚固的朋友。

荔溪船

言上荔溪船，辗转形局促。三日坐新妇，车中苦闭伏。篷炙日欲焦，汗流汤如沃。团扇挥无功，谁能禁暑酷。乃命截青筠，匀圆修尺六。匪用扣舷歌，斜撑篷两角。如腮张游鱼，如翼擘飞鹄。风水乍相遭，凉趣暂已足。山石任横看，诗书供卧读。为念北窗人，羲皇古无独。

【校注】

〖荔溪〗即今湖南省怀化市沅陵县荔溪乡。

〖三日坐新妇〗旧时过门三日之新妇，举止不得自专。因以喻行动备受拘束者。温图本作"新归"，抄误。

〖羲皇〗即伏羲氏。详注见《从父峄云先生七十寿诗》。

诗作于嘉庆二十二年（1817）夏。四月，作者与好友董祎一道西行入川，从《赴西蜀留别姚芷卿》至本诗，均是赴川途中所作。

自题墨兰

楚天渺渺澹朝烟，香发蟾蜍滴露鲜。忽忆青藤居士句，一兰不值五文钱。

不求或与所南翁，下笔芬芳入袖笼。近日清飙满天地，几人鼻孔画前通。

【校注】

〖蟾蜍〗亦作蟾蠩、蟾诸。此指形似蟾蜍的砚滴。《西京杂记》卷六："唯玉蟾蜍一枚，大如拳，腹空，容五合水，光润如新，王取以盛书滴。"清赵翼《汪水云砚歌》："想当搦管濡墨时，蟾蜍滴泪和墨砚淋漓。"

〖青藤居士〗徐渭（1521—1593），字文长，号青藤居士，绍兴府山阴（今绍兴）人。明代文学家、书画家。有《兰》诗："兰亭旧种越王兰，碧浪红香天下传。近日野香成秉束，一篮不值五文钱。"

〖所南翁〗郑思肖。详注见《家七兄过留夜话，即所持乌竹扇索画墨兰，时方有同室之言，遂题百七十言以劝之》。

〖清飙〗清风。明李东阳《南溪赋》："清飙徐来，旭旦始旦。"

题渊明归隐图

柴门低覆柳阴凉，斜日黄花带酒香。一段高情谁得似，武陵源上捕鱼郎。

为林东岑题蕉石图

东岑筑室云江之上，蕉石山馆以室之前有山名蕉石也。岁尝读书其中，江声云影相与有情，凤欲志以图而未果。今来渝州，过香庄赞府，为写斯意，而以题句属余。夫坐巴山之下，披蕉石之图，云霞虽邈，意象非遥，他日对蕉石而话巴山，其光景又必有难忘者，则斯图也，岂特为蕉石作云尔哉？异时相见，再证斯言。

白云江上石痕斑，浣笔为图又此间。他日相思还记取，一窗蕉雨话巴山。

【校注】

〖林东岑〗瑞安人，余无考。

〖渝州〗今重庆。因靠渝水，故名，后以"渝"为重庆的简称。

〖赞府〗县丞的别称。宋洪迈《容斋四笔·官称别名》："唐人好以它名标榜官称……下至县令曰明府，丞曰赞府、赞公。"

诗作于嘉庆二十二年（1817）。

戊寅七夕

娇云旖旎拂笙球，兔月羊灯髻影流。料得故园诸女伴，穿针齐上望仙楼。

霓骑凌霄任去留，画屏银烛坐新秋。无期别自年年惯，不向遥天妒女牛。

月夜机声万户催，花擎香阁彩盘开。是谁乞得天孙巧，烂锦云裳解制来。

寿贵云端瞥赤光，一篇感遇近荒唐。汾阳勋德江河在，莫但痴顽拜七襄。

客路心情百不宜，阑干东望碧云驰。谁能轶事谭天宝，小盒蜘蛛认网丝。

碧琳堂上月如冰，冷被龙绡称体轻。不解水帘车扇地，犹嫌香汗湿珠缨。

通辞雅自托微波，响答西风忆玉珂。良会何关乌鹊事，却教髦首为填河。

新妆灼灼照云罗，半夜鸡声唤奈何。但譬横桥原未渡，本无涕泗洒滂沱。<small>无雨。</small>

负责翻因备聘仪，东西璜影望常亏。不应天上星辰匹，也费金钱买别离。

一夜欢成隔岁期，飘摇别绪晓风吹。同心即指明河水，不是牛郎恐未知。

【校注】

〖羊灯〗用竹丝扎成，外糊以纸的羊形灯，民间常在灯节悬挂。北周庾信《七夕赋》："兔月先上，羊灯次安。"

〖穿针〗旧时风俗，农历七月七日夜，妇女穿七孔针向织女星乞求智巧。明何景明《七夕》："闺中捣素思关塞，楼上穿针待女牛。"

〖霓骑〗传说中仙人以云霓为坐骑，借指仙人。南朝陈后主《同管记陆琛七夕五韵》："凤驾今时度，霓骑此宵迎。"

〖女牛〗织女星和牵牛星。神话传说中牵牛、织女分居天河两岸，每年农历七月七日，地上的喜鹊飞到天河填河成桥，使之相会。古俗在这天晚上，女孩们要穿针乞巧。

〖乞得天孙巧〗南朝梁宗懔《荆楚岁时记》："七月七日，为牵牛织女聚会之夜。是夕，人家妇女结采缕，穿七孔针，或陈几筵酒脯瓜果于庭中以乞巧。有喜子网于瓜上。则以为符应。"

〖寿贵云端瞥赤光〗《感遇集》："郭子仪至银州，夜见左右，皆赤光。仰视空中，骈车绣幄，中有一美女，自天而下。子仪拜祝，今七月七夕，必是织女降临，愿赐长寿富贵，女笑曰：'大富贵亦寿考。'言讫，冉冉升天，子仪后立功贵盛，年九十余薨。"

〖汾阳〗郭子仪。郭子仪封汾阳王，故称。

〖七襄〗织女星。《诗经·小雅·大东》："跂彼织女，终日七襄，虽则七襄，不成报章。"郑玄笺："襄，驾也。驾，谓更其肆也。从旦至莫七辰一移，因谓之七襄。"

〖轶事谭天宝〗据《开元天宝遗事》记载，唐太宗在宫中修建乞巧楼，楼上陈列瓜果酒炙，摆设坐具以祭祀牵牛、织女二星。

〖小盒蜘蛛认网丝〗即蜘蛛乞巧。七夕夜将小蜘蛛放入盒内乞巧，视丝网形状、疏密定得巧多寡。此风俗唐时已有。

〖碧琳〗青绿色的玉。汉司马相如《上林赋》："玫瑰碧琳，珊瑚丛生。"

〖微波〗指女子的眼波。三国魏曹植《洛神赋》："无良媒以接欢兮，托微波而通辞。"

〖玉珂〗马络头上的装饰物。晋张华《轻薄篇》："文轩树羽盖，乘马鸣玉珂。"王琦汇解："玉珂者，以玉饰马勒之上，振动则有声，故有'撼玉珂''鸣玉珂'之语。"

〖髡首〗剃去头发。此指拔下羽毛。

〖璜影〗月影。璜，即半圆玉器，喻弦月。

诗作于嘉庆二十三年（1818）七夕。

题张振六通守家庆图

鸡豚菽水说承欢，捧檄巴山羡入官。博得俸钱持养母，故应留作画图看。

瑶阶玉树照春深，坐接琅玕作雅吟。琴瑟既调乌鹊喜，一篇常棣是亲心。

出为众母入为儿，和气偏于燠休_{上声，音诩}宜。万里君门回对处，亲恩子惠一心知。

【校注】

〖通守〗官名。隋开皇时设置，佐理郡务，职位略低于太守。清代称通判为通守。

〖承欢〗指侍奉父母。唐孟浩然《送张参明经举兼向泾州觐省》："十五彩衣年，承欢慈母前。"

〖捧檄〗东汉人毛义有孝名。张奉去拜访他，刚好府檄至，要毛义去任守令，毛义拿到檄，表现出高兴的样子，张奉因此看不起他。后来毛义母死，毛义终于不再出去做官，张奉才知道他不过是为亲屈，感叹自己知他不深。后以"捧檄"为"为母出仕"的典故。

〖常棣〗木名。《诗经·小雅·常棣》："常棣之花，鄂不韡韡，凡今之人，莫如兄弟。"诗序："常棣，燕兄弟也。"后以常棣喻兄弟。

〖燠休〗亦作燠烋、燠咻。优恤；抚慰。《左传·昭公三年》："民人痛疾，而或燠休之。"杨伯峻注:"《释文》引贾逵云:'燠,厚也。'休,赐也。"

〖君门〗宫门,亦指京城。《新唐书·刘蕡传》:"君门万重,不得告诉,士人无所归化,百姓无所归命。"

秦兰畹司马湘,以配程宜人《绣余遗稿》见示,属题其后

谢女高风迥出尘,灵芸不独号针神。法华绣罢庭花笑,百首浓香摘艳新。百花诗百首。

指挥红紫尽琼琚,怀古情深托绣余。万里江山知得助,芙蓉湖上女相如。怀古诗百首。

【校注】

〖秦兰畹〗秦湘,字兰畹,江苏金匮(今无锡)举人,嘉庆九年(1804)任四川崇宁(今并入郫、彭二县)知县,嘉庆十二年(1807)调任合江。余不详。

〖司马〗官名。唐制,节度使属僚有行军司马。又于每州置司马,以安排贬谪或闲散的人。后世称府同知曰司马。

〖宜人〗妇女封号。宋代政和年间始有此制。文官自朝奉大夫以上至朝议大夫,其母或妻封宜人;武官官阶相当者同。元代七品官妻、母封宜人,明清五品官妻、母封宜人。

〖谢女〗指晋女诗人谢道韫。泛指女郎或才女。明叶宪祖《丹桂钿合》第七折:"何郎俊才调凌云,谢女艳容华濯露。"

〖高风〗高雅的艺术风格。宋梅尧臣《次韵答王景彝闻余月下与内饮》:"呼我作卿方举酒,更烦佳句赏高风。"

〖灵芸〗三国魏常山人,魏文帝美人。以良家子选入魏宫,改名夜来,备极宠爱。妙于针工,虽处深帷,不用灯烛,裁制立成,宫中号曰针神。

〖琼琚〗比喻美好的诗文。唐韦应物《善福精舍答韩司录清都观会宴见忆》:

"忽因西飞禽，赠我以琼琚。"

〖女相如〗汉司马相如长于辞赋，后人因此称有才华能诗文的女子为女相如。唐冯贽《南部烟花记》："炀帝以合欢水果赐吴绛仙，绛仙以红笺进诗谢。帝曰：'绛仙才调，女相如也。'"

为应烈妇朱氏题

早欲从夫去，佳儿况复殇。忍情谋嗣续，缓死报尊章。彤管千年耀，朱丝五日香。妇以午日死。曹娥江上望，葱佩共玱玱。烈妇台州人，夫死子殇，舅老而独。烈妇乃易钗环，假词买婢，既入户，婉请于姑，纳诸舅，礼成，烈妇自经死。

【校注】

〖烈妇〗指以死殉节或殉夫的妇女。清戴名世《周烈妇传》："烈妇所生家虽故微贱，然淑婉贞靓，明大义，夫卒，慷慨殉其夫以死。"

〖尊章〗亦作尊嫜，即舅姑。对丈夫父母或对人公婆的敬称。《汉书·广川惠王刘越传》："背尊章，嫖以忽，谋屈奇，起自绝。"颜师古注："尊章犹言舅姑也。今关中俗妇呼舅为钟。钟者，章声之转也。"

〖彤管〗杆身漆朱的笔，古代女史记事用。《诗经·邶风·静女》："静女其娈，贻我彤管。"毛传："古者后夫人必有女史彤管之法，史不记过，其罪杀之。"

〖曹娥〗东汉时会稽郡上虞县人。相传其父五月五日迎神，溺死江中，尸骸流失。娥年十四，沿江哭号十七昼夜，投江而死。世传为孝女。

〖自经〗上吊自杀。《论语·宪问》："岂若匹夫匹妇之为谅也，自经于沟渎而莫之知也。"

题曙亭上人小照

是有我相，是无我相。我相非相，是名我相。曙亭大师，道空诸障。琴扬佛语，法乐供养。风送云收，月来花放。曲罢无言，江潮西向。蒲团独坐，形影相贶。形本是空，影亦无恙。若合若离，于何牵傍。师言善哉，形影两忘。

【校注】

〖曙亭上人〗僧侣，生平无考。

〖我相〗佛教语，我、人等四相之一。指把轮回六道的自体当做真实存在的观点。佛教认为是烦恼之源。《金刚经·大乘正宗分》："若菩萨有我相、人相、众生相、寿者相，即非菩萨。"

〖诸障〗在佛教里，障有三个，即烦恼障，所知障，无明障。烦恼障是阻碍众生解脱生死轮回的障，所知障是障碍众生见法界实相的障，无明障就是阻碍成佛的障。

〖法乐〗佛教语。谓积德行善、耽味佛法之乐。相对于欲乐而言。

〖贶〗赠送。南朝宋鲍照《拟古》："羞当白璧贶。"

为孟春原题纪游图即送之维扬

赤城高照暮霞丹，雁荡奇峰向日攒。襆被往还知未厌，归来缩作画图看。

曾从禹穴校奇书，又向西湖问绿蕖。一片花光摇不定，晚风堤外月来初。

玉版新槌一尺笺，姑苏烟月貌清妍。白公堤畔垂垂柳，翠影终朝绾画船。

屐声一响一图留，拭目青天跨鹤游。粉本绿杨城郭在，二分明月认扬州。

【校注】

〖赤城〗山名，在天台县北。

〖襆被〗指用包袱裹束衣被，意为行李。唐宋之问《桂阳三日述怀》："载笔儒林多岁月，襆被文昌事吴越。"

〖禹穴〗会稽宛委山，此指绍兴。相传大禹于此得黄帝之书而复藏之。唐李白《送二季之江东》："禹穴藏书地，匡山种杏田。"

〖玉版〗亦作玉板，光洁坚致的宣纸。亦泛指珍贵的典籍。宋苏轼《孙莘老寄墨四首》诗："溪石琢马肝，剡藤开玉版。"

〖粉本〗图画。清曹寅《寄姜绮季客江右》："九日篱花犹寂寞，六朝粉本渐模糊。"

自题墨竹

片帆夜渡湘江水，寒玉流香去不已。一轮明月烟际生，遥望美人隔千里。

一竿直上一竿斜，更有清阴万个遮。入手便能消暑气，不须摇动问风车。

【校注】

〖寒玉〗玉石。比喻清冷雅洁的竹子。唐雍陶《韦处士郊居》："门外晚晴秋色老，万条寒玉一溪烟。"

林维勤制赠茅笔，走笔书三断句谢之

拔茅缚笔旧专家，胜国书名羡白沙。五百年来风未坠，一枝贻写格簪花。

鸡毛诸葛擅名真，约束黄菅此法新。内库香醪教坊乐，他人同悔敝精神。

江淮三脊濯云鲜，入手官师制共妍。榜字仲将闻引讽，望风更待寄如椽。维勤求为署书目，许制大笔，遂并促之。

【校注】

〖林维勤〗名光业，字维勤，泰顺筱村东垟人，监生。性聪慧，多技，能制文房日用之器。

〖胜国〗前朝。《周礼·地官·媒氏》："凡男女之阴讼，听之于胜国之社。"郑玄注："胜国，亡国也。"按，亡国谓已亡之国，为今国所胜，故称"胜国"。

〖白沙〗详注见《送沈兰初六绝句》。

〖格簪花〗簪花格，意为书法娟秀工整者。

〖鸡毛诸葛〗据说在北宋时，诸葛丰制作鸡毫笔堪称一绝。苏东坡《书诸葛笔》："宣州诸葛氏笔，擅名天下久矣。"

〖黄菅〗茅草名。明李时珍《本草纲目》："茅有白茅、菅茅、黄茅、香茅、芭茅数种……黄茅似菅茅，而茎上开叶，茎下有白粉。根头有黄毛，根亦短而细硬无节，秋深开花穗如菅。可为索绹，古名黄菅。"

〖敝精神〗弊精疲神，意为精力疲惫。

〖江淮三脊〗唐文学家独孤授有《江淮献三脊茅赋》。三脊茅，生长在江淮间的一种茅草，古代以为祥瑞，多用于祭祀。

〖官师〗百官。《书·胤征》："每岁孟春，遒人以木铎徇于路，官师相规，工执艺事以谏，其或不恭，邦有常刑。"孔传："官师，众官。"

〖仲将〗韦诞，三国魏京兆人，字仲将。善书，师法张芝、邯郸淳，诸体皆能，尤精大字，魏室宝器铭题皆出其手。

〖望风〗详注见《周星斋五十寿诗》。

归自西蜀，道经姑苏，暂止南濠之东瓯公寓，主人为席相邀，酒间索诗，赋此应之

万里南归客，中途暂解装。主人能饮酒，何况是同乡。

酒国寻知己，清流笑独醒。故人端木子，倦眼向君青。余友青田端木鹤田，与主人旧好，故云。

余亦倦游者，逢人但放歌。秋天向明月，不醉复如何。

【校注】

〖南濠〗今南浩街，位于苏州城外阊门、胥门之间。原名南濠，因阊门以南护城河称为南濠而得名，后讹濠为浩。明清时期为繁华商市，并建有多处会馆公所。

〖清流〗指德行高洁、负有名望的士大夫。宋欧阳修《朋党论》："唐之晚年，渐起朋党之论，及昭宗时，尽杀朝之名士，或投之黄河，曰：'此辈清流，可投浊流。'而唐遂亡矣。"

诗作于嘉庆二十四年（1819）。

小儿仿本字画贵简，取其易于摹写也。时俗所传习，文鄙理疏，求之唐人诗句中又鲜合式。因口占二截，付儿作仿本，意拟论书字尚简易，不计韵语工拙也

永字中分八法工，二王妙手马行空。只今信本千文在，四六从人定九宫。

用力须知五指并，分行布白寸心成。求奇未若先平正，两字金丹伏火明。

【校注】

〖文鄙理疏〗文章浅薄，思路不严密、不紧凑。

〖八法〗永字八法。汉字笔画有侧（点）、勒（横）、努（直）、趯（钩）、策（斜画向上）、掠（撇）、啄（右边短撇）、磔（捺），谓之八法。多指书法。

〖二王〗晋书法家王羲之、王献之父子。

〖信本〗欧阳询，字信本，一字少信，唐临湘人。官至太子率更令、弘文馆学士。善书，世称"欧体"，与虞世南、褚遂良、薛稷并称唐初四大书家。

〖千文〗千字文，法帖名。

〖九宫〗九宫格，用以临写碑帖的一种界格纸。在方格中画井字，使成等分的九格，因九格的形位有类古代的明堂九宫，故名。其口诀为"戴九履一，左三右七，二四有肩，八六为足，五居中央。"相传此法创自唐代著名书法家欧阳询。

〖伏火〗道家炼丹，控制炉火温度的一种方法。清郑钦安《医理真传》："如今之人将火煽红，而不覆之以灰，虽焰，不久即灭，覆之以灰，火得伏即可久存。"

探 梅

　　阅世鲜真味，热肠化冷灰。兰生携美酒，且问溪东梅。寒光竹外动，奇花忽已胎。初阳坼暖玉，素艳摇深杯。鹤声坠云际，瘦影相疑猜。谁识林和靖，怀抱向我开。

【校注】

〖兰生〗形容美酒香气四溢。《汉书·礼乐志》："百末旨酒布兰生。"颜师古注引晋灼曰："百日之末酒也，芬香布列，若兰之生也。"

〖深杯〗抄本作"深林"，误。

〖林和靖〗宋杭州钱塘人，字君复。早岁游江淮间，后归杭州，隐居西湖孤山二十年。种梅养鹤，终身不娶，时称"梅妻鹤子"。善行书，喜为诗，多奇句。卒，仁宗赐谥和靖先生，作品有《和靖诗集》。

池村古山堂书事

　　云日池村旧有情，精庐今锡古山名。先府君筑庐于池村祖茔之侧，岁常栖息其间，今名古山堂。溪回流水双叉合，门对横冈一字平。堂构未忘先德在，酒尊还共故人倾。陶君国辉时时过从。伤心忍认庭前藓，曾印当年屐齿明。

　　坐下群峰嶙嶪开，岑楼百尺出林隈。渡头雨止溪声至，檐角云收树影来。粘壁句仍留旧泽，壁粘先府君自作诗。叩门人屡送新醅。村人频以酒见遗。踟蹰此亦循陔处，欲采芳兰只自哀。

【校注】

〖池村〗泰顺县司前村。司前村原名池村，因明宣德年间在此设立巡检司，更名为司前。

〖今锡〗"锡"通"赐",给予,赐给。温图本作"今昔",抄误。

〖堂构〗《书经·大诰》:"若考作室,既底法,厥子乃弗肯堂,矧肯构。"孔传:"以作室喻治政也。父已致法,子乃不肯为堂基,况肯构立屋乎?"意谓父亲要盖房子,并已确定房子的盖法,而儿子却不肯去筑堂基,盖房子。后以"堂构"比喻继承祖先的遗业。

〖嵯嵲〗亦作嵥嵲,高峻貌。《文选·张衡〈西京赋〉》:"朝堂承东,温调延北,西有玉台,联以昆德,嵯峨嵥嵲,罔识所则。"李周翰注:"言形状高峻,不能识其法则。"

〖岑楼〗高楼。《孟子·告子下》:"不揣其本而齐其末,方寸之木,可使高于岑楼。"朱熹集注:"岑楼,楼之高锐似山者。"

〖循陔〗意为奉养父母。《文选·束晰〈补亡诗·南陔〉》:"循彼南陔,言采其兰。眷恋庭闱,心不遑安。"李善注:"循陔以采香草者,将以供养其父母。"

古山堂清秋

清秋天气静荆扉,独上江楼坐翠微。树叶半枯经雨落,山云全湿坠檐飞。不堪池馆成遗爱,堂为先府君所筑。剩有乾坤悟息机。为问汉阴灌园者,可容抱瓮与同归。

【校注】

〖息机〗息灭机心。《楞严经》卷六:"息机归寂然,诸幻成无性。"

〖汉阴灌园〗抱瓮灌园。比喻安于拙陋的淳朴生活。传说孔子的学生子贡,在游楚返晋过汉阴时,见一位老人一次又一次地抱着瓮去浇菜,"搰搰然用力甚多而见功寡",就建议他用机械汲水。老人不愿意,并且说这样做,为人就会有机心,"吾非不知,羞而不为也"。

翟鳞江明府过石林禊饮，诗以记事 有序

道光元年暮春三日，伏承高轩遥贲，绮馔遥颁。愧小人之无朋，幽居闲坐；歌君子之有酒，群彦偕来。时则和风扇道，嫩日熏衣。峻岭回溪，徐引谢公之屐；层岩曲洞，深停白傅之杯。花含笑而娇春，色征歌而媚客。悠悠天籁，不兼弦索之音；滚滚清谈，常发壶觞之趣。而况襟边度日，鸟下生云。俯烟火于全城，树无藏屋；对天关之半面，峰只齐阑。虽瀑雨岩房，稍失当年胜迹；而莎亭藓榭，足舒兹日高怀。不有新诗，讵传雅会。爰歌末曲，以为山中故事。

穷居臭味久相亲，别有园亭半莽榛。忽听传声到空谷，暮春三日枉光尘。

熙熙和气溢春台，万户仁风扇影开。共说阳春知有脚，果然还为踏青来。

浇山祭野响金锣，白夹青鞋陌上多。独有老符贪守静，携尊过访累东坡。

两载皋比厕上宾，连年主罗阳讲席。天涯知己愧闲身。明府先赠楹语，有"天涯知己舍我其谁"之句。登堂一笑翻新语，看竹还须问主人。

浏亮莺声出翠烟，篮舆偕至喜群贤。晤言便许申交契，况有流觞故事沿。

山光岚影对玲珑，万籁笙竽散碧空。今日正宜谭史汉，不须激楚唱回风。是日，有楚童以能唱南词进，明府暨诸君咸谓与风景不宜，麾去之。

西行庭下界修篁，月季花红翠节傍。莫怪游蜂频拂面，坐来荀令有奇香。

瓷瓯嫩色荐松花，白雪红云艳碧沙。知有亭台都未涉，先巡檐下看山茶。

角门东出白云深，东角门榜"云深处"三字。石径斜蟠蹑绿岑。万树松如天半植，更从松顶听鸣禽。

循蹊又下碧池游，傍竹穿花过石楼。池上有楼，跨石而立，榜"石楼"二字。树色城南开一面，葱茏檐角坐来收。

行厨早敕赴新晴，绮石雕盘间玉英。明府设肴馔，余具汤饼。约坐谁能分主客，团围檀几月轮擎。

名贤禊饮擅诗歌，胜会常推晋永和。不识山阴好风景，流传觞咏近如何。

满庭花气散金缸，中酒评花兴未降。休讶牡丹开一朵，倾城颜色本无双。

振衣安步石门巅，对面天关夕照边。正对天关山。万顷云霞归凫下，不飞凫影已神仙。

天低雉堞带山斜，鳞瓦霏烟照落霞。何似八公台上望，回周匹帛绕丛花。

看忙亭子旧时删，亭外凭云几自闲。门外有看忙亭，废已多时，亭外横一石几，镌"凭云几"三字。应是看忙忙不了，不如不看掩柴关。

白石如林屋外蹲，随山镂石自成门。当时发土知多少，记取松根认凿痕。

飞雪擘窠大字镌，银河前此激流悬。乖龙苦自忘行雨，渴睡深岩近十年。石门之下旧有瀑布泉，蓄池水为之，石壁镌"飞雪"二大字。

晴天花树有光辉，暖被春风尽着绯。一样紫荆开似锦，却言红较北方肥。

衣香人影潮离迷，共叹欢娱日易低。归路应无传蜡烛，一钩新月挂林西。

【校注】

〖翟鳞江〗翟凝，字鳞江，济南人。嘉庆九年（1804）举人，道光元年前后任泰顺知县。四十七岁卸临海知县职，返乡时卒于归途。著有《真研斋诗稿》。

〖禊饮〗古时农历三月上巳日之宴聚。《旧唐书·中宗纪》："三月甲寅，幸临渭亭修禊饮，赐群官柳棬以辟恶。"

〖伏承高轩遄贲〗恭敬地奉承贵客的意外到来。伏承，奉承。高轩，显贵者所乘的高车，借指来客之车。遄贲，此指意外到来。

〖白傅之杯〗唐白居易晚年曾官太子少傅，故称白傅。据传，白居易自家酿的酒质高出众，在渭北有"造酒除夕赏乡邻"故事。

〖征歌〗征招歌伎。唐李白《宫中行乐词》："选妓随雕辇，征歌出洞房。"

〖瀑雨岩房〗温图本作"瀑岩房雨"。

〖穷居〗隐居不仕。《孟子·尽心上》："君子所性，虽大行不加焉，虽穷居不损焉。"

〖臭味〗比喻志趣。唐元稹《与吴端公崔院长五十韵》："吾兄谙性灵，崔子同臭味。投此挂冠词，一生还自恣。"

〖光尘〗敬辞，称言对方的风采。《文选·繁钦〈与魏文帝笺〉》："冀事速讫，旋侍光尘，寓目阶庭，与听斯调。"张铣注："光尘，美言之。"

〖老符〗符林，宋儋州（今海南省儋州市）人。苏轼好友，因安贫守静而得到苏轼的赞赏，称之为"老符秀才"。

〖厕上宾〗厕同"侧"，旁边，即侧席上宾。清江顺治《词学集成》："上游俱器重之，侧席咨诹，待若上宾。"

〖看竹〗反用王徽之典故。晋王徽之爱竹，曾过吴中，见一士大夫家有好竹，肩舆径造竹下，讽啸良久，遂欲出门。主人令左右闭门不听出，乃留坐，尽欢而去。

〖篼舆〗竹舆；竹轿。宋王安石《雨花台》："篼舆却走垂杨陌，已戴寒云一两星。"

〖回风〗曲名。《洞冥记》："帝所幸宫人名丽娟，年十四，玉肤柔软，吹气胜兰，不欲衣缨拂之，恐体痕也。每歌，李延年和之。于芝生殿唱《回风》之曲，庭中花皆翻落。"

〖荀令〗荀令香典。荀彧在汉末曾守尚书令，人称荀令君，得异香，至人家坐，三日香气不歇。此典故又有"令公香""令君香"等。

〖循蹊〗循着小路。温图本作"循溪"。

〖檀几〗泰图本作"檀九"。

〖雉堞〗城上短墙，泛指城墙。《陈书·侯安都传》："石头城北接岗阜，雉堞不甚危峻。"

〖八公〗汉淮南王刘安门客，有苏非、李尚、左吴、田由、雷被、毛被、伍被、晋昌八人，称"八公"。他们奉刘安之招，和诸儒大山、小山相与论说，著有《淮南子》。

〖擘窠大字〗大字。宋惠洪《冷斋夜话·东坡属对》："又登望海亭，柱间有擘窠大字。"

〖乖龙〗传说中的孽龙。唐白居易《偶然》："乖龙藏在牛领中，雷击龙来牛枉死。"

诗作于道光元年（1821）三月。

侄儿文海以便面乞写兰草，即题四十字勖之

欲尔如兰秀，庭阶胜事重。根培春雨嫩，香发晓风浓。玉树穿云出，金心照石逢。谢玄佳语在，莫负老情钟。

【校注】

〖文海〗潘圣恂，榜名文海，字次苏，泰顺罗阳人。邑庠生。

〖谢玄〗字幼度，陈郡阳夏（今河南省太康县）人。东晋名将、军事家。豫州刺史谢奕之子、太傅谢安的侄子。《晋书·谢安传》："（谢玄）少颖悟，与从兄朗俱为叔父安所器重。安尝戒约子侄，因曰：'子弟亦何豫人事，而正欲使其佳？'诸人莫有言者。玄答曰：'譬如芝兰玉树，欲使其生于庭阶耳。'"后以"芝

兰玉树"喻优秀子弟。

〖佳语〗温图本作"佳话"。

蒲海场早发

艳色照征尘，岩花坼露新。不忍一攀折，还归天地春。

七月十五自诸暨放舟渡钱唐

千峰日落隐残虹，烟水迷蒙一桨通。忽讶明灯横照影，重林漏月过船红。

青雀名同彩鹢搜，乌雅船小似浮鸥。乌雅，诸暨船名。长年低坐风波稳，宛转兰桡绕足柔。乌雅船独以足运桨。

云外横流走似银，青天白地有迷津。只因填过河桥后，复趁江波一济人。

依稀鹊石与鸿樯，肯系平林止不翔。《樵书》："七月十五乌鹊止平林不飞。"我比天孙来有信，去年亦以是日渡此。渡江用汝作浮梁。

赤壁前游足惘然，斯人不作近千年。谁从今夕烟波地，一认当时醉后天。

【校注】

〖青雀〗水鸟名。

〖彩鹢〗水鸟名。在古代常在船头上画鹢，着以彩色，因亦借指船。

〖只因〗泰图本作"只应"。

〖鹊石〗晋干宝《搜神记》卷九："常山张颢，为梁州牧。天新雨后，有鸟如山鹊，飞翔入市，忽然坠地，人争取之，化为圆石。颢椎破之，得一金印，文曰'忠孝侯印'。颢以上闻，藏之秘府。后议郎汝南樊衡夷上言：'尧舜时旧有此官，今天降印，宜可复置。'颢后官至太尉。"后以"鹊石"为官员应天命升迁的典实。

〖惘然〗失意的样子。温图本作"忙然"。

九月十二钱唐闸口放舟

轻帆破晓过征鸿，倒卓龙门杳渺中。千里相随惟岭月，卅年孤负是江风。文章未必终黄土，甘旨何因寓碧筒。惭愧倚闾占宝气，九霄尤望贯光雄。

【校注】

〖倒卓〗犹倒立、倒竖。

〖碧筒〗亦作碧桐杯或碧筒杯，一种用荷叶制成的饮酒器。唐段成式《酉阳杂俎·酒食》："历城北有使君林，魏正始中，郑公悫三伏之际，每率宾僚避暑于此。取大莲叶置砚格上，盛酒三升，以簪刺叶，令与柄通，屈茎上轮菌如象鼻，传噏之，名为碧筒杯。"

〖倚闾〗指父母望子归来之心殷切。宋楼钥《送潇宰富阳》："三年待汝归，二亲真倚闾。"

诗作于道光元年（1821）。本诗至《舟中望青田城》十首，为作者参加乡试落第，回乡途中所作。

自钱唐一日至富阳城下

江天划破木兰桡，一日邮程百二遥。得月水光浮作雾，近城人语响如潮。青罂酿玉难成酒，碧树依风好挂瓢。归计应无嫌太疾，故山麋鹿久相招。

【校注】

〖青罂〗青色的盛酒器。罂是一种盛贮器，既可用来汲水、存水，也可用来盛粮。

〖依风〗谓依恋故乡本土。《文选·古诗〈行行重行行〉》："胡马依北风，越鸟巢南枝。"

〖挂瓢〗《太平御览》卷七六二引汉蔡邕《琴操》："许由无杯器，常以手捧水。人以一瓢遗之，由操饮毕，以瓢挂树。风吹树，瓢动，历历有声。由以为烦扰，遂取捐之。"后以"挂瓢"为"隐居"或"隐者傲世"的典故。

〖故山麋鹿〗借指隐居山林的生活。明宗臣《登景山落霞亭》："故山麋鹿还谁主，楚水淮云首重回。"

度七里滩

瞥眼青山乱掷梭，浪花如马抹船过。长风似笑人无籁，横枕图书梦薜萝。

【校注】

〖七里滩〗严陵濑。钱塘江自建德市东乌石滩至桐庐县南泷口的七里泷峡谷。《方舆胜览·建德府》："距州四十余里，与严陵濑相接。谚云：'有风七里，无风七十里。'谢灵运《七里濑诗》：'目睹严子濑，想属任公钓。'"

〖薜萝〗薜荔和女萝。借指隐者或高士的住所。南朝梁吴均《与顾章书》："仆去月谢病，还觅薜萝。"

舟子建德人，识余里氏，言前曾乘其舟

卅载经过赤鲤乘，千峰建德插江澄。方音耳习无难解，舟版心惊有重登。夜月秋怀飞裂笛，晓风春梦感行滕。关津阅历成何事，赢得星星白发增。

【校注】

〖赤鲤〗赤色鲤鱼。传说中为仙人所骑。晋干宝《搜神记》卷一："琴高，赵人也。能鼓琴。为宋康王舍人。行涓彭之术，浮游冀州、涿郡间，二百余年。后辞入涿水中，取龙子。与诸弟子期之曰：'明日皆洁斋，候于水旁，设祠屋。'果乘赤鲤鱼出，来坐祠中。"

〖行滕〗绑腿布，喻远行。

桐庐江上

宿桨桐江落木秋，朝阳射石又开头。山分八字迎帆翅，水裂双丫下舵楼。天上云罗新气象，镜中杨柳损风流。才华肯自关河老，乱拗黄花作酒筹。

【校注】

〖开头〗原指撑头篙，后引申指开船。宋范成大《犍为江楼》："河边堵立看归篷，三老开头暮欲东。"

〖双丫〗温图本作"双了"，误。

〖舵楼〗船上操舵之室，借指船。宋叶梦得《水龙吟》："舵楼横笛孤吹，暮云散尽天如水。"

〖云罗〗如网罗一样遍布上空的阴云。唐李商隐《春雨》："玉珰缄札何由达，万里云罗一雁飞。"

〖杨柳〗泛指柳树。借指侍妾、歌姬。唐白居易《别柳枝》："两枝杨柳小楼中，袅袅多年伴醉翁。"

舟中书事

风水听相磨，云帆挂薄罗。青山留梦短，红树得秋多。岸转虫声出，天移雁影过。黄昏乡思动，无奈月明何。

【校注】

〖书事〗即对眼前事物抒写自己顷刻间的感受。唐王维《书事》："轻阴阁小雨，深院昼慵开。坐看苍苔色，欲上人衣来。"

关于诗题，晤本作《建德舟中书事》。

兰溪舟次，对酒示同舟叶三如松、方大维兰，即以留别

天风吹蓬梗，会聚非偶然。浮云帖飞鸟，倏忽亦前缘。我家瓯海侧，君住金华巅。重山间复水，修阻路盈千。邂逅忽相遇，乃在钱江边。逆旅一壶酒，携手遂同船。云程滞水驿，三夜对床眠。儒书不送诮，蛮楛翻致虔。弹丸斗喉舌，礼法谨无愆。讯君何所业，言自勾吴旋。息资以稽物，埋迹在市廛。周孔恨未识，高阁束陈编。锥刀悔逐末，尘俗疲掣牵。我闻感且叹，谓君毋悁悁。四民贾居一，道本王化连。牵车供洗腆，大义周书传。就时舜其孝，废著赐也贤。范蠡工转物，十万富腰缠。弦高能却敌，磨刀摧黄犉。丈夫贵自树，何辞择术偏。咄哉今薄俗，容易轻多钱。况乃多谓士，逐利蚁慕膻。三奇并六耦，十倍日钻研。牙筹作笔来，金穴视书田。一朝兔园册，换取宫花鲜。为官固所愿，垄断贿能专。兴生庆得郡，访问敢居前。堂皇坐列肆，惟知子母权。羽毛文鸳鸯，心迹猛鹰鹯。珪组担人爵，遑恤所弃捐。用身不如布，惭愧墨子篇。如何守名实，有无事贸迁。利在必衡义，犹征骨力坚。我亦抱图史，心麏铁砚穿。一椎挥博浪，失误逾十年。足迹半天下，书记本翩翩。才名亦画饼，十上谁能怜。颠沛东归去，随身犹丹铅。人生各嗜好，敢以温饱先。西湖一片月，华山九点烟。自笑不善贾，非关骨无仙。与君共今夕，高论明河悬。倾尊莫辞醉，仰首冰轮圆。来朝异篙橹，云水分二天。

【校注】

〔叶三如松〕叶松，字三如，据诗为金华商人。

〔方大维兰〕方兰，字大维，据诗为金华商人。

〔蓬梗〕如飞蓬断梗，飘荡无定。比喻漂泊流离。唐姚鹄《随州献李侍御》："风尘匹马来千里，蓬梗全家望一身。"

〔倏忽〕迅疾貌。泰图本作"儵忽"，误。

〖修阻〗路途遥远而阻隔。唐钱起《淮上别范大》："游宦且未达，前途各修阻。"

〖对床眠〗泰图本作"对床睡"，温图本作"对从睡"，均误。整首诗押先韵，故改为"眠"。

〖蛮榼〗南方制的酒器。

〖无愆〗没有过失。《书·说命下》："监于先王成宪，其永无愆。"

〖市廛〗市中店铺。《孟子·公孙丑上》："市，廛而不征。"赵岐注："廛，市宅也。"

〖锥刀〗特指微利。南朝宋鲍照《代边居行》："悠悠世中人，争此锥刀忙。"

〖悁悁〗忧闷貌。《诗经·陈风·泽陂》："寤寐无为，中心悁悁。"毛传："悁悁，犹悒悒也。"

〖四民〗旧称士、农、工、商为四民。《书·周官》："司空掌邦土，居四民，时地利。"蔡沉集传："冬官，卿，主国邦土，以居士、农、工、商四民。"

〖洗腆〗洁净丰盛的酒食，多指用来孝敬父母或款待客人。《书·酒诰》："肇牵车牛，远服贾，用孝养厥父母。厥父母庆，自洗腆，致用酒。"蔡沉集传："洗以致其洁，腆以致其厚也。"

〖废著〗同废居、废举，意思是货物价贱则买进，价贵则卖出，以求厚利。《史记·货殖列传》："（子贡）废著鬻财于曹鲁之间。"裴骃集解引徐广曰："《子赣传》云废居。著，犹居也。"

〖转物〗买卖货物。

〖弦高〗春秋时期郑国商人，经常来往于各国之间做生意。

〖薄俗〗轻薄的习俗，坏风气。《汉书·元帝纪》："民渐薄俗，去礼义，触刑法，岂不哀哉！"

〖蚁慕膻〗《庄子·徐无鬼》："羊肉不慕蚁，蚁慕羊肉，羊肉膻也。"后比喻向往、归附。

〖三奇〗三个阳爻。汉焦赣《易林·剥之旅》："三奇六耦，相随俱市，王孙善贾，先得利宝，居止不安，大盗为咎。"

〖牙筹〗象牙或骨、角制的计数算筹。《晋书·王戎传》："（戎）性好兴利……每自执牙寿，昼夜算计，恒若不足。"

〖金穴〗藏金之窟，喻豪富之家。

〖书田〗以书为田，指士人之业。

〖兔园册〗流行于民间的村塾读本。《新五代史·刘岳传》："兔园册者，乡校俚儒教田夫牧子之所诵也。"后亦指肤浅的书籍。

〖兴生〗经商求利。《北史·隋纪上》："诏省、府、州、县皆给廨田，不得兴生，与人争利。"

〖子母权〗言当官者只知攫取利益。

〖鹓鹭〗凤属。《新编分门古今类事·梦兆门中》："凤鸟有五色赤文章者，凤也；青者，鸾也；黄者，鹓雏也；紫者，鹓鹭也。"

〖鹰鹯〗鹰与鹯。此喻凶狠贪婪之人。《左传·文公十八年》："见无礼于其君者，诛之，如鹰鹯之逐鸟雀也。"

〖珪组〗玉珪与印绶。引申为爵位、官职。《文选·任昉〈王文宪集序〉》："既袭珪组，对扬王命。"刘良注："珪，诸侯所执也；组，绶，所以系印者也。"

〖遑恤〗没有闲工夫忧虑。比喻自顾不暇。

〖贸迁〗贩运买卖。汉荀悦《申鉴·时事》："贸迁有无，周而通之。"

〖縻〗通"靡"，耗费，浪费。

〖一椎挥博浪〗指做事情仅找到次要目标，没有找到真正目标。此指考中副榜贡生。《史记·留侯世家第二十五》："良尝学礼淮阳。东见仓海君。得力士，为铁椎重百二十斤。秦皇帝东游，良与客狙击秦始皇博浪沙中，误中副车。秦皇帝大怒，大索天下，求贼甚急，为张良故也。良乃更名姓，亡匿下邳。"

〖东归〗指回故乡。因汉唐皆都长安，中原、江南人士辞京返里多言东归。

〖丹铅〗指点勘书籍用的朱砂和铅粉，亦借指校订之事。唐韩愈《秋怀诗》："不如觑文字，丹铅事点勘。"

〖九点烟〗自高处俯视九州，如烟九点。唐李贺《梦天》："遥望齐州九点烟，一泓海水杯中泻。"王琦注："九州辽阔，四海广大，而自天上视之，不过点烟杯水。"

泊舟叶长步

槐花黄过菊花黄，冷热风光一样忙。已自停车矜搏虎，不从歧路问亡羊。碧潭月出摊秋薄，红烛霜深照夜长。篷底看书还看剑，不知何事转凄怆。

【校注】

〖叶长步〗今金华市武义县履坦镇叶长埠村，是旧时武义水陆码头之一。

〖搏虎〗《孟子·尽心下》："晋人有冯妇者，善搏虎，卒为善士。则之野，有众逐虎。虎负嵎，莫之敢撄。望见冯妇，趋而迎之。冯妇攘臂下车。众皆悦之，其为士者笑之。"后用"再作冯妇、一作冯妇、又作冯妇"等比喻重操旧业；用"冯妇"称勇猛或凶狠的人；用"搏虎"指敢与凶猛的敌人拼搏。

〖凄怆〗悲伤；悲凉。温图本作"凄然"，抄误。

缙云乘箄

夜色问微明，山城趁水程。披衣先鸟起，携月上箄行。残梦溪隈续，新诗腹稿成。烟林经过处，惊犬吠篙声。

舟中望青田城

烟树船头豁，青田照眼来。城平圈屋起，山转拗溪开。落日人喧渡，斜风鸟避桅，到时须舣棹，挈榼买新醅。

【校注】

〔舣棹〕划船靠岸。

〔挈榼〕手提着酒器，形容人酷爱饮酒。晋刘伶《酒德颂》："止则操卮执瓢，动则挈榼提壶，唯酒是务，焉知其余。"

咏　雁

问渠竟何事，复下钱江来。有人还类汝，寂寞只空回。

嗷嗷群口开，稻粱谋正急。黄雀笑能鸣，翻向太仓集。

天边一行字，格岂敌簪花。却入深闺赏，蛮笺榻影斜。

空阔向高天，弋人究何慕。只缘毛体枯，还落圆沙住。

百族各一天，双丸分道走。为问弯弧人，能射苍鹰否。

振翼思前侣，引吭念后群。蒹葭隔秋水，无奈月轮分。

【校注】

〔太仓〕古代京师储谷的大仓。《史记·平准书》："太仓之粟，陈陈相因。"

〔蛮笺〕唐时高丽纸的别称，亦指蜀地所产名贵的彩色笺纸。宋顾文荐《负暄杂录纸》："唐中国纸未备，多取于外夷，故唐人诗多用蛮笺字，亦有谓也。高丽岁贡蛮纸，书卷多用为衬。"

〔弋人〕射鸟的人。

〔双丸〕指日月。元朱德润《题陈直卿一碧万顷》："日月双丸吐，江山万古愁。"

〔弯弧〕拉弓。唐杜牧《史将军》："弯弧五百步，长戟八十斤。"

寄怀詹菊溪

梅月风清地，桐衫挂翠烟。市廛随大隐，翰墨结奇缘。顾我无仙骨，思君上酒船。三秋湖上望，雁影暮云连。

【校注】

〖大隐〗指身居朝市而志在玄远的人。晋王康琚《反招隐诗》："小隐隐陵薮，大隐隐朝市。"

题□□学博小照

华顶香藤不用操，蹎山蹎垄谨将翱。固知一片羲皇地，白首孤撑植足牢。

鹤态松姿古性情，官资品秩玉壶清。洪钟他日传谈柄，定有题旌式后生。

【校注】

〖学博〗唐制，府郡置经学博士各一人，掌以五经教授学生。后泛称学官为学博。

〖蹎山蹎垄〗比喻稍不经意，便遭蹉跌。

〖翱〗抄本作"翔"，不合韵，应是"翱"之误。

〖植足〗驻足。南唐李中《采莲女》："陌上少年休植足，荷香深处不回头。"

〖题旌〗题书表彰，多用于死者。清黄轩祖《游梁琐记·吴翠凤》："邑令敬其节操，为悬额题旌，并伙助焉。"

题榆荫楼，在苕上作

高卧无千古，先生有四时。水光扶槛立，山影压檐欹。客至频携酒，鸟鸣惯和诗。谁能同市隐，双树订心期。

【校注】

〖榆荫楼〗奚疑（1771—1854），字子复，号虚伯，又号乐夫，浙江乌程（今湖州）人。营酒肆，所居名月上楼，后以所栽榆树与楼齐，改名榆荫楼。工诗能画，又好接待四方名士，人称"榆楼先生"。作品有《榆荫楼诗稿》。

〖苕上〗吴兴郡（今湖州市）别称。

〖双树〗娑罗双树，也称"双林"，为释迦牟尼入灭之处。《大般涅槃经》卷一："一时佛在拘施郡城，力士生地，阿利罗跋提河边，娑罗双树间……二月十五日大觉世尊将欲涅槃。"

秋夜坐雨

屋角压天河，环垣暗绿萝。夜添琴味永，秋入雨声多。把卷孤灯在，怀人只雁过。不堪余铁砚，岁月自消磨。

【校注】

〖环垣〗围墙。唐司马扎《感萤》："夜久独此心，环垣闭秋草。"

偶　感

弱草不栖乌，滴泉不容芥。徒学伯宗言，讵识首阳隘。凤鸟人不闻，怖等鸱鸮怪。稻粱信云甘，勿食同秕稗。此中宜饮酒，何应逢齾齀。敬哉金人铭，三缄以为戒。

宝贵类骄人，毋出贫贱口。位高而多金，能使嫂恭后。如何虎豹姿，下随牛马走。牛马况不如，斑毛徒自丑。蹲伏且忍饥，慎勿向人吼。高阁立麒麟，夔龙倘为友。

【校注】

〖不容芥〗心里不积存怨恨和不快。形容人心地宽，气量大。

〖伯宗〗春秋时期晋国人。伯宗官至晋国大夫，贤而好直言。东周简王十年（公元前 576），栾弗忌之难中，被人进谗言而遭杀害。

〖首阳〗又称雷首山，相传为伯夷、叔齐采薇隐居处。

〖怖等〗无此词语。据诗意，或是怖栗、怖畏等表示恐惧、惶恐的词。

〖鸱鸮〗鸱枭，俗称猫头鹰。常用以比喻贪恶之人。《文选·曹植〈赠白马王彪〉诗》："鸱枭鸣衡扼，豺狼当路衢。"李善注："鸱枭、豺狼，以喻小人也。"

〖齾齀〗切齿盛怒貌。

〖金人〗铜铸的人像。《孔子家语·观周》："孔子观周，遂入太祖后稷之庙，庙堂右阶之前，有金人焉，三缄其口，而铭其背曰：'古之慎言人也。'"

〖嫂恭后〗意同"前倨后恭"。以前傲慢，后来恭敬。形容对人的态度有所改变。苏秦早年游历列国，困窘而归，家人都私下讥笑他。后来，苏秦成功游说六国合纵，身佩六国相印，途经家乡洛阳。苏秦的家人皆匍匐在地，不敢仰视。苏秦笑谓其嫂曰："何前倨而后恭也？"

〖牛马走〗像牛马般奔波劳碌。

〖高阁立麒麟〗即麒麟阁。详注见《奉和刘明府五十五岁生辰言怀谢客之作》。

〖夔龙〗相传舜的二臣名。夔为乐官，龙为谏官。《书·舜典》："伯拜稽首，让于夔龙。"孔传："夔龙，二臣名。"后喻指辅弼良臣。

永嘉寓斋自题画兰

共说同心易，谁知作客难。空斋何所有，金供一盘兰。
雨过风还润，花开月亦香。清虚谈画理，远意寄潇湘。

【校注】

〖金供〗从诗意看，疑是"今供"。

自百丈步放舟至龙虎斗，狂风陡作，泊宿岩下

百丈高滩下顺流，沙飞石转此勾留。风颠水面奔鱼影，日炙松鬣闪雉裘。龙虎千年传胜迹，篷舟一夜住轻愁。山灵有识应知我，敢自题诗到上头。

【校注】

〖龙虎斗〗在泰顺县百丈下游，今淹没在飞云湖水下。

〖松鬣〗松叶。明刘基《为祝彦中题山水图》："松鬣拂天藤蔓垂，枯根瘦石相因依。"

〖雉裘〗雉头裘，以雉头羽毛织成之裘。此指雉鸟等野禽。《晋书·武帝纪》："太医司马程据献雉头裘，帝以奇技异服典礼所禁，焚之于殿前。"亦省作"雉头""雉裘"。

〖山灵〗山神。《文选·班固〈东都赋〉》："山灵护野，属御方神。"李善注："山灵，山神也。"

有会而作

好事近吾儒，省事近佛老。善德本天性，兼独无二道。无情是有情，悠悠齐怀抱。韩公斥西教，语为下愚造。宋人躜理窟，闯入达摩窔。畛域必区画，水乳转融搅。何若任自然，日出月亦皎。天地开阴阳，真机动静讨。一身有形影，虚实讵难晓。鲰生喜异同，离合取纷扰。

匹夫有真性，往往轶英流。贤哲宏作用，恍与权奸侔。齐宣小仁术，爱只逮一牛。宋襄言君子，伤股翻自求。圣道岂高远，世论多沉浮。读书不具眼，讵识鲁与邹。男儿一坠地，骨相非伊优。如何百炼钢，化为绕指柔。嗒焉长发叹，且与造物游。

小人无细行，不足展大奸。君子有微瑕，百喙萃其间。人心不好善，谁为略迹原。天意复何如，豪杰多迍邅。时俗尊富贵，多积始能贤。亡书识三箧，不如一囊钱。仙才李太白，穷饿无人怜。

末俗贵金钱，佳士尊仁义。德色好倒颠，忠爱娉婷寄。离骚痛饮读，齐鲁论无异。瑶玖报瓜桃，无邪风诗思。大道在孔躬，怀宝涂遇譬。西方慕文王，婀娜美人字。我亦困尘土，姬姜早思媚。皎月扬容光，明眸耀珠翠。瞻之忽后前，拥楫心如醉。

【校注】

〖有会〗有所会心。南朝宋刘义庆《世说新语·排调》："桓公目谢而笑曰：'郝参军此过乃不恶，亦极有会。'"

〖佛老〗佛家和道家的并称。佛家以佛陀为祖，道家以老子为祖，故称。

〖兼独〗独善和兼济，是儒家提倡的修身准则。《孟子·尽心上》："穷则独善其身，达则兼善天下。"

〖韩公〗韩愈（768—824），字退之，文学家，思想家，哲学家，河南河阳（今河南省孟州市）人，世称韩昌黎、昌黎先生。唐元和十四年正月，因上《论佛骨表》劝谏宪宗供奉佛骨的荒唐行为，被贬为潮州刺史。

〖宋人〗指宋代理学家。

〖理窟〗义理的渊薮。《晋书·张凭传》："帝召与语，叹曰：'张凭勃窣为理窟。'"

〖达摩〗亦作达么、达磨。菩提达摩的省称，天竺高僧，本名菩提多罗。于南朝梁普通元年入中国，梁武帝迎至建康。后渡江往北魏，上嵩山少林寺，面壁九年而化。传法于慧可。达摩为中华禅宗初祖。

〖窔〗山的深处。比喻深奥的境界。

〖真机〗玄妙之理；秘要。

〖鲰生〗浅薄愚陋的人；小人。后亦作小生，多作自称的谦词。唐刘禹锡《谢中书张相公启》："岂唯鲰生，独受其赐？"

〖英流〗才智杰出的人物。明陈子龙《酬吴次尾》："牙璋虎节满天下，谁能好士知英流。"

〖齐宣小仁术〗出自"以羊易牛"，用羊来替换牛，比喻用这个代替另一个。《孟子·梁惠王上》：王坐于堂上，有牵牛而过堂下者，曰："何可废也，以羊易之。"

〖宋襄言君子〗出自"宋襄之仁"，意思是对敌人讲仁慈的可笑行为。《左传·僖公二十二年》："宋人既成列，楚人未既济。司马曰：'彼众我寡，及其未既济也请击之。'公曰：'不可。'既济而未成列，又以告。公曰：'未可。'既陈而后击之，宋师败绩。"

〖具眼〗谓有识别事物的眼力。

〖伊优〗象声词。学语之声。《汉书·东方朔传》："伊优亚者，辞未定也。"

〖绕指柔〗比喻坚强者经过挫折而变得随和软弱。《文选·刘琨〈重赠卢谌〉

诗》："何意百炼刚，化为绕指柔。"

〖嗒焉〗《庄子·齐物论》："南郭子綦隐机而坐，仰天而嘘，荅焉似丧其耦。"后形容怅然若失的样子。

〖细行〗小节；小事。指无关大体的细小行为。宋陆九渊《与曾宅之书》："古之所谓小人儒者，亦不过依据末节细行以自律。"

〖百喙〗亦作百啄。犹百口。明张居正《礼部仪制司主事敬修血书》："虽陈百喙，究莫释夫讥谗。"

〖略迹原〗略迹原心。意为撇开表面的事实，而从其用心上加以原谅。明张煌言《答赵安抚书》："英君察相，尚能略其迹而原其心，感其诚而哀其遇。"

〖迍邅〗处境不利；困顿。晋左思《咏史》："英雄有迍邅，由来自古昔。"

〖亡书三箧〗指大量散失的图书，形容博闻强记。《汉书·张安世传》："上行幸河东，尝亡书三箧，诏问莫能知，唯安世识之，具作其事。后购求得书，以相校无所遗失。"

〖一囊钱〗一袋子钱。后汉赵壹，汉阳人，虽有才学，但为时人所排挤，于是作《刺世疾邪赋》，其中有"文籍虽满腹，不如一囊钱"之句。后用此典指世人重财轻才。

〖离骚痛饮读〗形容名士风度。《世说新语笺疏》王孝伯言："名士不必须奇才。但使常得无事，痛饮酒，熟读〈离骚〉，便可称名士。"

〖瑶玖〗泛指美玉或者美石。

〖怀宝〗自藏其才；怀才。唐陈子昂《我府君有周居士文林郎陈公墓志铭》："呜呼我君，怀宝不试，孰知其深广兮！"

〖姬姜〗泛指美女。《文选·任昉〈王文宪集序〉》："室无姬姜，门多长者。"李周翰注："姬姜，美女也。"

〖拥楫〗持桨。汉刘向《说苑·善说》："越人拥楫而歌。"

丹阳小辛庄纪事

丹阳城外小辛庄，垣画屠苏井字方。<small>筑土为屋，垣界方整。</small>转石平田牛碾稻，<small>田中多置石，长圆式，盖用牛拖之以碾稻者。</small>堆泥隙地豕铺床。<small>人家隙地皆堆土块，问之，曰："养猪。""养猪如何？""盖用以铺猪圈内，来年取出，入田以肥稻。"</small>霜调秫粉粘匙滑，<small>田家多种秫，人家率以秫粉奉客。</small>金压豆油沃釜香。<small>烹饪皆用豆油。</small>三宿已违菩萨戒，<small>余因阻雨，留三宿。</small>不论墙下树无桑。

【校注】

〖小辛庄〗小辛村位于江苏省丹阳市最北端，与镇江市丹徒接壤。旧《丹阳县志》："驰道在县北十八里，其地曰小辛。"

〖屠苏〗平屋；茅庵。

〖沃釜〗沃，洗。釜，锅子。洗锅子。

〖三宿〗三日；三夜。意为时间较久。佛教有出家人不三宿桑下，以免萌生依恋之说。

〖秫〗俗称高粱，日常多用作酿酒原料。

道光五年（1825）十月，作者北上京都援例候铨，途经丹阳小辛庄所作。

乙酉十月廿五日，舟至丹阳，以坝格，陆行一日至小辛，就田家宿，既而雨雪交作，留三日，霁后别，雇蹇驴至京口，诗以纪事，并示同人

格坝丹阳县，挛车走只轮。云移衣有影，雨过路无尘。问日逾生甲，<small>管子西方曰辰，其时日秋，其气曰阴，阴生金与甲，时已初冬，故云。</small>投村到小辛。连栅皆姓步，<small>居民皆步姓。</small>解束暂安身。土壁连牵立，茅檐剪削匀。豆油烧

代烛，粳秆爇为薪。设席儒餐熟，登盘野蔌新。计程余卅里，不速恰三人。余与霞川、凤朝而三。围坐分行辈，传壶自主宾。藜羹甘习肚，秫醴暖当唇。田多种秫，酒味甘美。风味田家好，乡愁尔汝均。马周嫌未贵，曲逆叹犹贫。床矮箱联作，以箱联并作卧床。扉颓几竖埋。扉破塞以几。铜炉求火数，寒夜数数以铜炉求火。瓷鼎煮茶频。霞川携瓷鼎一具，频煮分饮。柝语惊残梦，鸿谋惨远神。重逢风雪阻，转与简编亲。金橘连皮啮，行囊中犹存金橘，出共分尝。丹铅傍枕陈。囊中投好句，天外获奇珍。濡滞成三宿，周旋动四邻。趋承单仆健，礼法老农真。种植从宜考，风谣杂雅询。是谁留小住，于此有前因。稍觉羁愁减，翻余别意申。来朝乌焰出，策蹇去踆踆。

【校注】

〖蹇驴〗跛蹇驽弱的驴子。《楚辞·东方朔〈七谏·谬谏〉》："驾蹇驴而无策兮，又何路之能极？"王逸注："蹇，跛也。"

〖京口〗今江苏省镇江市。公元 209 年，孙权把首府自吴（苏州）迁此，称为京城。公元 211 年迁治建业后，改称京口镇。东晋南朝时称京口城。其为古代长江下游的军事重镇。

〖格坝〗拦截河水的堤堰。格，阻碍。

〖辇车〗独轮车。

〖连楣〗形容房屋宽广连片。

〖野蔌〗野蔬。宋欧阳修《醉翁亭记》："山肴野蔌，杂然而前陈者，太守宴也。"

〖霞川〗泰顺人，余失考。

〖凤朝〗潘圣阳（1775—1829），号梧廷，字凤朝，泰顺罗阳人。

〖藜羹〗用藜菜做的羹，泛指粗劣的食物。《庄子·让王》："孔子穷于陈蔡之间，七日不火食，藜羹不糁。"

〖秫醴〗以高粱酿制的酒。

〖马周〗字宾王，唐博州茌平人。少孤贫，嗜学，善《诗经》《春秋》，高祖武德中补州助教。后至长安，为中郎将常何家客。太宗贞观三年诏百官言得失，代何为疏，所论二十余事，皆切于时。何武人不涉学，太宗怪问，何曰："家客马周为之。"即召见，与语，大悦，令直门下省。累拜监察御史、中书侍郎，官至中书令。

〖曲逆〗陈平，西汉王朝开国功臣，因功先后受封为户牖侯和曲逆侯。《史记》称之为陈丞相。出身寒微，家居穷巷，以敝席为门。后以"陈平席"形容贤士贫寒。

〖踆踆〗行走貌。《文选·张衡〈西京赋〉》："怪兽陆梁，大雀踆踆。"刘良注："陆梁、踆踆，皆行走貌。"

村　夫

村夫有细谭，亦自中名理。不贤识其小，圣道一枝指。河海开波澜，同源视沼沚。泰山高入天，势从转石起。揽大小不遗，跬步致千里。所以古大知，闻言好察迩。

【校注】

〖大知〗有大智慧的人。"知"同"智"。

〖察迩〗《墨子·修身》："君子察迩而迩修者也。"有才能有道德的人能明察身边的人，身边的人也就能修养自己的品行了。

诗作于道光五年（1825）冬，作者北上途中。

题墨竹集兰亭字十二首

一林茂竹仰山修，长日清阴带水幽。天气既殊人迹少，无言尽已得风流。

兰亭初已永和年，山水随人又一天。为竹也应生得地，欣然相遇尽时贤。

引领时贤趣自殊，闲随水竹坐相娱。有情听得清游地，一日尝言不可无。

清和天气暮春时，幽信山林静与期。相视竹人人是竹，无言契合有风知。竹人见唐诗。

永日无弦静自陈，情文竹管坐生春。极知引得清风至，一室相于是故人。

抱山揽水情无尽，听曲流觞兴不同。未若当时文与可，闲将一管引春风。

未信娱游古异今，每将觞咏喻山阴。世间不少贤人地，领取清风在竹林。

林亭群集快当风，流水春山曲未终。一自坐听天乐后，人间丝竹少和同。

虚怀引契岂无因，况有山亭水抱春。风日一林清气足，暂时相向管夫人。

带山临水引风长，舍外天和若可尝。知有崇兰生又茂，一时清品足相当。

万山春气自欣欣，虚左天风乐与群。得有陈生清咏在，长因知己感斯文。陈子昂有《修竹篇》。

带山作室春长静，因竹为亭趣亦清。林外相期风有信，可人不至若为情。

【校注】

〖竹人〗箽筜，生长在水边的大竹子。

〖生春〗温图本作"春生"，误。

〖文与可〗文同，字与可，号笑笑先生，人称"石室先生"，梓州永泰（今四川盐亭东）人。仁宗皇祐元年进士，历知陵、洋、湖州。与司马光、苏轼相契。工诗文，善篆、隶、行、草，尤长于画竹。宋苏轼《文与可画箽筜谷偃竹记》："故画竹，必先得成竹于胸中。"

〖一自〗犹言自从。唐杜甫《复愁》："一自风尘起，犹嗟行路难。"

〖管夫人〗元书画家赵孟頫妻管道升，字仲姬，亦工书画，山水佛像之外，尤擅墨竹兰梅，笔意清绝，负盛名，世称管夫人。

〖崇兰〗丛兰，丛生的兰草。

〖虚左〗空着左边的位置。古代以左为尊，虚左表示对宾客的尊敬。

〖可人〗有才德的人，引申为可爱的人、称心如意的人。《礼记·杂记下》："其所与游辟也，可人也。"

下滩难

下滩难，上滩难，下滩难于上滩干。上滩水干身眠纤，下滩水干肩磨岸。肩磨岸，水添汗，两头并力，进不以寸。拳石能支舟不行，何况攒罗戢香而散乱。一滩过，两滩续，七十二滩磨荦确。旬棱坐下轰雷霆，突兀胸中起山岳。刳然一声转无声，船底又向沙头卓。恨无娶妇求龙女，徒坐生儿羡寒浞。吁嘻！世途在顺犹有逆，下水船迟飞退鹢。直待江潮吹雪

163

回，蒲帆饱挂照天白。瞥眼青山梭倒抛，冲涛画楫矢直激。里鼓邮签那可稽，蓬莱飞渡只瞬息。卦例否极泰乃来，革故鼎新损受益。天道人事有循环，此理不知问周易。

【校注】

〖攒罗〗聚集。汉司马相如《大人赋》："攒罗列聚丛以茏茸兮，衍曼流烂痑以陆离。"

〖戢香〗众多貌。

〖荦确〗坚硬貌。王统照《号声·沉船》："沿山小径，全是荦确碎石与丛生的青沙。"

〖訇棱〗象声词，形容车声、雷声、炮声等巨响。

〖劐然〗象声形容词，破裂的声音。唐谷神子《博异志·李黄》："堂西间门，劐然而开。"

〖寒浞〗上古传说中的人物。本为寒国宗族，辅寒国君伯明氏，被废弃。后羿夺帝相位以代夏，号有穷，任浞为相。浞杀羿自立。后夏遗臣靡辅帝相子少康灭浞。寒，也写作"韩"。

〖退鹢〗退飞之鹢，借指行驶的船。

〖里鼓〗计数里程之鼓。《隋书·元岩传》："岩卒之后，蜀王竟行其志，渐致非法，造浑天仪、司南车、记里鼓，凡所被服，拟于天子。"温图本作"里数"，抄误。

〖邮签〗驿馆驿船等夜间报时的更筹。唐杜甫《宿青草湖》："宿桨依农事，邮签报水程。"

舟中感梦

甲申腊月逢十七，是日立春。春风始至天藏日。雨师佝愁挟云行，三朝五朝愁忘失。川途一夜舞蛟鼍，虞书洪水叹方割。江潮卷雪喷山来，倒却三舍气为夺。行人系缆清溪隈，水未发时梦先发。忽见云外起岑楼，岸然先公立恍惚。金梯下垂百尺长，手招小子上勃窣。亦既觏止却无言，阑干四面凭崛岉。扶桑东角叫天鸡，枕畔涛声奔雷抹。披衣急起窥沙痕，船头已触乔松末。乃知父兮爱子心，覆护匪以冥冥别。崩湍狂濑冲非时，似恐贪眠备无设。引之自下使升高，特遣楼阁空中结。惊回何必太人占，船即是楼象显揭。陟岵悲歌周岁星，感此重觉心中怛。纪以诗篇示家人，莫疑怪事书咄咄。

【校注】

〖佝愗〗愚昧。

〖蛟鼍〗亦称“扬子鳄”“鼍龙”“猪婆龙”，指水中凶猛的鳄类动物。

〖虞书〗《尚书》的组成部分。相传记载唐尧、虞舜、夏禹等的事迹。

〖方割〗普遍为害。《书·尧典》：“汤汤洪水方割，荡荡怀山襄陵，浩浩滔天。”

〖三舍〗古代一舍为三十里，三舍为九十里。泛指距离远。清赵翼《高黎贡山歌》：“层椒青青日西下，借问下山尚三舍。”

〖勃窣〗亦作勃崒，匍匐而行。《文选·司马相如〈子虚赋〉》：“于是乃相与獠于蕙圃，媻珊勃窣上金堤。”

〖觏止〗相遇。《诗经·召南·草虫》：“亦既觏止，我心则降。”

〖崛岉〗高耸貌。《文选·王延寿〈鲁灵光殿赋〉》：“屹山峙以纡郁，隆崛岉乎青云。”

〖崩湍〗激流。北魏郦道元《水经注·沔水二》：“自县以上，山深水急，枉渚崩湍，水陆径绝。”

〖陟岵〗《诗经·魏风·陟岵》：“陟彼岵兮，瞻望父兮。”后以“陟岵”为思念父亲之典。

〖岁星〗即木星。古人认识到木星约十二年运行一周天，其轨道与黄道相近，因将周天分为十二分，称十二次。木星每年行经一次，即以其所在星次来纪年，故称岁星。

〖怛〗忧伤、忧苦，又引申为恐惧。

诗作于道光四年（1824）十二月十七日。

十二月廿四日归舟喜晴口号

立春已八日，今日见天光。风挂蒲帆驶，日牵竹缆长。茗花清发齿，松叶暖添肠。且喜滩头住，方音是故乡。_{入泰顺界。}

【校注】

诗作于道光四年（1824）十二月二十四日。

由丹阳策蹇至京口，诗以纪事

乙酉赋北征，阻雨丹阳驿。停车借田家，三宿永朝夕。排闷叩诗囊，假寐凭书册。仆从逞奇能，柴车以驴易。谋定始告余，语言未分析。一夜卷西风，乌光透墙隙。催车车不行，驴至车已逸。驴夫食前言，论钱声喈喈。复有推车者，乘间思昂值。乃不欲驴行，喧哗从中扼。使人仓卒间，进退两局蹐。不遑罟仆从，就错跨驴脊。山回路屡弓，冰消泥添液。深林啼竹鸡，恍若戒行客。扬鞭指京口，数数视晷刻。仆从将护前，邮签一半匿。诡言到非遥，未到已昏黑。日落阴雾生，前途如覆幂。地匪号黔中，县欲名即墨。一身坐穷驴，冥然随降陟。恰如盲索涂，藉之为埴摘。险夷既不知，安危岂能择。性命托冥顽，罔敢施鞭策。招呼求同伴，后先皆离坼。幸及城南门，余光廛邸借。还望出城西，更恐重门隔。驴乃倦四蹄，十步五步踳。下驴牵驴行，重费引手力。既复度城闉，四顾何寂寥。寥，音历。但闻江水声，不见人行迹。选石且安坐，少自定喘息。忽有扬火来，束蕴出沙碛。迎面喜见余，延请登画鹢。先是吴江人，偕行偶相识。自言业操舟，舟舣金山侧。车途为谐价，摩遣料理逆。到是赖有此，稍觉心悦怿。从容问行李，一一皆卸释。须臾集同伴，欢喜见颜色。罗列命杯盘，举酒慰魂魄。并劝仆一卮，亦不加呵责。行路四十年，艰难久备历。凌遽失安详，不曾有兹役。何必更尤人，己实少擘画。履险虽获平，时过心犹惕。吟诗示后生，慎勿狃为式。

【校注】

〔策蹇〕策蹇驴，乘跛足驴。比喻工具不利，行动迟慢。

〔假寐〕和衣打盹。《诗经·小雅·小弁》："假寐永叹，维忧用老。"郑玄笺："不脱冠衣而寐曰假寐。"

〔喈喈〕象声词，喧闹声。

〔局踏〕滞留不进；徘徊不前。唐刘禹锡《伤我马》："局踏顾望兮，顿其锁缰。"

〔竹鸡〕鸟名。形似鹧鸪而小，上体橄榄褐色，胸部棕色多斑，多生活在竹林里。

〔即墨〕古地名，即今山东省青岛市即墨区。战国时为齐邑，秦置县，北齐废。

〔降陟〕升降。晋陆云《盛德颂》："圣灵登遐，降陟在天。"

〔冥然〕盲然。元何中《送喻秀才序》："冥然而趋，不知其九折之坂与其四达之衢欤。"

〔盲索涂〕指盲人用杖点地探求道路。比喻暗中摸索，事不易成。擿埴：敲地。

〔廛邸〕街坊住宅。《旧唐书·高祖纪》："或有接延廛邸，邻近屠沽，埃尘满室，膻腥盈道。"

〖城阇〗城内重门，亦泛指城郭。阇，城防工事的进出口。

〖束蕴〗亦作束缊。捆扎乱麻为火把。

〖沙碛〗沙滩；沙洲。

〖画鹢〗《淮南子·本经训》："龙舟鹢首，浮吹以娱。"高诱注："鹢，大鸟也。画其像著船头，故曰鹢首。"后以"画鹢"为船的别称。

〖吴江〗今江苏省苏州市吴江区。

〖舟舣〗舣舟倒装。把船停靠在岸边。

〖金山〗在长江中，与焦山、北固山为镇江三山。

〖谐价〗论价，商定价格。《后汉书·宦者传·张让》："当之官者，皆先至西园谐价，然后得去。"

〖悦怿〗欢乐；愉快。汉班固《白虎通·礼乐》："郑国土地民人山居谷汲，男女错杂，为郑声以相悦怿。"

〖凌遽〗战栗恐惧。

诗作于道光五年（1825）。

雪中度冯公岭 辛巳

白天雪点乱风翻，寒气千山带雨昏。安得飞花化绵絮，即教草树亦奇温。

石罅松横如卧月，水边竹重不招风，行人自立云峰上，揽取天花付碧筒。

【校注】

〖冯公岭〗又名桃花岭，在今浙江省缙云县西南。《读史方舆纪要》："冯公岭在县西南三十里。一名木合岭，崎岖盘屈，长五十里。有桃花隘，为绝险处，郡北之锁钥也。"

〖天花〗雪花。唐熊孺登《雪中答僧书》："八行银字非常草，六出天花尽是梅。"

诗作于道光元年（1821）。

括苍道上遇雪

雪点筛风急，妍生驿路华。群山排玉起，孤岭嵌银斜。倾耳泉声断，回身絮影遮。衣真披鹤氅，树尽化梅花。粉本天留画，云程客忆家。白河寒浪稳，渡欲借仙楂。

【校注】

〖括苍道〗始建于唐末宋初，自丽水至缙云，全程九十里，是古时处州的赴省大道。

〖鹤氅〗鸟羽制成的裘。泛指一般外套。宋陆游《八月九日晚赋》："薄晚悠然下草堂，纶巾鹤氅弄秋光。"

〖白河〗银河；天河。唐沈佺期《仙萼亭初成侍宴应制》："无异登玄圃，东南望白河。"

〖仙楂〗"楂"同"槎"，木筏。神话中能来往于海上和天河之间的竹木筏。后亦借称行人所乘之舟。

诗作于道光元年（1821）。

辰 河

辰河之媚，高山为堤。人家层累，缘厓而栖。檐牙吠犬，树顶鸣鸡。牵舟列肆，乃在深溪。

辰河之石，女娲乱掷。刀剑交横，舟投其隙。一篙水顺，一篙水逆。首尾异势，危不可测。

【校注】

〖辰河〗位于湖南省怀化沅陵县，沅陵古称辰州，沅江流经辰州，又称辰河。

客途同友人作

六年点点思亲泪，滴向床头总未干。世味但尝遑问苦，先畴肯服始知难。怀安自抱家门愿，风雨奚辞道路酸。赖有故人同远涉，身强常为劝加餐。

【校注】

〖先畴〗先人所遗的田地。《文选·班固〈西都赋〉》："士食旧德之名氏，农服先畴之畎亩。"吕延济注："先畴，先人畎亩。"

〖怀安〗留恋妻室，贪图安逸。《左传·僖公二十三年》："（晋公子重耳）及齐，齐桓公妻之，有马二十乘，公子安之。从者以为不可，将行，谋于桑下。蚕妾在其上，以告姜氏。姜氏杀之，而谓公子：'子有四方之志，其闻之者，吾杀之矣。'公子曰：'无之。'姜曰：'行也！怀与安，实败名。'"

小丽农山馆
诗钞补遗

青田舟中

高树桅边出，群山到眼前。一舟浮绿水，十里泛青田。曲岸回溪月，孤城接野烟。乘风寻胜迹，应上石门巅。

【校注】

〖石门〗石门洞，位于青田县城西北的瓯江北岸，临江旗、鼓两峰劈立，对峙如门，故称"石门"。

诗录自董旂《罗阳诗始》。

旭斋公八十寿诗

群峰趋百里，回纡揖青翠。四溪会一流，烟月铺娇媚。堂构有深基，松竹环冲邃。丹井间芝田，芙蓉香可饵。村步延寿名，屠苏福平议。鸡犬似桃源，渔郎时一至。老健夸张丈，自撰居山记。筋骨斗松乔，升平纪人瑞。皎皎云中鹤，峨峨涧底松。忆余发剪鬌，即见冰雪容。翁时方不惑，轩车何穹隆。鸾铃锵城邑，折节交家公。琼琚接绮席，金屑霏芳风。高情邈天汉，嘘气连长虹。豪杰仙骨□，炼鼎颜还童。今闻陶山相，八十炯方

瞳。翁干本魁然，雄强富膂力。学书还学剑，技岂一人敌。余亦喜拳捷，
尝一咨躄迹。翁年少壮时，乌犍只手蹄。三时走百里，不自闻喘息。仁者
必有勇，杨惛谁能测。所以磻溪姜，翩然辞钓石。重光协洽岁，一叩通德
门。倒屣迎王粲，投辖学陈遵。重堂连馥阁，无地可埃尘。翁言躬洒扫，
鲜洁常使新。岂乏纪纲仆，借以习劳筋。为怀晋陶侃，运甓役其身。无逸
乃克寿，周书证前闻。灵椿荫桂枝，擎霄发芳馥。祥鸾将凤雏，清声裂解
竹。长君念肇锡，雄飞耻雌伏。说诗而敦礼，何殊晋郤縠。叔子字定甫，
照人裴楷玉。壮气空骅骝，青云将一蹴。而我托世交，埙箎联莺谷。子客
例犹子，觥觯展遥祝。圣言仁者寿，此理良可征。翁祖与敖姓，郁郁共佳
城。敖鬼忽焉馁，翁为供粢盛。子孙戒勿替，家乘勒为经。更翁初当室，
厥考有负蝂。避迹越闽境，食力自长征。翁不辞茧足，寻访叉手迎。既来
分田宅，未觉有亏盈。韡韡棠棣萼，异本同春荣。土积风雨兴，水积蛟龙
生。孝诚所推暨，况已穷形声。谷价损凶岁，谁肯效翁仁。负券弃勿责，
几见仍相亲。瘗胔与掩骨，义举不嫌频。可知豪侠者，本是慈祥人。藏钱
积龟贝，徒笑敝精神。平生喜结纳，所与多通才。陈门塞车辙，孔座罗尊
罍。谁知堂上客，半为吐哺来。朱堤抵绿柳，折赠副江梅。约欢出门去，
回首黄金台。明年正阳月，八秩启寿觞。佳流织花锦，献颂铺云章。顾我
束书册，齐燕冲风霜。中途逢令子，定甫赴举至杭，与余相会。少住憩钱塘。
欲别遗兰蕊，沥思搜芝房。两世赓伐木，讵用虚夸张。矧偻翁善德，足以
敦薄凉。直书无鳞次，不觉言之长。苍松嵌頽玉，过忆升层冈。想见春旗
动，角亢星煌煌。风轮赴龙虎，月地鞭凤凰。缲烟带裂玉，仙佩鸣铿玱。
我何介景福，寒角趣晨装。投笔留歌去，马首青云骧。

【校注】

〖旭斋〗张日华（1747—1839），字复旦，号旭斋，泰顺泗溪前坪人。

〖冲邃〗精深；深厚。

〖髫〗古时儿童剪发时留下的一部分头发。

〖陶山相〗山中宰相。南朝梁陶弘景隐居于句容句曲山（即茅山，在江苏省西南部），梁武帝时礼聘不出，国家每有大事常前往咨询，时人称之为"山中宰相"。

〖躄迹〗或是"避迹"之误。避迹，避藏形迹；隐匿。

〖杨愔〗字遵彦，弘农华阴人，南北朝时期北齐宰相。出身于弘农杨氏，不聚家财，生性至孝。

〖磻溪姜〗磻溪，在今陕西省宝鸡市东南，传说为周吕尚未遇文王时垂钓处。借指吕尚。

〖齫然〗无齿貌。《韩诗外传》卷四："则太公年七十二，齫然而齿堕矣。"

〖重光协洽〗辛未，即嘉庆十六年（1811）。

〖倒屣〗形容热情欢迎宾客，尊重贤才。《三国志·魏书·王粲传》："蔡邕闻粲在门，倒屣迎之。"

〖投辖〗辖，车轴头上的铁键。汉陈遵好客，每宴宾客便关上大门，将宾客车辖取下，丢入井中，不让客人离去。典出《汉书·陈遵传》。后比喻留客情切。

〖陶侃〗字士行，东晋庐江浔阳人。任广州刺史时，无事即朝暮运甓以习劳（早上把一百块砖运到书房的外边，傍晚又把它们运回书房里）。在军四十一年如一日，厌清谈浮华，常勉人惜分阴，为后世所称。封长沙郡公。

〖郤縠〗姬姓郤氏，晋国郤邑（今山西省沁水县）人，春秋时期晋国公族，中军将。为人德能敦厚。赵衰赞其"行年五十矣，守学弥惇。夫先王之法志，德义之府也。夫德义，生民之本也。能惇笃者，不忘百姓也"。

〖裴楷〗字叔则，别称裴令公、玉人，西晋河东闻喜人。弱冠知名，与王戎齐名。三国晋，累迁散骑常侍、河内太守、侍中。以博涉群书，善论政道，获时誉。

〖埙篪〗埙、篪皆古代乐器，二者合奏时声音相应和。常以"埙篪"比喻兄弟亲密和睦。

〖负螟〗古人误认蜾蠃养螟蛉为子，故喻以他人之子作为嗣子。《诗经·小雅·小宛》："螟蛉有子，蜾蠃负之。"

〖韡韡〗光明华美貌。《诗经·小雅·常棣》："常棣之华，鄂不韡韡。"毛传："韡韡，光明也。"

〖菫骴〗掩骼埋骴，指收葬暴露于野的尸骨。

〖吐哺〗极言殷勤待士。《史记·鲁周公世家》："周公戒伯禽曰：'我文王之子，武王之弟，成王之叔父，我于天亦不贱矣。然我一沐三捉发，一饭三吐哺，起以待士，犹恐失天下之贤人。子之鲁，慎无以国骄人。'"

〖黄金台〗燕台。详注见《东阳幕中却寄》。

〖正阳〗本指古历夏历四月，后泛指农历四月。

〖伐木〗《诗经·小雅·伐木》篇名。其诗云："伐木丁丁，鸟鸣嘤嘤……嘤其鸣矣，求其友声。"后以"伐木"表达朋友间深情厚谊。

〖角亢〗角宿与亢宿的并称，即二十八宿中东方苍龙七宿中的第一、第二宿。旧传均为寿星。

〖介景福〗洪福；大福。《诗经·小雅·楚茨》："以妥以侑，以介景福。"

诗作于道光六年（1826）春节前后，录自光绪三十四年（1908）《前坪张氏宗谱》。

述庭林翁暨德配张太孺人七十双寿诗

处士星明映斗杓，阶前玉树更凌霄。鸡弧酌酒光瑶席，鸠杖看花遍橘桥。春树梅开朝放鹤，蓬山月满夜闻箫。上庠此日夸人瑞，伫有蒲轮锡圣朝。

【校注】

〖斗杓〗斗柄。比喻为人所敬仰者或众人的引导者。清唐孙华《顾端文公祠》："斗杓当代擅声华，俎豆江干岁月遐。"

〖蒲轮〗指用蒲草裹轮的车子，转动时震动较小。古时常用于封禅或迎接贤士，以示礼敬。《汉书·武帝纪》："遣使者安车蒲轮，束帛加璧，征鲁申公。"颜师古注："以蒲裹轮取其安也。"

诗录自筱村东垟《林氏宗谱》。

耀川公七旬寿

桑田几处走沧波，谁似先生鬓未皤。早有长才符玉尺，更多绮句织金梭。谈能醒俗何嫌戏，术总仁人转爱多。_{先生能医理，并精葬法。}金匮良方金斗诀，至今犹自费研摩。

【校注】

〔长才〕优异的才能。唐白居易《答杜兼谢上河南少尹知府事表文》："亚理以明慎选，专领以展长才。"

〔玉尺〕借指选拔人才和评价诗文的标准。唐李白《上清宝鼎诗》："仙人持玉尺，废君多少才。玉尺不可尽，君才无时休。"

〔金匮良方〕即《金匮要略》，原名《金匮要略方论》，是东汉著名医学家张仲景所著《伤寒杂病论》之一。

〔金斗诀〕清代地理风水书籍。

奉和敏斋兄除夕元日书怀诗次韵

丙戌初春，余赴敏斋观察于武阳，忽得与石窗相握手。忆自乾隆壬子岁，余偕观察负笈担簦，读书西泠，始获遍交吾浙中群彦，石窗其铮铮者也。渠时下帷于崇文讲舍，踪迹最为密迩。既而南北分驰，云山间断，忽忽三十载不一见，见则皤然老矣。当日余于同人中年最少，今已及艾，观晤之余，抚今追昔，不觉时移事异，继以慷慨。而聚散升沉、盛衰欣戚之感，可胜道哉！

居二日，观察出其所为除夕、元日两诗见示，且曰："石窗属和已五六叠矣。"夫惟古人赋诗见志，窃取风雅，今则辞必自作。余于观察不可默默也，况益以石窗老友乎？乃兹座上杯传，可无邀夫明月；窗前影到，更不误以梅花。三人者接席相对，何异畴昔湖山参坐时耶？不宁惟是，幕中掌翰，美尽东南；庑下停骖，欢仍文酒。《小雅》之诗曰："伐木丁丁，鸟鸣嘤嘤。"同声之应，既难自已；好友之求，曷为辍音？惟是风尘困敝，才韵枯梗，倚声学武，转失邯郸。将嗣响之谓何，斯又在旧好新知，察其巴词，赐之郢削，庶几古贤切磋之义，不坠于来兹；抑即西泠谭艺时，兰薰雪白，相与之初心也已。

自惊潘鬓雪鬖鬖，卅载回头友又三。谓观察、石窗与余而三。北地隼旗来戴笠，西泠莺树忆携柑。后先事异谭难尽，新旧欢多饮倍酣。独有主人忧国甚，频将年谷问江南。

弹指风光似昨朝，少年曾共勉丹霄。乍成结绶王阳喜，尽可先鞭祖逖饶。远托仙山非自躁，深知海水不辞朝。却传歌曲高难和，验取春天白雪飘。时方得雪。

【校注】

诗录自林用光《惜砚录》。

晤兰室尺牍

与林辉山　丁巳

三月间，但知贪买书籍，不顾客囊羞涩，仰承楚波远润，遂得满载琳琅而归，真快事也。抵舍后，即应赍还，乃延至此日，迟之又久，宋阳里华子病忘可知矣。兹特交家某兄缴上，区区微息，本不敢言，第当日此项，三哥先生并非出之橐中。若人之责偿于先生，未必不稍存计较，以此累先生为微生高一流人，则非弟之所愿，叱存是幸。别来几及半载矣，流光迅速，学力因循，揽镜自窥，何以仰答一二知己，三哥先生其有以教之否？

【校注】

〖林辉山〗林培厚。详注见《赴东阳刘尹幕留别林敏斋》。

〖病忘〗患健忘之症。《列子·周穆王》："宋阳里华子，中年病忘，朝取而夕忘，夕与而朝忘，在途而忘行，在室则忘坐，今不识先，后不识今。"

〖责偿〗抄本作"债偿"，误。

〖微生高〗姓微生，名高，春秋时鲁国人，孔子弟子。当时人认为他为人爽直、坦率。孔子云："孰谓微生高直？或乞醯焉，乞诸其邻而与之。"

〖仰答〗报答尊者。《南齐书·顾欢传》："陛下宜仰答天人引领之望，下吊氓黎倾首之勤。"

此信写于嘉庆二年（1797）。

181

与林兰友孝廉

家君归，拆所惠书，得读巨制，并悉教言。大哥一片婆心，爱弟至此，谢谢。昨示一卷山房赋，跋语中有云"潘某公暨厥嗣竹坡，款门殷恳，竹坡复投柬邀某为弟昆契"等语，未免书不从实。弟穴处无状，终日行尸走肉，此江南人所谓䛴痴符者。乃大哥有嗜痂之癖，不遽斥为门外汉，竟投名纸许订金兰。适弟近日右手举重，偶有屈而不伸之苦，未将生年月日誊清寄上，大哥屡责之矣。不然，弟岂不知窥镜自视，不如城北徐公美甚，而敢以茑萝施松柏，燕雀侪凤鸾耶？且大哥心存著作，点墨只字，皆期传信千古，将来读是稿者，必议曰措大眼孔如许小耶。弟为不利市秀才，十二季于兹矣，大哥当存吹嘘上天之意，不可使作向火乞儿也。闻之阉前为慕势，王前为趋士。今日之事，大哥趋士，非弟慕势，希为易玄。庶几董狐之直笔，不同魏收之秽史。又有"某叨乡荐，觅食四方，律赋一道，久干墨水，虽非白发老妇，究何敢与妖娇女子斗红妆"云云。此驼背老翁护短之谈，非大哥所宜出此。况乙卯登贤书，以日计之，至今未满三载，墨水遽尔干耶？大哥闻之，毋亦哑然失笑否？弟本狂戆，大哥又许以直言不讳，故敢率笔及此，以补前宵连床共话之所未及，倘勿以逆耳投置溷中，幸甚幸甚！

【校注】

〖林兰友〗林滋秀，字兰友，号纫秋，福鼎桐山人。自幼聪颖，十八岁中举。嘉庆十四年（1809），仁宗五旬寿诞，撰《集姓千字文》以祝，文中无一字无来历，博得时人称誉。先后主讲于罗阳书院、福鼎桐山书院，凡十余年。

〖孝廉〗汉武帝时设立的察举制考试，任用官员的一种科目。孝廉是"孝顺亲长、廉能正直"的意思。明清为举人的雅称。

〖䛴痴符〗称文拙而好刻书行世的人。北齐颜之推《颜氏家训·文章》："吾见世人，至无才思，自谓清华，流布丑拙，亦以众矣，江南号为'詅痴符'。"清厉鹗《〈樊榭山房集〉自序》："有杂文若干卷，丛缀若干卷，将次第排缵焉，得毋蹈詅痴符之诮邪！"亦省作"詅痴""詅符"。

〖嗜痂〗怪僻的嗜好。《宋书·刘邕传》："邕所至嗜食疮痂，以为味似鳆鱼。尝诣孟灵休，灵休先患灸疮，疮痂落床上，因取食之。灵休大惊。答曰：'性之所嗜。'"

〖茑萝〗茑萝与女萝，两种蔓生植物，比喻关系亲密，寓依附攀缘之意。《诗·小雅·頍弁》："茑与女萝，施于松柏。"朱熹集传："此燕兄弟亲戚之诗……以比兄弟缠绵依附之意。"

〖燕雀〗燕和雀，比喻微贱或器量志向小的人。宋文莹《玉壶清话》卷七："（开宝九年）上遣太宗与俶叙齿为昆仲。俶循走，叩头泣谢曰：'臣燕雀微物，与鸾凤序翼，是驱臣于速死之地也。'"

〖城北徐公〗战国时齐国的美男子。《战国策·齐策一》："城北徐公，齐国之美丽者也。"姚宏注："《十二国史》作徐君平。"后为美男子之称。

〖措大〗旧指贫寒失意的读书人。宋吴曾《能改斋漫录·议论》："太祖曰：'苟用其长，亦当护其短。措大眼孔小，赐与十万贯，则塞破屋子矣。'"

〖吹嘘〗比喻奖掖，汲引。唐杜甫《赠献纳使起居田舍人澄》："扬雄更有河东赋，唯待吹嘘送上天。"

〖向火乞儿〗近火取暖的乞丐。比喻趋炎附势之徒。五代王仁裕《开元天宝遗事·向火乞儿》："朝之文武僚属趋附杨国忠，争求富贵……九龄常与识者议曰：'今时之朝彦，皆是向火乞儿，一旦火尽灰冷，暖气何在？当冻尸裂体，弃骨于沟壑中，祸不远矣。'果然因禄山之乱，附炎者皆罪累族灭，不可胜数。九龄之先见，信夫神智博达也。向火，言附炎也。"

〖慕势〗趋附权势。《战国策·齐策四》："齐宣王见颜斶，曰：'斶前！'斶亦曰：'王前！'宣王不悦……斶对曰：'夫斶前为慕势，王前为趋士。与使斶趋势，不如使王为趋士。'"

〖董狐〗春秋时晋国人，晋灵公史官。世袭太史，亦称史狐。灵公十四年，公欲杀正卿赵盾，盾出奔未越境，盾族弟赵穿袭杀灵公，迎盾还。狐书于史策曰："赵盾弑其君。"以示于朝。盾不以为然。狐以盾身为正卿，出走未越境，归不讨贼，杀君者非盾而谁。孔子闻之，称其为古之良史。

〖魏收〗字伯起，小名佛助，南北朝时期北齐大臣。《北史·魏收传》："（魏收奉诏撰魏史）凤有怨者，多没其善，每言：'何物小子，敢共魏收作色，举之则使上天，按之当使入地……'于是众口喧然，号为秽史。"秽史：歪曲历史本来面目的史书。

〖登贤书〗科举时代称乡试中式为登贤书。

〖狂戆〗狂妄戆直。《后汉书·李云传》："李云野泽愚儒，杜众郡中小吏，出于狂戆，不足加罪。"

〖连床〗并榻或同床而卧，形容情谊笃厚。唐白居易《奉送三兄》："杭州暮醉连床卧，吴郡春游并马行。"

此信写于嘉庆三年（1798）。

覆曾宝镇　戊午

月之七日，道遇尊纪，接读瑶函，欢同把臂，并悉近候亦佳，慰之！贵东汪中丞，廉明公正，有为有守，我辈主人固应如是也，闻之甚喜。学宪于三月按临吾郡，弟初为同人所促，频欲整拜赐之师，渡河一战。后竟以囊中羞涩不果行，遂卷旌息鼓，从壁上观。大哥不以我为怯否？山谷帖，候王老师回日，当为取归藏好。迩日独处山城，未免寂寞，然值天气清朗，时或信步逍遥，每到溪流屈曲、林木阴翳之处，觉鱼鸟自来亲人，当其意得，亦复悠然忘返，所少者冠者五六人，童子六七人耳，大哥闻之，当亦有余慕也。驹光过隙，长绳难系，幸各努力，毋贻后悔，幸甚。

【校注】

〔曾宝镇〕曾璜，字宝镇。详注见《秋夜独坐寄怀曾宝镇董雨林家秉衡》。

〔尊纪〕尊介，旧称他人之仆。《左传·僖公二十四年》："秦伯送卫于晋三千人，实纪纲之仆。"

〔瑶函〕对他人书信的美称。明袁中道《寄周仪曹野王书》："壬子岁，曾得瑶函并柄头诗，甚佳。"

〔汪中丞〕汪志伊，字莘农，号稼门，安徽桐城人。乾隆三十六年（1771）举人，官至闽浙总督。嘉庆二年（1797），任福建布政使，数月，擢巡抚。中丞是明清时期对巡抚的尊称。

〔拜赐之师〕用以讽刺为复仇而又失败的出兵。春秋时，秦晋殽之战，秦将孟明视被俘。获释时，孟谓晋君曰："三年将拜君赐。"后三年，秦果然出兵伐晋复仇。又败，晋人讥之为"拜赐之师"。

〔山谷〕山谷道人，宋黄庭坚的别号。《宋史·文苑传六·黄庭坚》："初，游灊皖山谷寺、石牛洞，乐其林泉之胜，因自号山谷道人云。"亦省称"山谷"。

题后所标"戊午"（嘉庆三年，公元1798年），有误。汪志伊嘉庆二年（1797）任福建布政使，后擢巡抚。嘉庆四年（1799）春，曾璜始随父曾镛前往福州充当汪志伊幕下。据文中"贵东汪中丞"句，可断定此札写于嘉庆四年（1799）或稍后。

与叶松门先生　己未

某顿首拜言松门先生阁下：去冬阁下归，有断机事，然乎？非耶？某闻在昔乐羊子寻师远学，一年来归，妻怒，引刀趋机，乐羊子率发愤，以成盖世之名。阁下失意远归，其事不类而类，岂夫人亦以为不类而类，而径效古人之所为，以为劝耶？不然，则是阁下怒其不下纤，而不肯为季子之屈耶？然某于此见阁下之心矣，伤矣。阁下闺中老妇，心织有年，杼轴所出，无不艳借宫花，明偷池凤，虽古来所称苏蕙之锦，曹娥之绢，勿能过也。乃至五色迷目，投梭东归，此景此情，固有难堪者，无惑乎阁下之断斯机也。虽然，某窃以为阁下过矣。男耕读而女则织，古今不易。齐、鲁、燕、赵之间，收茧讫，主蚕者簪花祠庙，谓为女及第。阁下虽暂踬卧床之下，竟不许有黄崇嘏，而必挥方储之佩剑，裂天孙之云裳乎？是阁下以勤学之故，妨女红也。"织女机丝虚夜月""悔教夫婿觅封侯"，阁下亦有意否？或曰阁下以其花样不同，欲舍其旧而新是图，故断之，然则阁下之意又微已。某也行年十二，曾学织绮。兹二十有五，作为文章，美非郑子产之帛，丑非管夷吾之锦，正宜束装东归。问道于三十年老娘，却复自压针线，为他人作嫁衣裳于千里外，亦可谓不自知羞耻者。语云"促织鸣，懒妇惊"，而今促织又将鸣矣。"知已往之不谏，识来者之可追"，愿与阁下及二三知己勉之。流光飘忽，一别经年，临风怀想，意绪万千，偶有欲言，辄乏鸿便，驿使乍逢，又多忘失。纸短路长，书不尽意。阁下近况何如？本年设帐何处？主宾相得否？课余作何工夫？颇精进否？邮便谕某知之。

【校注】

〖叶松门〗叶维挺（1758—1835），字雪姿，又字仁芝，号念台，别号松门，泰顺罗阳人。嘉庆十九年（1814）岁贡，道光八年（1828）恩赐举人。

〖季子〗苏秦。详注见《偶感》。

〖苏蕙〗字若兰，十六国时前秦始平人。窦滔妻。滔为苻坚秦州刺史，以罪被徙流沙。苏氏思之，织锦为《回文旋图诗》以赠滔。诗凡八百四十字，纵横反复皆可读，词甚凄惋。

〖曹娥〗东汉时会稽郡上虞县人。相传其父五月五日迎神，溺死江中，尸骸流失。娥年十四，沿江哭号十七昼夜，投江而死。世传为孝女。南朝宋刘义庆《世说新语·捷悟》："魏武尝过曹娥碑下，杨修从。碑背上见题作'黄绢幼妇，外孙齑臼'八字。魏武谓修曰：'解不?'……修曰：'黄绢，色丝也，于字为绝。幼妇，少女也，于字为妙。外孙，女子也，于字为好。齑臼，受辛也，于字为辞。所谓绝妙好辞也。'"后多指极其美妙的文辞。

〖女及第〗指古时北方妇女于养蚕事毕，簪花酌酒谢神。宋陶谷《清异录·人事》："齐、鲁、燕、赵之种蚕收茧讫，主蚕者簪通花银碗谢祠庙。村野指为女及第。"

〖黄崇嘏〗五代时前蜀女子。善琴棋书画，工诗文，常着男装游历。周庠权知邛州，崇嘏因事下狱，上诗周庠，得召见，应对详敏，随命释放。庠重其英明，美其风采，欲以女妻之，乃献诗一章，有"幕府若容为坦腹，愿天速变作男儿"句，召问之，故黄使君女也。

〖方储〗字圣公，东汉丹阳歙人。举贤良方正，官至太常卿，封黟县侯。三国吴谢承《后汉书》："方储为郎中。章帝使文郎居左，武郎居右。储正住中，曰：'臣文武兼备，在所施用。'上嘉其才，以繁乱丝付储，使理。储拔佩刀三断之，对曰：'反经任势，临事宜然。'"

〖郑子产〗公孙侨，字子产，一字子美，春秋时期郑国人，杰出的政治家、思想家。

〖管夷吾〗又称管敬仲，春秋初期齐国主政之卿，政治家、军事谋略家。

〖促织鸣，懒妇惊〗秋后蟋蟀鸣叫，懒婆娘为没有缝好冬衣而感到惊慌。宋苏轼《残句槐花黄》："槐花黄，举子忙；促织鸣，懒妇惊。"

〖为他人作嫁衣裳〗比喻空为别人忙碌，自己得不到一点好处。唐秦韬玉《贫女》："苦恨年年压金线，为他人作嫁衣裳。"

此信写于嘉庆四年（1799）。

与董羽旂砚长　己未

三月来不得阁下书，何脱略形迹太甚耶。某一副懒骨头，直是生铁铸就，改换不得。在外一载，实无可为知己道者，自恨殊自笑也。足下素沉静无外务，迩日案头巨制，想多于南亩之农夫，邮便肯惠一读否？新任主文，未知嗜好何如？然我辈且自读书，穷通得失，自有命在，功名不可弋获也。此又某近来心得处，质之足下，当不笑以为迂。

【校注】

〖董羽旂〗董旂。详注见《西湖泛归寄董梅溪旂》。

〖南亩〗农田。南坡向阳，利于农作物生长，古人田土多向南开辟，故称。唐杜牧《阿房宫赋》："使负栋之柱，多于南亩之农夫。"

〖穷通〗困厄与显达。《庄子·让王》："古之得道者，穷亦乐，通亦乐，所乐非穷通也；道德于此，则穷通为寒暑风雨之序矣。"清刘大櫆《难言三》："人之有穷通得丧，天也。"

与杨五岩先生　己未

仆本不能书，亦不能诗，先生俨然以便面见委，岂解为魏公藏拙者耶？然宿瘤以丑见传，徐邈以醉见识，未必持布鼓，遂不许一过雷门耳。仆愧不能辞，吟成四韵，走笔呈政，然而暴殄聚头物矣。

【校注】

〖杨五岩〗里籍、生平无考。

〖魏公藏拙〗掩盖自己或他人的缺点。《隋唐嘉话》："梁常侍徐陵聘于齐，时魏收文学北朝之秀，收录其文集以遗陵，令传之江左。陵还，济江而沉之。从者以问，陵曰：'吾为魏公藏拙。'"

〖宿瘤〗抄本作"夙瘤"，误。汉刘向《列女传·齐宿瘤女》："宿瘤女者，齐东郭采桑之女，闵王之后也。项有大瘤，故号宿瘤。"后作为丑女的典型。《三国志·魏志·徐邈传》："然宿瘤以丑见传，而臣以醉见识。"

〖徐邈〗字景山，三国魏燕国蓟人。魏国初建，为尚书郎。时禁酒，而邈私饮至于沉醉，问以曹事，曰"中圣人"。事为曹操所知，大怒。度辽将军鲜于辅进言："醉客谓酒清者为圣人，浊者为贤人，邈偶醉言。"竟得免刑。

〖持布鼓〗比喻在高手前卖弄。《汉书·王尊传》："太傅在前说《相鼠》之诗。尊曰：'毋持布鼓过雷门'。"颜师古注："雷门，会稽城门也，有大鼓。越击此鼓，声闻洛阳，故尊引之也。布鼓谓以布为鼓，故无声。"

与林辉山

"梦中不识路，何以慰相思"，此休文诗也。相隔三百里，而一水盈盈，竟不得如王子猷扁舟造门，怅甚怅甚！委办箱桌等物，原拟乘科试便运至江埠。缘作料颇生，去冬鸠工斧锯，粗具规模，旋复置之。春三月，始施绳墨。而文宗按临之时，正大匠运斤之际，是以迟至今日，才克运缴。匠系永嘉人，弟意其于贵处时尚式样，必所熟知，任其创造，犹使离娄督绳，公输削墨，定当尊意。故弟不惟凛代斫伤手之戒，且不复从旁参一末议。岂知造作既就，审视之，殊索佳处不得。外，文柜一只，不免代为持引执杖，指东画西，虽未称工巧，然颇于常格外另辟蹊径，匠心独费矣。试程以先生之矩矱，当取其小道可观，而笑其班门弄斧也。呵呵。本春录科，初欲买舟东下，藉罄阔悰。而家弟昆辈，动以囊中一钱留看，秋仲遂使张敏高惠之。隔岁相思，依然梦里，追寻先生文旌，何日西指。弟约在六月望后，由景宁赴夏河，倘先示行期，竟可到彼拱候耳。

【校注】

〔休文〕沈约（441—513），字休文，吴兴郡武康县（今浙江省德清县）人。南朝梁开国功臣，政治家、文学家、史学家。《别范安成》："生平少年日，分手易前期。及尔同衰暮，非复别离时。勿言一樽酒，明日难重持。梦中不识路，何以慰相思。"

〔王子猷〕名徽之，字子猷，王羲之子，东晋琅邪临沂人。官至黄门侍郎。任性放达，不理府事。尝居山阴，夜雪初霁，忽忆戴逵，泛舟往访，造门不入而返。人问则曰："乘兴而来，兴尽而返，何必见戴？"

〔文宗〕明清时称提学、学政为文宗。亦用以尊称试官。

〔大匠运斤〕称人技艺精湛或文笔娴熟高超。《庄子·徐无鬼》："郢人垩漫其鼻端，若蝇翼，使匠石斫之，匠石运斤成风，听而斫之，尽垩而鼻不伤，郢人立不失容。"

〔离娄督绳，公输削墨〕汉王褒《圣主得贤臣颂》："如此则使离娄督绳，公输削墨，虽崇台五层，延袤百丈，而不溷者，工用相得也。"离娄，黄帝时人，能视于百步之外，见秋毫之末。公输，即春秋时公输班。

〔代斫〕代替别人去做自己难以胜任的事情。多用作自谦之词。《老子》："常有司杀者杀，而代司杀者杀，是代大匠斫。夫代大匠斫者，稀有不自伤其手矣。"

〔小道〕礼乐政教以外的学说；技艺。《论语·子张》："虽小道，必有可观者焉。"何晏集解："小道谓异端。"

〔阔悰〕久别而生的怀念。清顾炎武《复张又南书》："白石清泉，共谈中悰，慰二载之阔悰，订千秋之大业。"

〔一钱〕指极少的钱。唐杜甫《空囊》："囊空恐羞涩，留得一钱看。"

与丽水郑赞

与徐华西先生在署剧饮，不独意态欹斜，如山欲倒，直使庐山三千瀑布，从口吻中飞落。此吴质所云，器小易盈，自取沉顿者也。然亦以他乡故知，瞥面相逢，不觉乐从中来，非尔不足以快其意耳。但不识父台亦责其少年轻狂，有违三爵而退之训否？告辞后，布帆无恙，于月之十七日抵家，详述父台十余年景况，家君亦不胜今昔之感。来岁秋试不远，夏末间当便道趋奉德晖也。

【校注】

〖郑赞〗丽水人，余俟考。

〖器小易盈〗原指酒量小，后比喻器量狭小，容易自满。汉吴质《在元城与魏太子笺》："前蒙延纳，侍宴终日……小器易盈，先取沉顿。"

〖父台〗旧时乡绅或文人对州县长官的敬称。"父台"之"父"，是"父母官"之意；"台"是敬辞，以示对对方的尊敬。

〖三爵而退〗君子饮酒，三爵而止，饮过三爵，就该自觉放下杯子，退出酒筵。所谓三爵，指的是适量，量足为止。《礼记·玉藻》："君子之饮酒也，受一爵而色洒如也，二爵而言言斯，礼已三爵而油油，以退，退则坐。"

此信写于嘉庆四年（1799）。

与徐华西先生　己未

日前过丽水，承先生不直麾之门外，遂使羊欣径登谢容之庭，羲之遽啖周公之炙，且行李之往来，舟车之出入，亦预安排。及之临歧，伫立灞岸，看一叶小舟，直放入桃花流水而始返。人之相知，未有如先生之怜念故人子如此其深且至也。尝读《毛诗》有云："之子于归,远送于野。"彼有骨肉之爱则尔,不意于先生而见之。解缆后,布帆无恙,于月之十七日抵舍。浪游几及两载,忽尔归来,父子昆弟间似较有一种相亲相爱之处,真乐事也。敬为先生道之,以志喜。

【校注】

〖徐华西〗丽水人,余俟考。

〖不直〗不只;不仅。南朝梁刘协《文心雕龙·乐府》:"故知季札观辞,不直听声而已。"

〖羊欣〗字敬元,泰山郡南城县(今山东新泰市)人,晋宋时期大臣、书法家。《宋书》记载羊欣少年时曾拜访领军将军谢混:"混拂席改服,然后见之。时混族子灵运在坐,退告族兄瞻曰:'望蔡见羊欣,遂易衣改席。'欣由此益知名。"

〖羲之遽啖周公之炙〗《晋书王羲之传》:"王羲之,字逸少……。羲之幼讷于言,人未之奇。年十三,尝谒周顗,顗察而异之。时重牛心炙,坐客未啖,顗先割啖羲之,于是始知名。"

此信写于嘉庆四年(1799)。

与林敏斋 壬戌

曾老师归,得所惠书,欣悉近况,私悰甚慰。刻下委署名次居第几,曾否加捐过班,未蒙笔示,念念。令兄欲令晋省,其意未可遽非。然近日逐鹿,半皆捷足,会垣知好,惟孔方兄足恃,乃客游未返。吾兄身非日游神,厩无望火马,竟欲别走终南,想是闲看华山耳。郭尖伎俩,郭尖自为之,我辈弗能也。何如闭户读书,或者失之东隅,犹可收之桑榆。鄙见如此,未审以为然否?去秋闱文,已是穿杨贯虱之技,所歉者后二比不总发耳。此中消息，吾兄已十得八九，何必舍长就短。家君新辟别业已落成，幽邃处虽不足方古之桃花源，而山水清奇，亦自别致。居闲无事，何不掉扁舟，一访山中故人乎？此吾兄夙话也，家君亦久有此意。外，鹿胶二十两，用伴芜缄，希莞存之。

【校注】

〖委署〗官署缺员时，委派其他官员代理。

〖过班〗清代官吏因保举或捐纳迁升官阶。道员为最高班次，以下则知府、同知、通判、知州、知县、佐杂各为一班，分别称为道班、府班、同通州县班、佐杂班。

〖逐鹿〗比喻追逐名利富贵。

〖日游神〗〖望火马〗对热衷奔竞钻营者的蔑称。宋吴处厚《青箱杂记》："皇祐、嘉祐中未有谒禁，士人多驰骛请托，一人号望火马，其中又一人号为日游神，盖以其日有奔趋，闻风即至，未尝暂息故也。"

〖郭尖〗郭景尚，字思和，北魏太原晋阳（今山西太原）人。善事权宠，世称郭尖。孝明帝时仕至中散大夫，转中书侍郎。未拜，卒，年五十一。

〖穿杨贯虱〗形容技艺高超。战国时养由基射箭能百步穿杨，纪昌射箭能正中虱心。事见《战国策·西周策》和《列子·汤问》。

〖别业〗别墅，文指石林精舍。晋石崇《思归引序》："晚节更乐放逸，笃好林薮，遂肥遁于河阳别业。"

此信写于嘉庆七年（1802）。

复周宗质　壬戌

舍亲来辱，手教累幅，具审起居佳胜，至慰至慰。弟与大哥，始联缟纻之欢，继入金兰之籍，迄今十六年矣。忆昔与大哥同时相握手者，在吾郡不下数十辈，无不推襟送抱，如同胶漆。曾几何时，乃渐渐阔绝，以至于今有相值而不下车揖者。其死者长已矣，其存者谨复向万山中遗双鲤一问故人乎？呜呼！交通之难，古今同叹。此刘孝标所以广绝交之论，杜子美所以著贫交之诗也。乃大哥谊敦金石，久而弥坚，间道驰书以慰问之，作为诗歌以激厉之，其一片殷拳缱绻之至意，直欲溢诸纸墨外。与大哥别久矣，犹恋恋有故人意如此。贾浪仙之诗曰：“掘井须到流，结交须到头。”大哥真可谓耐久朋哉。唯弟头颅如许，已逾仲华拜衮之年；学业坐荒，更非士衡入洛之岁。计足踏省门，苏而复上者七次，依然不免宋五坦率，私心自揣，无以仰答厚望，奈何奈何？可喜者，家父母幸俱康强，家祖慈老而弥健，昆季亦复各安其职，俨然竟有君子三乐之一，差足远慰绮注耳。亡友曾宝镇，文章人品各极精醇，一时侪辈罕有其匹，乃名未登于桂籍，身遽陨于名场，与年仅同颜子，无几更类邓攸，斯人若此，天道宁论？读大哥哭姜作海诗，并挽及之，新愁旧愁，一时怅触，不觉泪为之落。其尊人鲸堂先生，弟受业师也，于去秋间选补汤溪学博，孑然一老，犹不获已，以一官糊口于千里外，青毡白发，景况可知。弟送其之任诗有云：“无计避愁还作宦，有心传后漫藏书。”大哥闻之，当亦为之长太息也。令亲归期甚迫，来诗容后和寄。承惠海错二种，谨拜嘉并谢。后会有期，诸惟保重。忽忽裁复，纸尽而止。夕阳红树，含毫惘然。

【校注】

〖周宗质〗里籍、生平俟考。与作者义结金兰。

〖壬戌〗天干地支年有误。曾复斋任汤溪教谕是嘉庆七年壬戌（1802）秋，从“（鲸堂）于去秋间，选补汤溪学博”推之，此信当写于嘉庆八年（1803）。

〖佳胜〗旧时书札问候、祝颂用语。

〖缟纻〗《左传·襄公二十九年》：“（吴季札）聘于郑，见子产，如旧相识。与之缟带，子产献纻衣焉。"后以"缟纻"喻深厚的友谊，亦指朋友间的互相馈赠。北周宇文逌《〈庾信集〉序》："余与子山，夙期款密，情均缟纻，契比金兰。"

〖推襟送抱〗比喻推诚相与。襟抱，心意。

〖阔绝〗指长时间断绝音讯、往来。晋干宝《搜神记》卷十七："昔移入湖，阔绝三年。"

〖双鲤〗古时对书信的称谓。汉乐府诗《饮马长城窟行》："客从远方来，遗我双鲤鱼。呼儿烹鲤鱼。"古人多以鲤鱼形状的函套藏书信，因此以双鲤代指书信。

〖刘孝标〗抄本作"刘孝绰"，误。刘峻，字孝标，本名法武，平原（今山东德州平原县）人，南朝梁文学家。其代表作《广绝交论》是推广汉代朱穆讽刺文章《绝交论》的论点而写成。文章以主客问答的形式对南朝士大夫阶层的人情世态讲了无情的揭露和鞭挞，文笔尖锐犀利。

〖贾浪仙〗贾岛（779—843），字阆仙，一作浪仙，自号碣石山人。唐代诗人，人称"诗奴"。《不欺》："上不欺星辰，下不欺鬼神。知心两如此，然后何所陈。食鱼味在鲜，食蓼味在辛。掘井须到流，结交须到头。此语诚不谬，敌君三万秋。"

〖仲华〗樊晔，字仲华，东汉时期南阳郡新野县人。建武初年，征召任侍御史，升河东都尉，后授天水太守。为政严猛，喜好申不害韩非之法，善恶当机立断。

〖拜衮之年〗指二十四岁。东汉邓禹二十四岁拜为大司徒，位至三公。衮，古代帝王及上公的礼服，借指三公。

〖士衡入洛〗陆机，字士衡，西晋吴郡吴县人。晋武帝太康末，与弟陆云入洛，文才倾动一时。赵王司马伦辅政，引为相国参军，为后将军、河北大都督，兵败被杀。诗重藻绘排偶，骈文亦佳。作品有《陆士衡集》。

〖宋五坦率〗意为屡试不第。唐李肇《唐国史补》："宋济老于场，举止可笑，尝试赋，误失官韵，乃抚膺曰：'宋五又坦率矣！'"宋济，排行第五，唐德宗时人，屡试不第，以布衣终。

【三乐】三种乐事。《孟子·尽心上》："孟子曰：'君子有三乐，而王天下不与存焉。父母俱存，兄弟无故，一乐也；仰不愧于天，俯不怍于人，二乐也；得天下英才而教育之，三乐也。'"

【绮注】犹锦注，称别人对己关注之敬辞。清梁章钜《归田琐记·附覆廖尚书魏山长书》："日来接诵来函，诸叨绮注。"

【颜子】颜回，曹姓，颜氏，名回，字子渊，鲁国都城（今山东曲阜市）人。十三岁拜孔子为师，终生师事之。孔子对颜回称赞最多，赞其好学仁人。《论语·雍也》说他"……一箪食，一瓢饮，在陋巷，人不堪其忧，回也不改其乐……"为人谦逊好学，"不迁怒，不贰过"。孔子称赞他"贤哉，回也"，"回也，其心三月不违仁"。不幸早逝，其思想与孔子的思想基本一致，后世尊其为"复圣"。

【邓攸】字伯道，东晋平阳襄陵人。西晋怀帝永嘉末，为石勒所俘，为参军。后逃至江东，晋元帝以为太子中庶子，寻迁吴郡太守。时大饥，乃开仓救民。在郡廉洁清明，颇得民心。累迁尚书右仆射。南逃时，携一子一侄，途中屡遇险，不能两全，乃弃子全侄，后终无嗣。后人为其抱憾曰："天道无知，使伯道无子。"

【天道宁论】天道福善惩恶之说难以凭信。南朝梁江淹《恨赋》："试望平原，蔓草萦骨，拱木敛魂。人生到此，天道宁论！"

【海错】各种海味。《书·禹贡》："厥贡盐絺，海物惟错。"孔传："错杂非一种。"

复邵厚斋

读手札，知敝业师曾已选补汤溪。所示办法，亦直捷，亦老当，足见关注，谢谢。敝业师自去秋突遭丧明之痛，号哭归里，百念俱灰，终日书空，惟解作咄咄怪事。闽抚一席，当即力辞。春初续弦永嘉，舍逆旅者几半载。年来舌耕所积，挥霍殆尽，而至镜台一枚，已非温家旧物，盖效黄姑故事，借天帝钱聘织女矣。苦海才航，愁城复筑，穷居况味，日益无聊，然其郁郁处此之故者，又不专在甑尘釜鱼也。近日，亲旧中有见其如此，欲为之多方排遣，已迎往乡庄寻山问水去矣。然此事固不容缓，弟除作书驰白外，特此崇缄惠谢，前后统祈照拂为感。弟与诸同门，自当力为劝驾，不敢有负高情。唯敝业师向来景况，固先生所深悉，而迩日之艰难孤苦，则又非弟言而先生未能尽知者。一肩行李，恐不足以壮道途之色，奈何奈何？来谕云云，于中不无委曲。然果如所云，即经手人额外规例，亦不能惜，将来倘有少短，先生不妨力为承认，敝业师非肯负人者也。

【校注】

〖邵厚斋〗里籍生平俟考。

〖丧明之痛〗指因丧子而产生的悲痛。《礼记·檀弓上》："子夏丧其子而丧其明。"唐杨炯《常州刺史伯父东平杨公墓志铭》："一子令珍，早亡，朝夕温清者四女。公慨然有丧明之痛。"

〖黄姑故事〗《月令广义·七月令》引南朝梁殷芸《小说》："天河之东有织女，天帝之子也。年年机杼劳役，织成云锦天衣，容貌不暇整。帝怜其独处，许嫁河西牵牛郎，嫁后遂废织纴。天帝怒，责令归河东，但使一年一度相会。"后常用此典以咏夫妻暌隔，或借以表达男女相思、相爱之情。

〖甑尘釜鱼〗形容家贫断炊已久。《后汉书·独行传·范冉》："所止单陋，有时绝粒，穷居自若，言貌无改。闾里歌之曰：'甑中生尘范史云，釜中生鱼范莱芜。'"范冉，字史云，桓帝以为莱芜长。

此信写于嘉庆七年（1802）。

复鲸堂师 癸亥十月

夏间接读手谕，吾师一种抑郁无聊之景况，如目遇之矣。所示诗，无限感慨，令人不忍卒读。至评雨林及某处，虽吾师夙论如此，某以为董诚穷经士，若某者，一支离沓迤可笑人也，何足齿数？嗜痂者以为味似鳆鱼，而食鳆鱼者弗信也。虽然，某且无以自信，顾望人之信某乎？某今年二十有九矣，较士衡入洛之年，已多五载，然犹作如此举止，有顾头顾竟不知将来作何了局。迩日一切闲缘，颇能抛弃。遇神情朗爽时，辄抽童年所习各经，高声诵之。当其牢骚抑郁，则以秃笔蘸墨，随意作竹数竿、兰数箭、石数拳，或取古人法书，纵笔临之。外此，唯董雨林过从，闲谈古人而已。噫嘻！某之居及雨林之居，皆有山一房，书数百卷，荆床之座，昔日与松亭共之者也。今日相过，坐间忽缺此一人，亦何一不伤心，何一可回首乎？酒垆必过而兴悲，邻笛必闻而发叹，觉古人犹为不及情耳。其遗稿，某与雨林各手录一册，置书橱中，各不相谋，各以意订，定议订讫，彼此易观，商酌从违，再缮写定本，送目再定是否。其停枢之处，某当即同雨林面嘱海舟速为补茸。信来，果举女，然乎？虽大非某等所愿望，然苍苍者既大厄之于前，未必不少逆之于后，理有或然，幸勿介意。吾师处无可奈何之秋，某等愿断断然以汇集生平著作为请者，非作局外人语也。昔高忠宪公之言曰："人生坎壈在一世，精神在千古。"其所谓精神，非身后名之谓，盖谓一点灵光，与天地俱无尽者耳。吾师五十年来，此一点之灵光，灼烁何如乎？而平生著作，则又此一点之余焰也。人生有必不可遣之处，取平生著作，勉强酌定之，未始非消遣之一法。某愚，诚愿吾师五十年来一点灵光，虽在愁城苦海中，依然光芒万丈，其四旁余焰，亦随之焱焱照耀人目。区区苦衷，如是如是。

【校注】

〖鲸堂〗曾镛，号鲸堂。详注见《送曾宝镇之闽抚幕》。

〖穷经〗极力钻研经籍。唐韩偓《再思》：“近来更得穷经力，好事临行亦再思。”

〖沓迤〗或是“沓拖”之误，意为拖拉，不利落。

〖嗜痂〗称怪僻的嗜好。详注见《与林兰友孝廉》。

〖从违〗取舍。清李渔《闲情偶寄·词曲上·结构》：“持此为心，遂不觉以生平底里，和盘托出，并前人已传之书，亦为取长弃短，别出瑕瑜，使人知所从违，而不为诵读所误。”

〖断断〗确实；决然无疑。宋苏轼《〈凫绎先生诗集〉叙》：“凿凿乎如五谷必可以疗饥，断断乎如药石必可以伐病。”

〖高忠宪〗高攀龙（1562—1626），字存之，又字云从，南直隶无锡（今江苏无锡）人，世称“景逸先生”。明朝政治家、思想家，东林党领袖，“东林八君子”之一，著作有《高子遗书》等。天启六年（1626），被魏忠贤诬告贪污，不堪屈辱，投水自尽。崇祯初年，朝廷为高攀龙平反，赠太子太保、兵部尚书，谥“忠宪”。

〖焱焱〗光彩闪耀貌。汉班固《东都赋》：“羽旄扫霓，旌旗拂天，焱焱炎炎，扬光飞文。”

此信写于嘉庆八年（1803）十月。

与林敏斋 甲子春

去冬叠奉教言，知三哥千里归舟，布帆无恙，至慰至慰！承示三诗，亦沉着，亦雄秀，深得江山之助。然弟所最服者，《富春江行》一首。文章得失寸心知，未审三哥许为知言否也。弟入春来，亦自闭户咿唔，作抱佛脚模样。弟于疑义一道，向无苦工实学，东涂西抹，终鲜自信。深山穷谷之中，又何得绩学如三哥者，朝夕共居，为之驰驱范我耶。三哥在仕宦场中，翻然命驾而返，检点旧业，所获必当倍常。盈盈一水，倘时赐指南，不胜幸甚。

【校注】

此信写于嘉庆九年（1804）春。

复敏斋

读惠书，知三哥于十月廿七日荣旋锦里。而弟亦于是日始归南山敝庐。然三哥以战胜而忙，弟战败而亦忙。大约男儿年三十，若个无事？惟无事时，不可将诗书抛过一边耳。弟知之言之，而所谓发愤为雄之言，不能十朝，惰者终惰，奈何奈何？辱承远注，虑其过勤，益增愧恧。虽然，三哥爱我者也，弟纵不能勤，或因此少减其惰，则他日黄卷中之光阴，谨当对古人而拜良友之赐耳。顺献土物四种，即恳三兄于鸡馔鱼羹之外，代请老伯母再尝小人之食，何如？

【校注】

〔锦里〕锦官城。晋常璩《华阳国志·蜀志》：“州夺郡文学为州学，郡更于夷里桥南岸道东边起起文学，有女墙，其道西城，故锦宫也。锦工织锦，濯其中则鲜明，他江则不好，故命曰锦里也。”后以锦里为成都之代称。

〔愧恧〕惭愧。《宋书·张畅传》：“道民忝为城主，而损威延寇，其为愧恧，亦已深矣。”

此信写于嘉庆九年（1804）十月后。

与金位曹

阔别许久，梦寐为劳。老兄台浪迹萧山，此桑梓之邦也，山川风物，当复自然相亲。乃读来书，一似有甚冰炭者。甚哉！所如之不合也。弟本年假馆本邑之城西，碌碌依人，殊无善状可为知己者道。日月如流，声闻不立，奈何奈何？兄台其将何以教之也。所云某公昆季，弟察其气味，似甚与老兄台差池，兼有知老兄不尽处，弟曾面争而力辩之。今日嗣宗且去，人情益可知。老兄慧人，若掉扁舟访故人于万山中，弟当具鸡黍以待，其他非敢知也。兹因林三哥晋省之便，专此布候近祺。

【校注】

〖金位曹〗萧山人，余待考。

〖嗣宗〗阮籍，字嗣宗，三国魏陈留尉氏人，与嵇康齐名，为竹林七贤之一。

与陈某

弟于书，初不甚学，而自谓略有解悟处。僻处山陬，学业未成，既不得出交当世名公，亲承指示，又不能多蓄古人名迹，默会窾要，泛泛涂抹，所谓庐山真面，茫乎未有得也。然吾乡亦绝无爱弟书者。读惠书，将以拙札装锦，且属时通尺素，惶恐何如？窃惟学问之事，漫论功力浅深，但下笔便须脱去凡近，此心果到古人前，此手自不落古人后，岂独书道哉。弟自束发受书，嗜好颇与俗殊，乃二十年来用意不专，居日多暇，心之所向，讫无所就。而一二知交，皆先后掇科弟去。"仕非为贫也，而有时乎为贫"。弟自维食指日繁，家累日重，二人年将及耆，家弟辈率粥粥无能，负郭数亩，诚难恃为久安计，因而改辕易辙，尽弃其所学而学焉，盖一年于兹矣。虽然，古人良不可及，今人亦不易几，此后得失，究未可知。名焰薰人，俗尘满面，即有时偶萌故态，挥洒都不如心，而终日对笔砚，俯首绉眉作新妇靓妆字体，致败书道，又其小焉者也。足下爱弟书，而弟方欲自弃其所为书而为世人之书。故特觙缕以陈，足下将无惜其愚，而嗤其陋耶。

【校注】

〔默会〕暗自领会。明方孝孺《医原》："术之精微可以言语授，而非言语所能尽；可以度数推，而非度数所能穷。苟不默会于心，而欲持昔人一定之说，以应无涯之变，其不至于遗失者寡矣。"

〔窾要〕关键；要害。《醒世恒言·三孝廉让产立高名》："许武精于经术，朝廷有大政事，公卿不能决，往往来请教他。他引古证今，议论悉中窾要。"

〔茫乎〕亦作芒乎。犹茫然，无所知的样子。《庄子·天下》："其理不竭，其来不蜕，芒乎昧乎，未之尽者。"

〔凡近〕平庸浅薄。唐姚元崇《答张九龄书》："仆本凡近之材，素非经济之具。"

〔仕非为贫〕做官不是因为贫穷，但有时候也因为贫穷。古人认为出仕是为了行"道"，但有时也为了救贫。为救贫而仕，就应拒绝高官厚禄。《孟子·万章下》："孟子曰：'仕非为贫也，而有时乎为贫；娶妻非为养也，而有时乎为养。为贫者，辞尊居卑，辞富居贫。'"

〔粥粥〕柔弱无能貌。《礼记·儒行》："其难进而易退也，粥粥若无能也。"陆德明释文："粥……卑谦貌。"孔颖达疏："言形貌粥粥然如无所能也。"

〔觙缕〕详述。宋苏轼《答陈季常书》之二："恐此书到日，已在道矣。故不觙缕。"

与赵灌松

　　廿四晚辞别，廿五过屿头，与林辉山昆季盘桓竟日。廿六解缆，南风骤发，张帆如箭，鹢首所冲，山奔水到。盖日未亭午，滩声早闻，渔灯照水，篙响未绝，计一日之程，得里一百七十。以逆流舟速于下水船，由斯道旷古未有。廿八日暮，遂得双舆叩户，僮仆惊迎，举火煸面，老幼欢然。而徐女者入门以后，未博夫婿之欢，先邀女君之喜。虽其和柔之气，能感人心，抑亦乡里之贤，善窥予意。敢报先生，请释疑滞，并告诸友，共庆平安。嵩此肃函，恭讯兴居，兼申谢悃，统惟垂鉴。临颖不尽感佩依驰之至。

【校注】

〖赵灌松〗名贻瑄，乐清人。详注见《赵灌松先生斋中牡丹开花一朵招饮赋诗》。

〖亭午〗正午。宋苏轼《上巳出游随所见作句》："三杯卯酒人径醉，一枕春睡日亭午。"

〖徐女〗指妾徐氏。徐氏永嘉徐信占女，生于乾隆五十三年（1788）正月二十四日，卒于道光九年（1829）十月二十四日。

〖女君〗妾对夫的正妻称女君。《释名·释亲属》："妾谓夫之嫡妻曰女君。夫为男君，故名其妻曰女君也。"

〖谢悃〗感谢的诚意。宋胡仔《苕溪渔隐丛话前集·晏元献》："欧乃作启叙生平出处，以致谢悃。"

与董上湖云标孝廉书 戊辰

　　某弱冠后，即有志学书，惟是穷居穴处，勿克出交当世名公，亲求指示，力又不能多蓄古人碑刻，默会宗旨，盖泛泛涂抹，十余年于兹矣。岁乙丑，始于友人壁上见生书，辄叹古人真面目犹在人间。迄今凭虚摸索，历历若可睹，所谓每饭不忘钜鹿也。厥后常一至杭，向往虽殷，末由瞻仰，怅怅归里，倏复一年。曩者以友人林敏斋故，得识先生，此小子夙愿也！抑亦三生缘也！先生必有以教我矣。论书竟言魏晋，而有谓魏晋之字传于世者，皆腐木湿鼓，了乏神韵，不足学，然乎？古人渊源授受，代有师承，前后书家，犹祖宗孙子也。祖宗相去年代较远，神情渺难追测，将犹孙子而上溯之为近乎？米老云："余书无右军一点俗笔。"夫右军何俗？而学右军者不能无俗。李北海云："学我者死，似我者俗。"二公皆卓然名家，而立论如此，岂非学古者必将如鲁男子之学柳下惠，而毋徒为阳货、孔子之似乎？东坡云："余书不甚学，然解书无如我。"观东坡书，东坡真解者。又云："天真烂熳是吾师。"天真烂熳四字可概坡书矣。乃华亭谓其有信笔处，岂不甚学之过欤，抑过任天真即有是失耶？子昂天资绝世，望若神仙中人，其所传诸书，尊之者则称其直接晋人，诋之者至以有俗目之，果孰是乎？米襄阳资学兼至，此中甘苦，实备尝之，宜其自负腕有羲之鬼也。乃学米者，鲜不失之于野，不善学之过欤？抑非初学所宜耶？王摩诘深于禅学，画与诗皆得力焉。董华亭志趣冲淡，顾亦究心内典，而其字乃极有禅悦之味。然辄疑华亭之美不在此也，细察其所为书，似能从宋唐而直追晋魏，唐诸大家之所有，华亭无不有也。书家真种子，其在兹否耶？世人学书，多守一人法。某泛临诸家，见之者每以为病，果病耶？"结字因时相传，用笔千古不易"，子昂言之矣，是古无笔二枝也。世之言用笔者，每不忽于一撇一捺，其法皆可废欤？某质直，且无师授，平居坐对笔砚，有思而未通，通而未信者，著之于纸，不下数十则。兹敢就所记忆者，略陈一二，唐突门墙。夫击钟者，大叩则大鸣，小叩则小鸣，教者之志也。先生必有以教我矣。

【校注】

〔董上湖〕董云标，字上湖，余杭人。乾隆四十五年（1780）举人。工八法，名噪一时。

〔穴处〕比喻知识短浅。《后汉书·隗嚣传》："而王之将吏，群居穴处之徒，人人抵掌，欲为不善之计。"李贤注："穴处言所识不远也。"

〔每饭不忘〕时刻不忘。《史记·张释之冯唐列传》："文帝曰：'吾居代时，吾尚食监高祛数为我言赵将李齐之贤，战于钜鹿下。今吾每饭，意未尝不在钜鹿也。'"

〔米老〕米芾（1051—1107），初名黻，后改芾，字元章。北宋书法家、画家、书画理论家，与蔡襄、苏轼、黄庭坚合称"宋四家"。

〔右军〕晋王羲之曾任右军将军，后称羲之为右军。

〔李北海〕李邕，字泰和，唐扬州江都人。早擅才名，工文善书，尤长以行楷写碑，取法王羲之、王献之而自具面目。玄宗即位，召为户部郎中，又官汲郡、北海太守，世称李北海。

〔鲁男子〕借指不近女色的男子。《诗经·小雅·巷伯》："哆兮侈兮，成是南箕。"毛传："鲁人有男子独处于室，邻之厘妇又独处于室。夜，暴风雨至而室坏，妇人趋而托之，男子闭户而不纳。妇人自牖与之言曰：'子何为不纳我乎？'男子曰：'吾闻之也，男子不六十不闲居。今子幼，吾亦幼，不可以纳子！'妇人曰：'子何不若柳下惠然？姬不逮门之女，国人不称其乱。'男子曰：'柳下惠固可，吾固不可。吾将以吾不可，学柳下惠之可。'"

〔柳下惠〕春秋鲁大夫展获，字季，又字禽，曾为士师官，食邑柳下，谥惠，故称其为展禽、柳下季、柳士师、柳下惠等。相传他与一女子共坐一夜，不曾淫乱。后借指有操行的男子。

〔阳货〕名虎，字货，春秋时期鲁国人。《论语·阳货篇》："阳货欲见孔子，孔子不见，归孔子豚。孔子时其亡也而往拜之，遇诸涂。谓孔子曰：'来，予与尔言。'曰：'怀其宝而迷其邦，可谓仁乎？'曰：'不可。''好从事而亟失时，可谓知乎？'曰：'不可！''日月逝矣，岁不我与！'孔子曰：'诺，吾将仕矣。"

〖米襄阳〗指宋代书画家米芾。芾襄阳人，因称。

〖华亭〗董其昌（1555—1636），字玄宰，号思白，又号香光居士，世称董香光、董文敏、董华亭，松江华亭（今上海松江区）人。明代后期著名画家、书法家、书画理论家、书画鉴赏家。

〖内典〗佛教徒称佛经为内典。宋王禹偁《左街僧录通惠大师文集序》："释子谓佛书为内典，谓儒书为外学。"

〖子昂〗赵孟頫，字子昂，号松雪道人，元湖州人。累拜翰林学士承旨。卒谥文敏。诗文清邃奇逸，书法兼工篆、隶、行草，自成一家。绘画亦善山水、竹石、人物、鞍马、花鸟。作品有《松雪斋文集》。

〖击钟者〗《礼记·学记》："善待问者如撞钟，叩之以小者则小鸣，叩之以大者则大鸣，待其从容，然后尽其声。不善答问者反此。此皆进学之道也。"用扣钟的力度大小比喻善于回答问题的人。

此信写于嘉庆十三年（1808）。

戊辰落第与董上湖

五更听榜，秀才又康了矣。雨中闷坐，惟时时取阁下所书扇头，把玩不置而已。秋风送冷，霜气渐来，枕手寒灯，归思已动。第念布帆一挂，转盼千里，回首杭州，便在天上，缅怀道履，趋奉为艰，不免踯躅回旋，心如麻结耳。请书册页，未审曾否执笔？海错一种，奉充庖厨。临颖无驰企。

【校注】

〖康了〗落第。《说郛》卷二五引宋范正敏《遁斋闲览·应举忌落字》："柳冕秀才性多忌讳，应举时……常语安乐为安康。忽闻榜出，急遣仆视之。须臾，仆还。冕即迎问曰：'我得否乎？'仆应曰：'秀才康了也。'"乐与"落第"之"落"同音，故讳言之。后因以"康了"作为落第的隐语。

〖临颖无驰企〗疑"无"字后缺"不"或"任"字。临颖，临笔。驰企，犹驰仰。

此信写于嘉庆十三年（1808）。

与董眉伯

别来两奉手教，具审起居多豫，慰慰。仆归家后，诸事鳞集，迄不得暇，微论终日静坐畅意书也。红日如驰，青衿依旧，揽镜自视，不特无以慰古人，且无以慰今人矣。本年负笈武林之说，尚在未定。其所以未定之故，非与孔方兄计较出入。仆尝言，大丈夫不能取富贵之名当世，则饿死耳，阿堵物奚为者？此一关仆早看透，看不透，即从前亦不作此举止。阁下宁不识吾乡人旨趣，卖土田，易书田，十余载罔有悔心，而犹孜孜不已，意欲何为？倘律以乡人相传保家之说，则仆之荒唐已甚，难自立于人群矣。此言非阁下之前不敢陈，他人闻之，徒供揶揄耳。然则登山取玉，入水采珠，何适而不可，而疑之不决。袁简斋之诗："无情何必生斯世，有好终须累此身。"仆好书，平时居室，率以书绕几案若环堵，俯仰其间，意便洒如。偶然远出，户键而复启，数数返视，若有逡巡惜别之意，其性然也。今将有远行，既不能尽携与偕，又不欲取一遗十，终日控揣，卒至计无所施，其不决一也。仆有孤侄，匪母之依，而唯仆之依，居常行坐，盘绕不离，仆每出必追随至外户，伫立瞻望弗及而后返，仆归必趑趄出迎，才四岁耳。仆有时吟咏，彼亦缓步随后，作咿唔声。仆作字画，必携小凳衬足，以双手攀几注目视，虽移晷不厌。仆每食必随侧，食已彼亦已，食余杯盘，必一一自奉交厨娘，有代之者，不肯也。仆每短睡，则屏息在床前，虽急声呼之，勿去。盖察其意，在仆侧甚适也。而仆以亡弟之故，亦非此子无以为欢。往时在外，忆及之，心即为之怦动。今归未久，忽又欲舍而他适，心神究竟不快，此其不决二也。凡此皆仆近日私心之累，未能遽然抛撇者，辱爱劝之行，仆又不遽行，故缕缕及此，然亦未必不行也。刻下院试在即，姑俟夏间再议行止。

【校注】

〖董眉伯〗董正扬，字眉伯。详注见《雨甚，董眉伯招饮，书二绝句寄之》。

〖阿堵物〗指钱。南朝宋刘义庆《世说新语·规箴》："王夷甫雅尚玄远，常嫉其妇贪浊，口未尝言钱字。妇欲试之，令婢以钱绕床不得行。夷甫晨起，见钱阂行，呼婢曰：'举却阿堵物。'"

〖孜孜〗一心一意或用尽心力的样子。汉贾谊《旱云赋》："既已生之不与福矣，来何暴也，去何躁也，孜孜望之，其可悼也。"

〖揶揄〗嘲笑；戏弄。《东观汉记·王霸传》："上令霸至市口募人，将以击郎，市人皆大笑，举手揶揄之，霸惭而去。"

〖袁简斋〗袁枚，字子才，号简斋，晚号随园老人，钱塘人。少负才名，乾隆四年（1739）进士。任溧水、江宁等县知县，有政绩。四十岁即告归，在江宁小仓山下筑园名"随园"，吟咏其中。著作有《小仓山房集》《随园诗话》《子不语》等。

〖控揣〗又作控抟，意为引持、控制。《史记·屈原贾生列传》："忽然为人兮，何足控抟！"司马贞索隐："控抟，谓引持而自玩弄，贵生之意也。"

〖趑趄〗跳跃貌。

与黄霁青传胪

别后山长水远，梦寐为劳。曩捧千佛经，知阁下青榜标名，传胪唱第，泥金递处，欣慰何如。弟自惟朴樕不足齿数之材，偃伏泥滓，虽不敢漫附于贡公之喜，但于草庐瓮牖中，以勺酒向窗天，庆日下五色云见耳。比来兴居，想益佳爽。弟垂翅深山，多愁善病，茶铛药鼎，兴味萧然。科举之文，既不多作，声韵一道，亦渐废弃。东坡云："此事非甚习不能工。"甚有愧于斯言矣。阁下家学渊源，师承有自，加以天才横溢，着手成春，从此吹律调钟，金石云陛，流览所触，便如日星在天，江河万古。退食余闲，偶蒙垂念旧贱，锡之笺素，幸课一二，以慰调饥。敝友瑞安林敏斋编修，文坛虎将也。然好为诗，迩日精心研炼，组织愈工。现居京邸，阁下与有同僚之雅，试通往复，足助吟情。且彼处容易得弟消息，即有寄怀，亦可藉以邮达，不致浮沉也。风便驰贺新喜，远道所怀，非笔可罄，会面有期，伏望以时摄卫，千万保重。

【校注】

〔黄霁青〕名安涛，字凝舆，一字霁青，浙江嘉善人。嘉庆十四年（1809）进士。道光间历任广东高州、潮州知府，在高州不满一年，平狱千计。在潮州严禁杀人代抵之风。喜作诗，作品有《诗娱室诗集》《真有益斋文编》《息耕草堂诗集》。

〔传胪〕明代称科举第二、三甲第一名为传胪。至清则专称二甲第一名为传胪。《明史·选举志二》："而士大夫又通以乡试第一为解元，会试第一为会元，二、三甲第一为传胪云。"中国近代史资料丛刊《太平天国·士阶条例》："二甲首名传胪，职同将军。"

〔朴樕〕丛木、小树。比喻浅陋、平庸，亦用为谦词。唐杜牧《贺平党项表》："臣僻左小郡，朴樕散材，空过流年，徒生圣代。"

〔贡公〕贡禹（公元前124—前44），字少翁，琅邪（今山东诸城）人。主张选贤能，诛奸臣，罢倡乐，修节俭。官拜凉州刺史，后世尊为"贡公"。

〖退食〗退朝就食于家或公余休息。《北史·高允传》："（司马消难）因退食暇，寻季式，酣歌留宿。"

〖调饥〗形容渴慕的心情。《诗经·周南·汝坟》："未见君子，惄如调饥。"毛传："调，朝也。"郑玄笺："未见君子之时，如朝饥之思食。"

〖摄卫〗保养身体。北周王褒《与周弘让书》："舒惨殊方，炎凉异节，木皮春厚，桂树冬荣，想摄卫惟宜，动静多豫。"

此信写于嘉庆十四年（1809）。

与翟明府

连日不亲台范，怀仰何如？曩者重三胜节，伏承携朋挟馔，枉顾山斋，醉饱铭恩，园林有色。散后即挑灯研墨，爰就一日编之事，编为七字之诗计廿首。早应录求钧诲，因家口繁重，谋道而兼谋食，遂使三餐粗粝，转成当务之急，以致茫无心绪。迩日稍得暇隙，谨书别纸，汇呈崇览，伏祈赐之郢斤，俾得确有遵循，不胜幸甚。

【校注】

〖翟明府〗翟凝。详注见《翟鳞江明府过石林禊饮，诗以记事》。

〖郢斤〗同"郢匠挥斤"。比喻纯熟、高超的技艺。《庄子·徐无鬼》载，匠石挥斧削去郢人涂在鼻翼上的白粉，而不伤其人。宋卫宗武《摸鱼儿·咏小园晚春》："剪裁妙语频赓唱，巧胜郢斤般斧。"

又

昨承遣柬光送，谢谢。即日不得行，书生远出，钱债、米债、文债、画债一齐坌集，遂使五技俱穷，一筹莫展，唯是迁延日月，作忽脱金钩计耳。呵呵。近闻郡城疫疠陡作，传染多人。且水程风信不常，如行二十日不到便误事。今决意由景邑陆路进省，出门总在初一、初三两期，计中元前可到，虽盘费稍加，较之水程，犹为速而有定。曩者，敝本家元景秀才，渴慕椽笔，持纸素属某代求，未蒙挥矛，兹亦乘此催索，不审数日内能遂其所求否？元景行年五十，贫而有气节，避迹深山，耕稼读书，别无所营，允为邑之敦实君子，故敢代为请。其求赐双款者，恐为人攫去，不得私有其宝也。

【校注】

〖五技〗比喻技能多而不精者。《说文·鼠部》："鼫，五技鼠也。能飞不能过屋，能缘不能穷木，能游不能渡谷，能穴不能掩身，能走不能先人，此之谓五技。"

〖双款〗书画的上、下款。《老残游记》第九回："抬头看见北墙上挂着四幅大屏，草书写得龙飞凤舞，出色惊人。下面却是双款：上写着'西峰柱史正非'，下写着'黄龙子呈稿'。"

与刘藜阁明府

花径已扫，肴核既陈，即请速光，幸毋再却。某今日一樽之设，非有他也，不过以数年来父母之恩、宾主之情、友朋之谊，实有不能忘者。况远别在即，他时相聚，又不知于何州何郡，即聚亦未必如此之久，其相知相爱，或有加于是，有损于是，均不可知也，何可无今日之饮乎？此亦在敝邑数年，于某之心一不结束也。大丈夫各乘风波，未始有极，哀乐且不足云。况寻常小别，岂必效儿女子，持盏斝饯行旌乎？读谕知张尉同日相邀，然须舍彼而就我，不然是贵官而贱民也。且书生请客，难于河清，为民父母，正不可不体恤到此耳。

【校注】

〖刘藜阁〗刘炳然。详注见《奉和刘明府五十五岁生辰言怀谢客之作》。

〖肴核〗肉类、菜类食品和果品。《诗经·小雅·宾之初筵》："肴核维旅。"毛传："肴，豆实也；核，加笾也。"郑玄笺："豆实，菹醢也；笾实，有桃梅之属。凡非谷而食之曰肴。"

〖儿女子〗犹言妇孺之辈。《史记·高祖本纪》："此非儿女子所知也。"

〖盏斝〗酒器。《礼记·礼运》："盏斝及尸君，非礼也。"郑玄注："盏斝，先王之爵也……夏曰盏，殷曰斝，周曰爵。"唐韩愈《上巳日燕太学听弹琴诗》序："樽俎既陈，肴羞惟时，盏斝序行，献酬有容。"

此信写于嘉庆二十年（1815）前后。

又

曩者东郊送别，冠盖塞途，饯觞迭举，城门乍阖，凡有心知，莫不陨涕。某时在稠人中，实呜咽不能作一语。既而雀镫陡断，刘轮已出，不获已，皆相率尾舆而行，或一里，或二三里。嗟乎！是岂不知贤父母之终不可留乎？岂不知相送千里之终须一别乎？而顾累不知也者，无他，春风小草，德既被三年；高鸟浮云，情难舍于一刻也。比来未奉音息，不审眠食何似，念念。某本拟随时到郡，即赴会垣，乃路盈千里，钱无一囊，徘徊瞻顾，又复淹留。书生行止，大率无定如此，不足怪也。盛暑，伏唯随时珍卫，远慰区区。

【校注】

〖不获已〗不得已。《后汉书·独行传·严授》："（张显）麾令进，授不获已，前战，伏兵发，授身被十创，殁于阵。"

〖比来〗近来；近时。唐韩愈《与华州李尚书书》："比来不审尊体动止何似？"

〖会垣〗省城。清平步青《鉴湖村居》："然千岩万壑，不让会垣。"

〖珍卫〗珍重；保重。宋苏轼《与王元直书》："未缘会面，惟冀以时珍卫。"
此信写于嘉庆二十一年（1816）或稍后。

复赵次闲

昨方过石笛闲坐，而吾兄适至敝寓，悔未急归，快聆教益，为耿耿也。承惠砂壶，制作古雅可珍，赐印笔画清遒，神与古会，而题字缠绵，一往情深。今日者，俨然增气谊三重，感谢何如？他日尺书往还，即以此为久要不忘之券，可也。

【校注】

〖赵次闲〗名之琛（1781—1860），字次闲，号献父，别号宝月山人，浙江钱塘人。精篆刻，工整挺拔，为西泠八家之一。亦善书画。潘鼎书画章"潘鼎""潘鼎私印""泰顺潘鼎彝长书画记"等多半出自赵次闲之手。

〖石笛〗林从炯。详注见《己巳秋中山亭夜集同端木鹤田、林石笛联句》。

〖神与古会〗印文没有尘俗的烟火气，与古人心意聚合在一起。

晤兰室尺牍遗补

与赵灌松文

四月九日，匆匆留数行而别，荏苒至今，惨戚之中，曾无寸楮寄谒兴居，私心甚歉。亡弟果以误服补剂而死，嘻！甚哉。使鼎而在家，或不至此，即至此，其无今日之悔，可知也。迩来闭户无聊，日益善病，先生有道者，其何以教之。嗟乎！亡弟特一粥粥无能辈耳，非有奇才异等，如古人所谓埋玉树土中，使人情不能已者也。□以今日环海之大，斯人之众，欲求此粥粥无能之一人，日补其缺，固已万万不能，此其痛则又在鼎一人，而他人未之与也。家君为是将为鼎置一小妇，若眼底有人可为谋者，希即示知，鼎当买舟东下，或可借此消遣，兼得饱聆雅诲耳。

【校注】

〖粥粥〗柔弱无能貌。详注见《与陈某》。

〖埋玉树土中〗埋玉树，埋葬有才华的人；土中，地下。《晋书·庾亮传》："亮将葬，何充会之，叹曰：'埋玉树于土中，使人情何能已。'"

此信写于嘉庆十一年（1806）或稍后。

与赵晋斋书

有苏石缘者，瓯之平阳人，风雅士也。性嗜古，多蓄异书，物聚于所好，以是瓯之故家遗籍半归之，石缘乐此不疲也。今年春，与鼎握手于永嘉，敷衽论心，踪迹甚迩。每获数行刻、数卷书，必相与讨论而共赏之。鼎因为先生之学问、人品，翕然为一时检镜所归，而箧中金石之藏，自周、秦以降，目不暇给，且必秘书异本，士所传识，未能毕窥也。盖先生一生精力皆萃于此，游先生之门如登蓬莱宫阙，触目无非异宝奇珍，油油然使人深醉。石缘耳之，甚有味于斯言，而自以生未识荆州为恨耳。《竹崦庵书目》一本即手录去，既而来告将随时遣人至杭购取，而属鼎一言为之介。鼎诚喜石缘之所好殊俗，且乐为道其怀慕之忱，故遂缕缕陈其如此。仰唯照察书价，即依《书目》卷尾注明每页银二分，先交半价作誊写，唯抄手须择笔画小心者，免错误也。别后穴居少味，每怀旧游，神情越漠，恨不能□翼而飞。来年又是秋试之期，谒请非遥，伏唯以时珍卫，千万保重，保重千万，所怀非笔可穷。

【校注】

〔赵晋斋〕名魏，字晋斋，号录森，一号洛生，仁和（今杭州）人。贡生。家藏碑版极多，兼精篆、隶。藏书亦富，曾收藏宋本《金石录》十卷，为罕见秘籍，藏书处有竹崦庵，编撰《竹崦庵传抄书目》一册，搜采精博。著有《古今法帖汇目》《竹崦庵碑目》《竹崦庵金石录》等。

〔苏石缘〕名璠，字仲玙，号石缘，平阳县城西人，多藏书，精篆刻，著有《石缘丛钞》。

〔敷衽〕解开襟衽，表示坦诚。《楚辞·离骚》："跪敷衽以陈辞兮，耿吾既得此中正。"《宋书·谢灵运传论》："若夫敷衽论心，商榷前藻，工拙之数，如有可言。"

〔荆州〕唐韩朝宗曾任荆州长史，为时人所推重，称韩荆州。唐李白《与韩荆州书》："白闻天下谈士相聚而言曰：'生不用封万户侯，但愿一识韩荆州。'何令人之景慕一至于此耶！"后以"荆州"称己所推重之士。

〖觊缕〗详述。详注见《与陈某》。

〖越漦〗亦作越泄。涣散；散失。《文选·枚乘〈七发〉》："精神越漦，百病咸生。"吕延济注："越，散；漦，发。"

与钱金粟编修

去德滋永，劳望情深，不可穷之于笔。吾兄雄文警藻，斗南罕对。国家设程试之科，收英雄入彀中。若是者，安得不以凤池相处？今日之荣，分内事耳，努力致身，他时为车笠增辉者甚多，不止蟠桃一果也。去冬辱笺教空□之谭，旷若复面，仍审起居佳胜，欣慰之极。道远因□□报，惭作至□□，独学无朋，益以荒废，思力才华□□不如昔。连年秋战，直是机蓬矢以射革，而复咎其不洞，不亦惑乎？明岁桂花风里，仍不免举手龙门，苏而复上，但不审邯郸一枕，吕先生肯即时相借否耳？俯仰云泥，深恐有负厚卷，吮毫不胜怖急。兹因敏斋兄肃此，驰贺加阶，并申喜慰。所怀千百，非纸能罄，后会有期，唯万万以时自重，望风不尽瞻切。

【校注】

〖钱金粟〗名林，号金粟，浙江仁和（今杭州市）人。详注见《芝岩临行索画扇，为写二竹并题四断句送之》。

〖编修〗官名。宋代有史馆编修。明清属翰林院，位次修撰，与修撰、检讨同为史官。

〖斗南〗北斗星以南，犹言中国或海内。《新唐书·狄仁杰传》："狄公之贤，北斗以南，一人而已。"

〖入彀〗五代王定保《唐摭言·述进士上篇》："文皇帝（指唐太宗）修文偃武，天赞神授，尝私幸端门，见新进士缀行而出，喜曰：'天下英雄入吾彀中矣！'"彀中指弓箭射程之内。后用"入彀"比喻受人牢笼，由他操纵。亦指应进士考试。

〖凤池〗凤凰池。唐代宰相称同中书门下平章事，故多以"凤凰池"指宰相职位。《晋书·荀勖传》："（荀）勖久在中书，专管机事。及失之。甚罔罔怅恨。或有贺之者，勖曰：'夺我凤凰池，诸君贺我邪！'"

〖车笠〗比喻贵贱贫富不移的深厚友谊。《太平御览》引晋周处《风土记》："越俗性率朴，意亲好合，即脱头上手巾，解腰间五尺刀以与之为交，拜亲跪妻，初定交有礼……祝曰：'卿虽乘车我戴笠，后日相逢下车揖；我虽步行卿乘马，后日相逢卿当下。'"

〖秋战〗乡试。清蒲松龄《聊斋志异·周克昌》："逾年，秋战而捷，周益慰。"

〖机蓬矢以射革〗出自汉东方朔《七谏》。古代男子出生，以桑木作弓，蓬梗为矢，射天地四方，象征男儿应有志于四方。后勉励人应有大志之辞。

〖云泥〗《后汉书·逸民传·矫慎》："（吴苍）遗书以观其志曰：'仲彦足下，勤处隐约，虽乘云行泥，栖宿不同，每有西风，何尝不叹！'"云在天，泥在地。后用"云泥"比喻两物相去甚远，差异很大。

与林纫秋孝廉

久别恭唯起居万福，侍奉胜常为慰。春间舍弟行□贵邑，知阁下设教石湖，声华所被，信从者众，羡□□奉到寄赠《集姓千文》，搜罗宏富，组织弥工。兴嗣当日被命次韵，一夕须鬓尽白，为可愧矣。六月中，接手教累幅，以徐庾之才华，言管鲍之情愫，缠绵典丽，把诵不忍释手。弟自丁巳后，岁常出门，亦唯是鱼鱼鹿鹿，东走西顾，虚淹星鸟而已，学业一事，毫无长进，科举之文，益以荒矣。去年博浪一椎，误中副车，无勇者固然，何足深讶。今年决计为白下之游，是以去冬即循例在抚辕就职州判，乃归家后驰逐乡都半载，于兹讫未就绪，书生行止，大率可笑如此。夏间来雅洋，心拟顺途趋晤，极昼夜之清谈，消十余年之契阔，兼欲相与蹑屐太姥，襆被观日台，看海外铜鉦出挂扶桑枝，更返石湖，披毛公敌《水族加恩之簿》，餍品群鲜，美务无遗，然后振策言旋，夸之乡里，以为快游。不意忽有外邑友人临访敝庐，飞札来追，不获已背道返足，至今以为怅。所称游梦轩者模秦规汉，善为□□之篆，此弟一生嗜欲所存，闻之思不置怀，奉石□□代求，兼望早就寄观，以慰调饥。此虽小道，然必多见汉人印，及近古名手制作，默会旨趣，力追古雅，方为能事。至于缪篆大小之源流，历朝派别之同异，所宜洞究，更无论矣。吾浙近推钱塘赵氏次闲，于弟为印友，弟印大半皆赵作，他日累钤成册，当以一卷奉呈欣赏，并质游君以为何如也。本月弟有事永嘉，不日就道，冬□或行经平阳，向贵县返泰，亦未可定。朱卷二本，谨呈政。良晤有时，伏唯若时摄卫，千万珍重，珍重千万，临池无任神溯。

【校注】

〔林纫秋〕林滋秀，字兰友，号纫秋，福鼎桐山人。详注见《与林兰友孝廉》。

〔徐庾〕南朝陈徐陵和北周庾信的并称。唐刘知几《史通·论赞》："大唐修《晋书》，作者皆当代词人，远弃史班，近宗徐庾。"

〔鱼鱼鹿鹿〕即鹿鹿鱼鱼。形容平庸，无作为。

〔星鸟〕星宿，此指时间。

〔博浪一椎，误中副车〕此指考中副贡。详注见《兰溪舟次，对酒示同舟叶三如松、方大维兰，即以留别》。

〔白下〕古地名，在今南京市西北。唐移金陵县于此，改名白下县。后用为南京的别称。

〖抚辕〗巡抚衙门。清黄轩祖《游梁琐记·龙门鲤》:"朱遁后,寄眷属于戚串家,赴省控诸抚辕。杳不见批。"

〖毛公敌〗毛胜,公敌其字,五代时晋陵人。钱俶时为功德判官。性善诙谐,喜雅谑。自以喜享群鲜,号天馋居士。又以地产鱼虾海错,四方所无,撰《水族加恩簿》,品叙精奇,文章典赡。

此信写于嘉庆十六年(1811)。

与董文竿秀才

日前水面匆匆,衣冠不具,未及停桡一诣令兄辎车之前,焚香一炷,极为歉仄,亦更有许多言语,要为足下倾口一道,辄以舟过而止,怅恨何如?嗟乎!令兄之身已矣,令兄之事未已也。今后所责望者,正在足下一人,宁谓足下不能事老,不能事幼?夫人当危难错杂之际,必有极难处之人,极难处之事,挠乱其□。□苍者若或以此试吾之才,成吾之德,唯在有心□□之要之持之,以至公之心镇之,至大之行,处逆以顺,处变以常,久久自然安集,和顺之气积为祯祥矣。贫诚何害,足下后福正多,努力自爱,毋令间巷得以短长。仆素承尊甫大人暨令昆季雅爱,殷勤非等泛泛。今逢足下甫遭家难,而仆方赋远游,古贤临别,辄增嘉言,仆虽不敏,敢惭斯义?亦以足下聪慧过人,知言达听,必能□而纳之也。今日正足下一生自立之秋,慎毋忽忽,他日相逢,再征所学,临纸无已。

【校注】

〖董文竿〗董正揄,字叔引,又字文竿,董正扬胞弟。著有《能不言斋诗文稿》。文中令兄即董正扬。

〖辒车〗亦作軝车、辒车，载运棺柩的车子。《汉书·王莽传下》："百官窃言'此似軝车，非仙物也'。"颜师古注："軝车，载丧车，音而。"

此信写于嘉庆二十一年底至次年（1816—1817）四月间。

与张情斋文

去秋共在窭乡，匆匆分手，不能相顾，念之悯然。弟到家即部署入都之资，阅三月而具，乃行至瓯城，忽以先人坟山为事争占，踉跄旋归，复一月而事定。今又改计入蜀，即于月内束装由兰溪出三衢，不道杭州，路远相见日益难，如何如何？弟以一砚食三十口，几不能自为谋，辄后时之念先生以"高才困薪水，无吟工部，安得广厦"之句，益用慷慨。今约同乡合□□撰十六两为先生寿，所乞书画另单胪启，幸即破□一挥，付去人驰下，以慰诸后生怀慕之私。后会有日，伏望以时摄卫，远慰区区，临纸无已。

【校注】

〖张情斋〗名衢，字眰斋，一字情斋，萧山人。弱冠补诸生。尝客都中。善画工曲，著有《芙蓉楼》《玉节记》，已刊行。其《信芳录》《贵贤堂集》及《外书》，皆未刊。曾为潘鼎、端木国瑚、赵晋斋、金登园、董霞樵和林石筜六人绘《六友图》。

此信写于嘉庆二十二年（1817）春。

与吴春波上舍

别来想起居安吉，摄卫咸宜为慰。弟原拟月初束装，乃复不能，甚哉！归家与出户诚书生同一难事也。若阁下在瓯犹有一月留，当及一握手耳。刻下寓居何处？芷卿曾否先归？均未得知。兹因子暘之便，专此附请近安，统唯丙照不备。

附：石缘二兄见余尺牍而爱之，持纸属录数通。□时方有西蜀□之行，匆匆把管，字迹不工，极以为愧。嘉庆丁巳岁夏四月，泰顺潘鼎并记。

【校注】

〖吴春波〗监生，余无考。

〖上舍〗宋代太学分外舍、内舍和上舍，学生可按一定的年限和条件依次而升。明清因以"上舍"为监生的别称。

〖子暘〗董曘（1795—1861），一名团，字紫澡，号小霞，泰顺县城霞阳人，董㪍长子。道光乙酉科贡生，曾任林则徐幕僚。

此信写于嘉庆二十二年（1817）春。

以上书信从苏璠《石缘杂钞》录出。《石缘杂钞》共录有潘鼎书信九通，其中《与董伯眉进士》《与丽水郑赞府》已收在《晤兰室尺牍》。

与林从炯信札五通

愚弟潘鼎顿首石笥大兄大人阁下：

话别，不审何日到京，比来兴居奚似，念之不去心。弟自四月二十七日出瓯城，行道八十余日，于七夕后二日抵重庆，同行均叨庇平善。仲常于八月十二日进藩署，近未得书，想相洽也。弟拟来岁春夏之交束装进都，唯道路较吾乡更远，劳费均倍之，殊觉多此一行，重累贤友，私心极以为悔。吾兄出京定在何时？分发有定处，当早惠我好音。鹤田兄竟复不得进士，深为扼腕，此时想早回南矣。北地寒多，伏惟四时珍卫，远慰区区。风便专此布候近安，既惟丙照不一。

鼎再顿首。九月廿四日。

【校注】

〔石笥〕林从炯。详注见《己巳秋中山亭夜集同端木鹤田、林石笥联句》。

〔仲常〕董葆。详注见《西湖泛归寄董梅溪游》。

〔分发〕清制道府以下非实缺人员分省发往补用者，谓之分发。清钱泳《履园丛话·杂记上·刺史新闻》："有云南刘某入京谒选……未一年，掣签得县丞，分发河南。"

〔鹤田〕端木国瑚。详注见《送端木鹤田》。

此信写于嘉庆二十二年（1817）九月。此五封书信从温州市图书馆藏林从炯《旧札集锦》中录出。

又

人有言文士多爱钱，要是文士多贫，亦迫不得已耳。然较之多钱而求钱者，又似有间。弟则爱而不爱，不肯丧己以求钱，而钱亦遂去之。犹记曩时兄在天津石农师署寄弟书有云："松生两石间，万岁终不大。"弟处两湖间，何异两石耶？垂老贫贱之光阴，千金一刻，乃以堂堂三百六十日，抛弃于无何有之乡，使人情何能已已？长安虽不易居，又见几人饿死？弟本无出京意，然悔亦无益。戊子春夏之间，当再叩都门。有好馆，乞先为留神。沛公昆季□时时欲顾寄书，窃恐贵人事多，不敢以寻常通候渎陈典签，常觉耿耿，晤时幸为言之。此请石笥大兄大人文安。临纸不尽。愚弟潘鼎顿首。

【校注】

〖石农〗李銮宣。详注见《送观察李石农先生》。

〖无何有之乡〗指空无所有的地方。《庄子·逍遥游》："今子有大树，患其无用，何不树之于无何有之乡，广莫之野。"成玄英疏："无何有，犹无有也。莫，无也。谓宽旷无人之处，不问何物，悉皆无有，故曰无何有之乡也。"

〖沛公昆季〗指蒋攸铦（字颖芳，号砺堂，曾任四川总督、直隶总督）的两个儿子蒋霖远、蒋霁远。蒋霖远，字沛畲。

此信写于道光七年（1827）。

石笥大兄大人赐览：

别后店月桥霜，时关念虑。二月十八日接读道中所惠书，欣悉车马无恙，远怀藉慰。续应礼闻者至，询知行理于正月廿三日过袁浦，屈指弟得书之日，兄早安抵里门矣。辰下读礼之余，经营一切安厝之事，谅有头绪。弟于穆座师处一馆，延至正月九日始得辞。止四兄敬礼有加。干俸之说承为言之，而渠豁达大度，若不经意，惟听之而已。绎堂制军内旋尚未有确音。兹有极足惨怀之一事，突出意外，特急报吾兄。沛畲老兄正月间偶伤风食，无关紧要，既而牵延医药，日渐增重，不意竟于三月廿八日辰时长眠不起，惨酷无可言，如此才品、如此相貌、如此存心行事，乃忽焉有是，令人情何能已已。吾兄闻之，不当为之失声一恸乎？砺堂师丧此珠树，不知又将如何为怀耳。鹤田兄不复来京，寄一书至，去冬兄寄渠书已收及。明年开科之说，讫无定论。近复有各劝弟速捐分发者，唯鹤田尚以须应试为辞，弟心亦茫无主见。耑此驰达，即候素履，临纸不尽。愚弟潘鼎顿首。

鉴堂曾否束装□偕令□来此也？又及。四月六日。

【校注】

〖读礼〗古人守丧在家，读有关丧祭的礼书，因此称居丧为"读礼"。《礼记·曲礼下》："居丧未葬，读丧礼；既葬，读祭礼。"

〖穆座师〗穆彰阿，号鹤舫，满洲镶蓝旗人。嘉庆十年（1805）进士，翰林，累升至礼部侍郎。1828年任军机大臣，入值南书房，加太子太保衔，兼任翰林院掌院学士。1828年，潘鼎在穆彰阿家中坐馆，深获穆的信任赏识。

〖绛堂制军〗那彦成（1764—1833），章佳氏，字绛堂，满洲正白旗人。大学士阿桂之孙，工部侍郎阿必达次子。乾隆五十四年（1789）进士，历任内阁学士、翰林院掌院学士、礼部尚书、陕甘总督、直隶总督等职，道光七年（1827）授太子太保，九年受诏回北京。

〖素履〗居丧时所穿的鞋子。借用为对居丧者的问候语，如敬候素履。

此信写于道光九年（1829）四月初六。

石笥大兄大人赐览：

别来忽忽半载，远惟素履顺适为慰。老伯窀穸之事曾否谋妥？又不审何时到江南，念念。四月间驰寄一书谅已达。蒋小颖竟忽赴玉楼，伤如之何？如此才品、如此结局，真令人搔首问苍天也。苏宾嵋文战三捷，遂登翰选矣。闻承德志书有虹江之乡友陈姓者大加驳斥、删改，海公因而茫不知所从，今将两稿并送朱虹舫先生鉴定，闻虹舫先生颇是兄稿。绛堂宫保已于本日进城，即赴园，尚须迟数日才到宅也。俭泉老兄相从以来，文行俱进益，其宅中诸客无不颂弟之善教，唯从前师资都是务为欺饰，博东家欢，不从实地教导，贻误已久。今俭泉虽亦自悔，然不敢自行检察，正恐贵老师犹未知其进益耳。藕农已请分发，签掣楚南。旧病不除，可虑正多，如何如何？弟所获馆金不敷用，现已亏缺数十星矣。耑此，布候素安，并潭福不尽，临纸神驰。

雅堂兄已于四月中旬移寓隆相寺，并及。愚弟鼎顿首。

【校注】

〔窀穸〕亦作窀夕。埋葬。《左传·襄公十三年》："若以大夫之灵，获保首领以殁于地，惟是春秋窀穸之事，所以从先君于祢庙者，请为'灵'若'厉'，大夫择焉。"杜预注："窀，厚也；穸，夜也。厚夜犹长夜。春秋谓祭祀，长夜谓葬埋。"

〔苏宾崌〕苏孟旸，字震伯，号宾崌，江西省鄱阳县人。道光九年（1829）中进士。

〔虹江〕陆元烺，原名世瑾，字韫山，号虹江，浙江海宁人。嘉庆丁丑（1817）科进士。授刑部主事，累官至江西布政使、署巡抚。

〔海公〕海忠，字靖堂，满洲正红旗人。道光六年至九年（1826—1829）任承德知府，捐养廉银编纂《承德府志》，聘林从炯主持修撰。道光十年（1830）升任热河兵备道。

〔俭泉〕那彦成次子荣照之子。当时潘鼎在那彦成家中坐馆，担任俭泉的老师，悉心教导，俭泉进步明显。

〔藕农〕周衣德。详注见《壬申九日舟中作》。

此信写于道光九年（1829）。

又

以早趋金陵为上策耳。过菩溪，当为鹤田留数日，此老得天固殊，十数年来更获资儒俸以遂其修养，心性益空明，深造遂度于元微，千载人也，所著《周易指》不可不一披览。贱躯遐茫无恙。腊月叠接家书，慈亲以下俱获平善。鹤舫座师盼待如旧。新东道情意亦甚交孚，并堪告慰。唯年逾半百，犹自弃家离母，寄食长安，欲进而求仕未得，退而入山复未得，怀安之愿，不被于家门；著作之精，全销于衣食。桑榆晚景，自慰为难。吾兄大人知我，故为感慨一道，不然徒供笑柄，不如默默也。今年且复居京，原非本怀，穷老多歧，亦正不能一率本怀，惟知己察之。耑此布复，即谒履安，临纸不尽欲言。

石笱大兄大人素览。徐崑圃兄教时报满，得用知县，姚居停借助两竿，遂得即捐分发，三月可出京矣。李楚兰去春到京，旋就做粮厅书启席，复饶有积金，然深藏若虚，不易窥测。余纸并及。愚弟潘鼎顿首。

【校注】

〖怀安〗留恋安逸。

〖本怀〗自己的心愿。晋陆机《谢平原内史表》：“区区本怀，实有可悲。”《魏书·苻坚传》：“卿远来草创，得无劳乎？今送一袍，以明本怀。”

此信写于道光九年（1829）二月间。

与端木国瑚

鹤田兄近况如何？情斋想如常。子畏在东楼闻甚好，得有功读书。吾邑谷价照常。现吴赵又闹书院，弟居讲席不能塞耳，深为可厌。刻下县试已出，初覆榜。新明府人亦安静。贵府平安，舍下亦叨庇平善，唯春夏之交，多感风湿，今皆霍然。匆匆草此，即请霞樵二兄大人近安。临楮不一一。弟鼎顿。

五月廿六日。

【校注】

〖子暍〗董祢长子。详注见《与吴春波上舍》。

此通书信从泰顺县博物馆藏品中录出。题目为校注者所加。

晤兰室书画

行书条幅

尺寸：纵 130 厘米，横 30 厘米

释文：王羲之书如龙跳天门，虎
　　　卧凤阁。历代宝之，永以
　　　为训。彝长鼎

收藏：私人

行书条幅

尺寸：纵 123 厘米，横 27 厘米

释文：韩择木龟开萍藻，鸟散芳
洲。史惟则雁足印沙，深
渊鱼跃。公调

收藏：泰顺县博物馆

行书条幅

尺寸：纵 123 厘米，横 27 厘米

释文：褚遂良美女婵娟，不胜罗
　　　绮。萧诚舞鹤交影，腾猿
　　　在空。彝长鼎

收藏：泰顺县博物馆

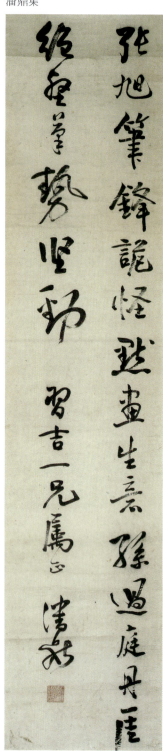

行书条幅

尺寸：纵 123 厘米，横 27 厘米

释文：张旭笔锋诡怪，点画生
意。孙过庭丹厓绝壑，笔
势坚劲。习吉一兄属正。
潘鼎

收藏：泰顺县博物馆

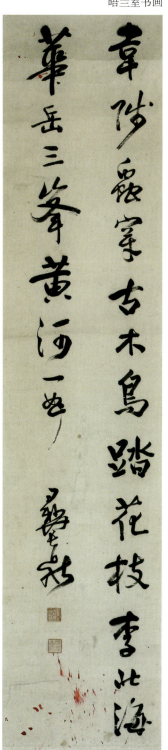

行书条幅

尺寸：纵 123 厘米，横 27 厘米

释文：韦陟虫穿古木，鸟踏花
　　　枝。李北海华岳三峰，
　　　黄河一曲。彝长鼎

收藏：泰顺县博物馆

行书条幅

尺寸：纵 120 厘米，横 29.5 厘米

释文：虞世南书如秀岭危峰，处
　　　处间起。宝彝表侄孙属。
　　　潘鼎

收藏：泰顺县博物馆

行书条幅

尺寸：纵 120 厘米，横 29.5 厘米
释文：褚遂良书如美女婵娟，不
　　　胜罗绮。彝长
收藏：泰顺县博物馆

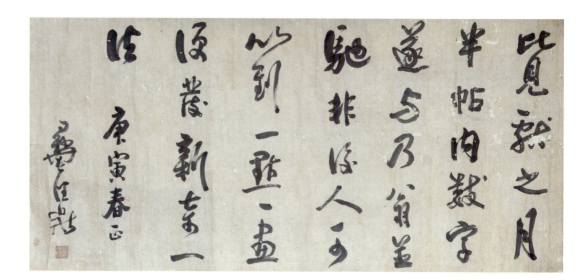

行书横幅

释文：比见献之《月半帖》内数字，遂与乃翁并驰，非后人可以

到，一点一画便发新奇一法。庚寅春正。彝长潘鼎

收藏：瑞安博物馆

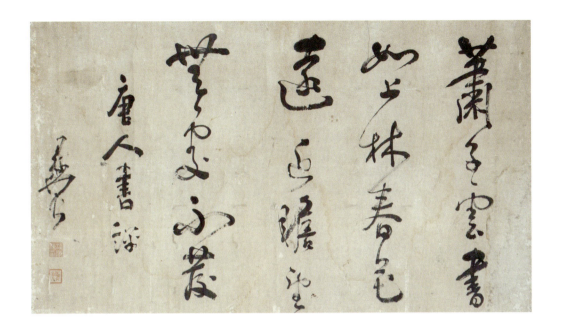

行书横幅

释文：萧子云书如上林春花，远近瞻望，无处不发。唐人书评。

彝长

收藏：瑞安博物馆

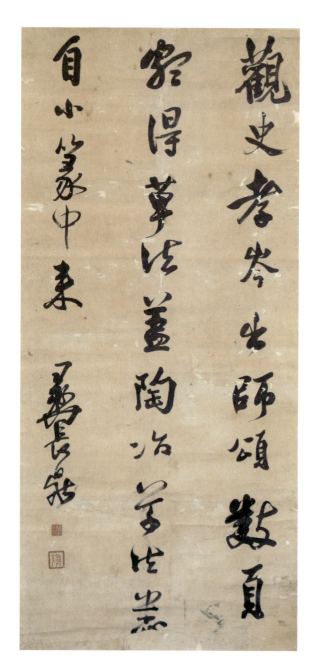

行书条幅

释文：观史孝岑《出师颂》数页，
　　　颇得草法。盖陶冶草法，
　　　悉自小篆中来。彝长鼎

收藏：瑞安博物馆

行书条幅

释文：有先竹于胸中，则本末畅
茂。有成竹于胸中，则笔
墨与物俱化。舟人之未尝
见舟，而便操之，唯其熟
也。彝长潘鼎

收藏：瑞安市图书馆

行书条幅

释文：世间千人万人，遇着
　　穷而无告之人，便恻
　　然动心，此便是天理
　　可见处。书应立亭八
　　兄大人正属。彝长
　　弟鼎

收藏：瑞安市图书馆

行书条幅

尺寸：纵 130 厘米，横 28 厘米

释文：王、谢承家学，字画
　　　皆好，要是其人物不
　　　凡，各有风气耳。观
　　　王濛，想见其人秀整，
　　　几所谓毫发无余恨者。
　　　荆公自言学濛书。立
　　　亭八兄正属。彝长鼎

收藏：私人

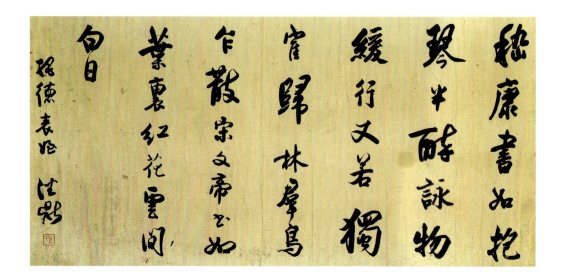

行书横幅

尺寸：纵 57 厘米，横 117 厘米

释文：嵇康书如抱琴半醉，咏物缓行；又若独鹤归林，群鸟乍
散。宋文帝书如叶里红花，云间白日。绳德表侄。潘鼎

收藏：吴明华

行书横幅

尺寸：纵 57 厘米，横 117 厘米

释文：王绍宗笔下流利，快健难方，细看熟视，转增美妙。萧子
　　　云如上苑春花，远近瞻望，无处不发。绳德表姪。潘鼎

收藏：吴明华

行书横幅

尺寸：纵 80 厘米，横 140 厘米

释文：把笔无定法，要使虚而实。欧阳公谓予，当使指运而腕不
　　　知，此语最妙，方其运也，前后左右，不免敧侧，及其定
　　　也，上下如引绳。彝长鼎

收藏：私人

行书中堂

尺寸：纵130厘米，横70厘米

释文：拔茅缚笔旧专家，胜国书
名美白沙。三百年来风未
坠，一枝贻写格簪花。鸡
毛诸葛擅名真，约束黄菅
此法新。内库香醪教坊
乐，他人同悔敝精神。江
淮三脊濯云鲜，入手官师
制共妍。大字欧阳写方
阔，望风更待寄如椽。承
许为制大笔，望速寄也。
维勤四兄先生制赠茅笔，
即日赋三诗谢之，并以赠
笔录呈教政，字虽不工，
知笔为可用矣。庚辰六月
八日。彝长弟潘鼎初稿

收藏：董直录

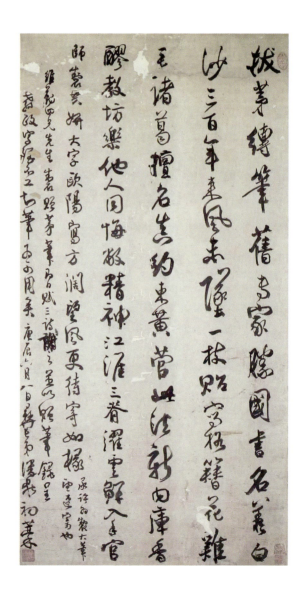

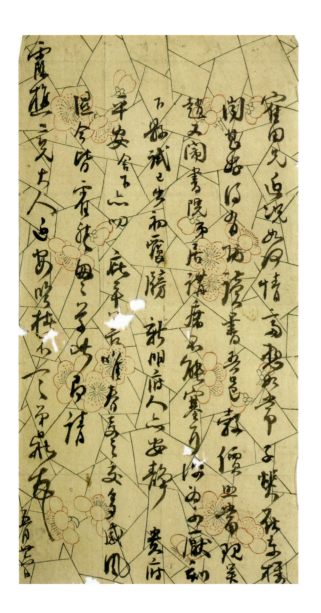

行书信笺

尺寸：纵 23.2 厘米，横 12 厘米

释文：鹤田兄近况如何？情斋想如常。子奘在东楼闻甚好，得有功读书。吾邑谷价照常。现吴赵又闹书院，弟居讲席不能塞耳，深为可厌。刻下县试已出，初覆榜。新明府人亦安静。贵府平安，舍下亦叨庇平善，唯春夏之交，多感风湿，今皆霍然。匆匆草此，即请霞樵二兄大人近安。临楮不言，弟鼎顿。五月廿六日

收藏：泰顺县博物馆

行书对联

尺寸：每联纵 129 厘米，横 28 厘米

释文：贯三一兄大人属正。五亩
　　　种蔬五亩种竹，无酒学佛
　　　有酒学仙。彝长弟潘鼎

收藏：私人

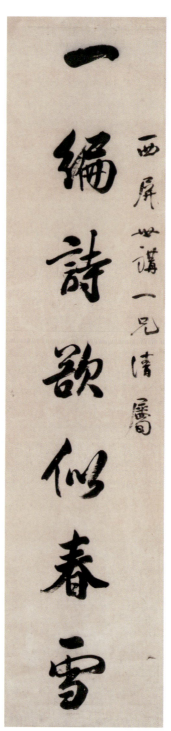

行书对联

释文：西屏世讲一兄清
　　属。一编诗欲似春
　　雪，干尺气将凌素
　　霓。彝长潘鼎
收藏：瑞安市图书馆

行书对联

释文：蔗园老伯大人钧正。
　　　吉金瑞石晖三代，
　　　华月琼云冠九霄。
　　　彝长侄潘鼎
　　　收藏：温州博物馆

行书对联

释文：山静日长仁者寿，荷香风
善圣之清。彝长潘鼎

收藏：吴明华

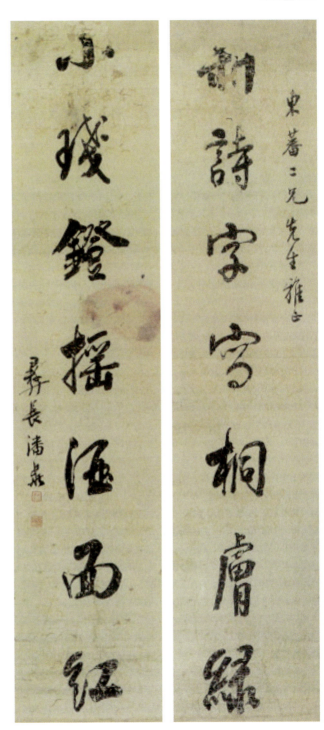

行书对联

释文：东蕃二兄先生雅正。
新诗字写桐肤绿，小
盏灯摇酒面红。彝长
潘鼎

行书扇面

释文：元祐末，元章知雍邱县，子瞻自扬州召还，乃具饭邀之。
既至，则对设长案，各以精笔、佳墨、纸三百列其上，而
置馔于旁。子瞻见之，大笑就座。每酒一行，即伸纸共作
字。以二小史磨墨，几不能供。薄暮，酒终，纸亦尽，乃
更相易去，俱自为平生书莫及。彝长鼎

收藏：温州博物馆

书法：斗方（木刻）

释文：千寻剑气。彝长

一味书香。潘鼎

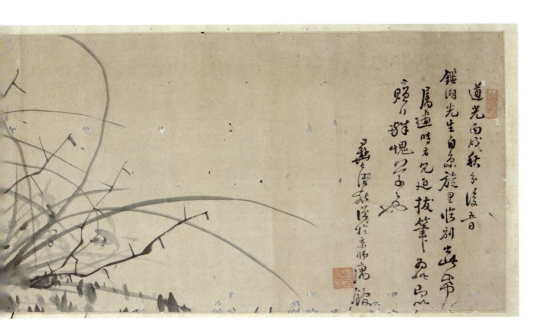

兰石横卷

释文：道光丙戌秋分后五日，鉴湖先生自京旋里，临别出此纸嘱
画。时方冗迫，拔笔为此，即以赠行，殊愧草草也。彝长
弟潘鼎识于京师寓馆

收藏：温州博物馆

墨荷条幅

尺寸：纵 127.5 厘米，横 34.5 厘米

释文：彝长墨戏（天头跋文为董曾
宪书，略）

收藏：泰顺县博物馆

兰石条幅

尺寸：纵 127.5 厘米，横 34.5 厘米

释文：彝长潘鼎（天头跋文为董曾
　　　宪书，略）

收藏：泰顺县博物馆

地静天清与世殊　随时俯
仰足相娱也知管领春风外
闲坐山亭一事无终日山林記
水長閒情临水坐流觞天風
領得春蘭氣静向幽人一寄
将
集蘭亭字題奉
瑤章三兄弘之　彝長弟潘鼎學畫

墨兰拳石轴

尺寸：纵 135 厘米，横 30.5 厘米

释文：地静天清与世殊，随时俯
仰足相娱。也知管领春风
外，闲坐山亭一事无。终
日山林托兴长，闲情临水
坐流觞。天风领得春兰
气，静向幽人一寄将。集
兰亭字题奉瑶章三兄正
之，彝长弟潘鼎学画

收藏：泰顺县博物馆

兰竹石轴

尺寸：纵 137.5 厘米，横 33.5 厘米

释文：彝长潘鼎

收藏：泰顺县博物馆

荷花条幅

尺寸：纵137.5厘米，横33.5厘米
释文：出污泥而不染，濯清风而弥
　　　鲜。彝长鼎
收藏：泰顺县博物馆

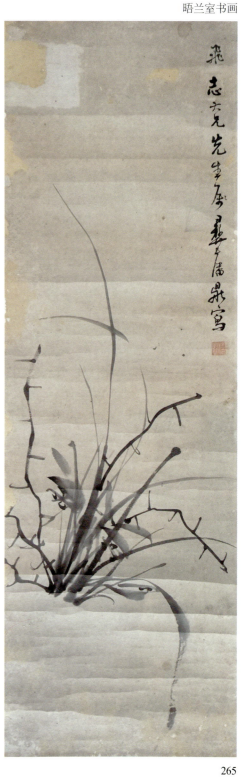

兰花条幅

释文：飞志大兄先生属。彝长潘鼎写

收藏：吴宇东

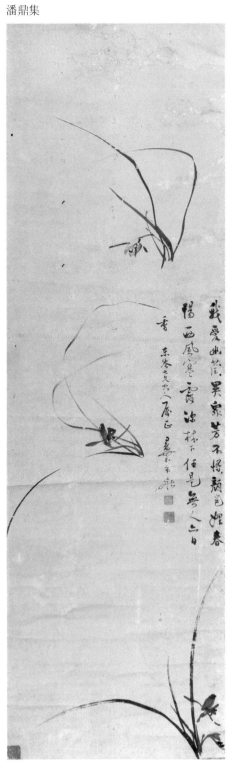

风兰条幅

释文：我爱幽兰异众芳，不将
颜色媚春阳。西风寒露
深林下，任是无人亦自
香。东岑七兄大人属正。
彝长弟鼎

收藏：瑞安博物馆

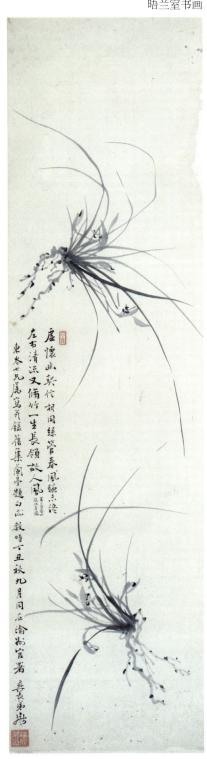

春兰条幅

释文：虚怀幽契信相同，丝管
　　春风听未终。左右清流
　　又修竹，一生长领故人
　　风。（第二句"春山"误
　　作"春风"。）东岑七兄属
　　写，并录旧集兰亭题句求
　　教。时丁丑秋九月，同在
　　渝州官署。彝长弟鼎

收藏：瑞安博物馆

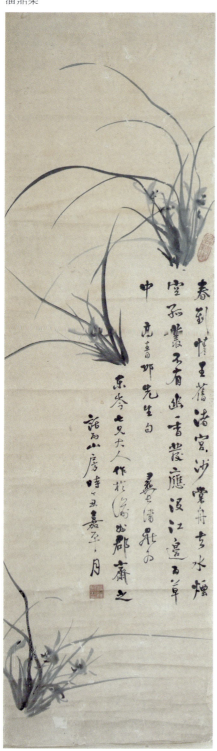

丛兰条幅

释文：春到怀王旧渚宫，沙棠舟
去水烟空。孤丛不有幽香
发，应没江边百草中。高
青邱先生句。彝长潘鼎为
东岑七兄大人作于渝州郡
斋之话雨山房，时丁丑嘉
平月

收藏：瑞安博物馆

幽兰条幅

释文：托身得所倚，当此雄风
　　　快。吐语正倾怀，无心约
　　　裙带。居高贵能下，值险
　　　在自持。此日或可转，此
　　　根终不移。美人隔澧浦，
　　　日暮倚幽篁。繁霜忽已
　　　陨，为我纫秋芳。东岑七
　　　兄大人属正。彝长弟鼎

收藏：瑞安博物馆

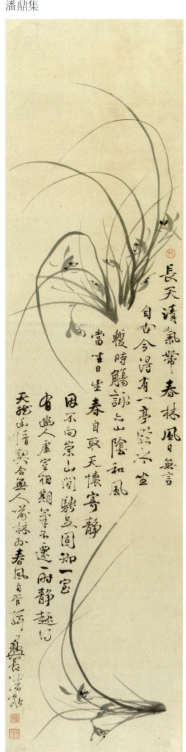

墨兰条幅

释文：长天清气带春林，风日无言自古今。得有一亭临水坐，暂时觞咏亦山阴。和风当坐日生春，自取天怀寄静因。不向崇山闲骋足，固知一室有幽人。虚室相期气不迁，一时静气得天然。幽情契合无人喻，林外春风自管弦。彝长潘鼎

收藏：私人

兰竹轴

释文：兰风和会当初日，竹气清
　　　幽契古春。集兰亭字。道
　　　光壬午冬日为三兄作。彝
　　　长鼎

收藏：吴明华

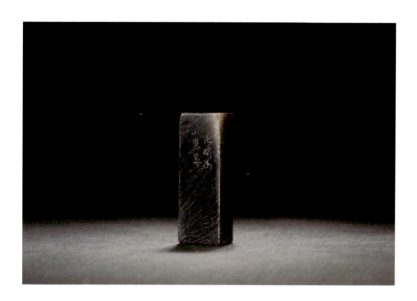

印文：潘鼎私印

边款：次闲为小崑篆

尺寸：2.1 厘米 ×2.1 厘米 ×6.1 厘米

清赵之琛刻

印文：鸾犬合同印

边款：合同而字缄封口，安吉数行慰寄怀。多藉青鸾与黄犬，不
辞辛苦到天涯。以汉画像意篆合同印，漫题廿八字，次
闲。丙子（1816）九秋，奉送潘兄小昆，持此赠别，次闲
寄于补罗迦室

清赵之琛刻

印文：泰顺潘鼎彝长书画记

边款：仿朱文以活动为主，而尤贵方中
有圆，始得宋、元遗意，此作自
谓近矣……

清赵之琛刻

印文：潘鼎

清赵之琛刻

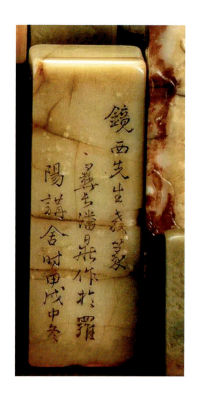

潘鼎篆刻

印文：张季爱印（张大千后刻）

边款：镜西先生大雅之属，甲戌小
　　　寒后一日潘鼎篆刻

收藏：张大千

潘鼎篆刻

印文：字曰古皇

边款：镜西先生教篆，彝长潘鼎作于罗阳讲舍，时甲
　　　戌中冬南斗六司真君奏长生篆之日

收藏：张大千

附　录

附录一：传记

监州潘君彝长家传

董　斿

余与彝长生同岁，居仅隔一城，然少小不相识。逮乾隆乙卯，以就试布政司，始相晤于武林，寻同寓，意气相孚，遂订交焉。嗣是无旬日不见，道古论今，每自昼达夜，至辨明不觉。遇郡省试，行必偕，若同流之鱼，共命之鸟，欢好无间也。及林敏斋观察邀君入蜀，余亦适有石农方伯之招，仍同行。至己卯，复同归应秋试，其后君留为罗阳书院掌教，而余以襄平相国荐，主处州莲城书院讲席。岁归家仅一二月，而君又多人事牵率少闲，过从之日渐稀。至道光乙酉，君北游京都，不相见者五载。辛卯，君以内艰旋里，余复以饥驱数数他出，踪迹亦遂疏阔矣。甲午春，余为寿宁卢韶廷明府邀往山西，临行过君，而君已病，方延医诊视，匆匆一揖而别。是冬，余归家，适有亡女之痛，未及造访。乃明年二月六日而君遂殁，曾未得一面，迄今以为憾。今年夏，其仲弟彝仲太学执状踵门而请曰："敝族重缉族谱，比将告成，先兄独未有传。久故于先兄者，莫如先生，深知先兄者，亦莫如先生。先生弗之言，恐久且湮没，是重亡吾兄也，先生其无辞。"余乃按状而为之传曰：

君名鼎，字彝长，一字调生，原名鹏，字程九，更名尌，字小崑，复

277

更今名。慕庐公之长子也。幼颖悟，方总角时，慕庐公尝饮月下，命学吟，即有"影落酒杯里，手持万里天"之句。慕庐公奇之，督课益严。年十三，补县学附生。十五试高等，补廪膳生。寻游学武林，名著一时。屡困场屋，年三十六始中副榜贡生，就直隶州州判职。旋丁外艰，至五十一始入都援例以本职即用，留都候铨。座师穆鹤舫时为尚书，雅相器重。容侍郎思慕君名，延为子师。会改卜万年吉地，其尊人那绎堂尚书为总理，侍郎闻君兼晓堪舆术，邀往房山覆勘，复同赴易州相度，姓名曾两达御前。及吉地定，效力者皆得授官，而君旋以母丧归里，自是遂不复出山矣。

君孝友性成，父慕庐公性严厉，事之曲尽其道；叔弟鹄早逝，抚其子义海，爱过己出，饮食教诲，历二十余年如一日；从兄鹤峒明经，病殁杭寓，君适以赴试未返，亲视含殓，并归其柩；从侄圣阳，自湖北回，殁于兰溪，露殡者六载，亦遣人负其骸以归。居恒倜傥好客，雄辩如悬河，竟日夕不倦。戚族有急难，多倚其排解，有吉凶大事，贫不能措者，每曲为筹划，或资助之。人有过，辄面斥，能顺受即优容之，维护之，以故人无贤不肖，皆乐就焉。尤笃气谊，君平生交道颇广，而最早且深者，莫如林敏斋观察，其出守重庆也，特邀之佐理。观察兴利革弊，政声藉甚，君与有力焉。既而观察任湖北督粮道，君复之楚，亦多所匡赞，泊君入都，观察以督运至通州，病甚，两迎君至行馆，商榷一切。既不起，君亲为经理，俟丧事定而后还都。

君于学好博览群书，为文以华赡为主，诗亦如之。喜造就后进，谆谆不倦，前后掌教罗阳书院凡十余年，学者多得其益。在蜀掌教川东书院者二年，有刘生文焕，孟生光弼，经其指授，当年乡闱即获隽以去。余事尤善笔札。书法初学颜平原，后临摹日富，变化从心，雄秀流丽，遂为一时名手。水墨写意，皆有天趣，而兰草尤为人所珍。素有文生之好，多购书籍、碑拓、印章、笔墨文玩，不惜重价，而口体之奉恒俭。晚岁家居多病，唯以书画诗酒遣怀。

乙未正月病日不斟，二十七日为君始生之辰，犹吟咏书彩笺，精神奕奕，人皆卜以不死，盖越七日而殁，年六十有一。所著诗文集若干卷，藏于家。初，君里鄘交游，唯与余及曾君瘤甫璜为最亲，曾君长君与余五岁，君长余九月，君尝镌松亭、竹坡、梅溪三石章，自取竹坡，而以松亭、梅溪分赠曾君与余，期为岁寒之友，余与曾君皆赋诗纪之。居恒三人聚语，君尝发愤言曰："吾三人，异日当非碌碌者，第不识谁为后死，没世之称不得谢其责矣。"余时窃目笑其过计，其后曾君以三十有二遽殁，今君之殁亦已三载矣，独留余佝僂一老，任后死之责，没世庸有藉欤。然曾君之葬也，其尊甫复斋先生曾命志其圹。今君家传，懿弟复以相属，似其责诚有不容谢者，论次之余，追味曩言，如新触耳。窃复含哀懊咿，不能自禁焉。其世系、配续谱自有系表世传，不具书。

道光十有七年岁在丁酉仲夏，友弟董祈拜手谨撰。

【注】辑自道光十七年（1837）编印《罗峰潘氏宗谱》。

潘夫子彝长先生家传

林　鹗

道光十五年二月六日，征仕郎、直隶州州判潘彝长先生以疾卒于家。戚友哀挽，议私谥"文敏"。既成服，吊奠毕，客犹集于堂，其门人林鹗曰："夫子既论定矣。潘氏方辑家乘，若夫子者于其家宜有传。然鹗从夫子久，虽不文，能言之，请书其略，存诸谱，可夫?"皆曰："可。"鹗退而质书付谱局。

　　谨按先生潘氏，系出栝州宣平，其先新命公者，徙居安固罗峰下，后设县，遂为泰顺世家。至王父贡士御友公，敦善行，积累弥厚。生太学生慕庐公，慕庐公生先生。先生幼名鹏，字程九，更名对，字小崑，后更名鼎，字彝长。先生幼颖悟，甫识字，慕庐公饮月下，试使咏月，即有"影落酒杯里，手持万里天"之句。慕庐公器之，使就傅。年十三入邑庠，补饩廪。游学杭城，名动一时。益博览群书，广交名士，为文下笔千言，才气华赡。诗以神韵胜，近体尤长，遗《一卷山房存稿》，未付梓。好笔札。书初学颜平原，后临摹日富，自成一家，为一时名墨。水墨写意，皆有天趣，而兰草尤为世所珍。屡困场屋，嘉庆庚午科，年三十六，以副榜授职判官。甲戌、乙亥、内子掌教岁阳书院，造就后进，谆谆不倦。时友人林编修培厚，授四川、重庆守，邀入蜀佐理机务，兴利革陋，多惠政，先生与有力焉。当道聘先生掌教川东书院，先生于举业外，间与讲学，多士兴起，执贽来者盈门。当是时也，先生友人董霞樵先生，受藩司李公銮宣聘亦在蜀。蒋相国攸铦督川陕，与学使俞公恒泽，别选两川之秀，延霞樵先生讲学于成都，一时名公卿以作人为政，两川得士之盛几有文翁之风焉。己卯就试，南旋，复主罗阳书院讲席。乙酉复佐林公为湖北督粮道，后入都纳赀就铨，座主穆相国聘为记室，人谓得官易矣，而先生以不合辞去。会改卜万年吉地，那公彦成为副总理，闻先生兼通堪舆术，邀先生相度于易州，归，未敢决，转荐其友归安教谕端木国瑚。那公以闻于朝，召赴都，吉地始定，而先生以母忧归里。端木授内阁中书，旋成进士。先生自是无意功名矣。先生天才英敏，雄辩如悬河，竟日言不倦。义侠好客，然以诚待人，人或欺以其方，故门多杂宾。有过辄面斥，能顺受即优容之、维护之，其善者得先生如倚大树，不肖亦托庇焉。有文生之好，多购书籍、碑帖、图章、笔墨、文房玩器，求精务多，不惜重费，而口体之奉恒俭，尤笃气谊。同父昆弟四人，先生长，仲尊、季鹏皆国学生，友恭无间，三弟鹄早故，抚其孤文海，爱过己出，严督学业，入邑庠。戚友族人中，有急难必至；有客死者，必为之主丧，或致其枢归里，或受托则抚恤，教诲其孤子。且有生平非甚亲昵，既死而贫，待其孤必加厚。受恩者多，且使人感刻骨，未有如先生者。晚既家居，复主书院讲席，然多病不能督课，时以琴书诗画遣怀。疾将革，犹吟诗书彩笺，精神奕奕行间，人皆卜以不死，盖越七日而殁，享年六十有一。生日、配氏、子女详世传。

赞曰：自古在昔，多有处士，而人以经济许之者，岂有所表见哉？时命之厄贤者为多，其才之可用犹在也。夫子草创一官，志在用世，使得百里实为之判，即其使人感者推之，未必无补于事，乃仅以幕府协助笔墨余事显厥长，知者惜之。昔檀道济得高进之，成功名，进之亦附骥尾传，然则士如夫子，犹未为没没也夫！

【注】辑自《望鹤草堂文集》。

《历代画史汇传》卷十七　潘鼎小传

彭蕴璨

潘鼎，字小崐，温州诸生。工兰竹。《蜨隐园书画杂缀》。

【注】此书道光年间（1821—1850）刻印。

《墨林今话》卷十　潘鼎小传

蒋宝龄

潘鼎，字彝长，号小崑，温州泰顺人。嘉庆庚午副贡，例就直隶州州判。写兰石，墨气丰厚。书类张得天。与张情斋及端木鹤田国瑚友善，绘《六友图》。

【注】此书咸丰二年（1852）刻印。

《罗阳诗始》　潘鼎小传

董　斿

潘鼎，字彝长，别字小崑。幼颖敏，博涉群籍，工书画。嘉庆庚午副贡，授直隶州州判，未仕卒。诗多散佚，兹就其侄文海手录本，□□余首中酌存之，以见大概。

【注】此书同治五年（1866）刻印。

《分疆录·文苑》　潘鼎小传

林　鹗　林用霖

潘鼎，罗峰人，字彝长，副贡生。幼颖异，有神童之目，年十三入学，十五补弟子员。敏悟强识，博涉图籍，能诗、古文，工笔札，书法集晋唐六朝之长，自成一家，名重一时。水墨兰竹，得者宝贵。喜购书籍、古帖、名画、笔砚、图章，不问生产。晚游京师，名驰都下，授直隶州，未仕卒。

【注】此书光绪五年（1879）刻印。

《两浙輶轩续录》卷二十六　潘鼎小传

潘衍桐

　　潘鼎，字彝长，号小崑，泰顺人。嘉庆庚午副贡，著《小丽农山馆诗钞》。《家传》略："公幼颖悟，总角侍其父饮月下，命赋诗，有'影落酒杯里，手持万里天'句，人咸异之。年十三成诸生，旋食饩，登嘉庆庚午副榜。生平博涉群书，善笔札，名一时，工画兰，尤为人所珍。《罗阳诗始》：'彝长，幼颖敏，博涉群籍，工诗画，诗多散佚。'"

　　《秋夜独坐寄怀曾宝镇董雨林家秉衡》："独坐小堂深，天清万籁沉。剑光寒夜色，月影澹秋心。讲学依莲幕，吟诗记竹林。故园风景好，归思托鸣琴。"

　　《一卷山房漫兴》："结宇平林外，悠然隔市阛。帘垂春昼永，花落午庭闲。书惯贪多读，诗难割爱删。课余仍寂坐，静对一卷山。"

　　《梦中得水光轻带月花影暗摇风之句起足成之》："睡眼若朦胧，前檐漏未终。水光轻带月，花影暗摇风。趣易闲中得，诗难梦里工。春韶惜容易，惆怅对嫣红。"

　　《送沈兰初先生六绝句》录二："一枝画笔辟鸿蒙，六尺屏风泼墨工。留得启南家法在，仙山楼阁有无中。兰初善画，尤工为楼台亭榭。""缪篆兼

通大小源，雕虫妙技恰专门。王晁姜赵当时体，古法凭谁恣讨论。^{兰初工铁笔。}

【注】此书光绪年间（1875—1908）刻印。

《兰石图题》跋

王理孚

彝长潘先生鼎，泰顺人。嘉庆庚子副贡，授直隶州州判，未仕卒。《墨林今话》称其"写兰石，墨气丰厚，书类张得天。与张情斋、端木鹤田友善"。《泰顺分疆录》称其"敏悟强识，博涉图籍，能诗、古文，工笔札，书法集晋唐六朝之长"。余得先生与平阳苏石缘璠书札二十余通，其文其字皆清拔绝纶，兰石之作仅此一纸，画笔之妙，不愧前评。题识寥寥数语，尤见精彩。丙戌为道光六年，距今百二十四年矣，时先生在京谒选。上款鉴湖先生，姓张名瑞溥，嘉庆间以诸生从征川楚教匪，叙功授安徽庐州江防同知，官至湖南粮储道。家住永嘉东山之麓，就池上楼遗址筑如园以居，林木楚楚有致。所与游者多名下士，同客京华，以此赠别，其风韵可想。

己丑春初，海髯王理孚跋于永嘉坡南龙泉精舍，时年七十有四。

【注】辑自温州博物馆藏《兰石图题》。

《国朝书人辑略》卷九　潘鼎小传

震　钧

潘鼎，字彝长，号小昆，浙江泰顺人。"书类张得天"（《墨林今话》）。

【注】此书光绪三十四年（1908）刻印。

《清画家诗史》巳上目　潘鼎小传

李濬之

潘鼎，字彝长，号小崑，泰顺人。嘉庆庚午副贡。工画兰。有《小丽农山馆诗钞》。

《一卷山房漫兴》："结宇平林外，悠然隔市阛。帘垂春昼永，花落午庭闲。书惯贪多读，诗难割爱删。课余仍寂静，坐对一卷山。"

《送沈兰初六绝句》钞一："一枝画笔辟鸿蒙，六尺屏风泼墨工。留得启南家法在，仙山楼阁有无中。"兰初善画楼阁亭榭，兼工铁笔。

【注】此书民国间由明文书局出版。

《小丽农山馆诗钞》序

泰顺县立民众教育馆

潘彝长，名鼎，一字小崑，生于乾隆乙未年。年三十五中副榜贡生，就直隶州州判职。旋丁外艰，归里后，在乡掌教罗阳书院，前后十余年。晚岁家居多病，唯以书画、诗酒遣怀，卒年六十有一。著有《小丽农山馆集》。公书劲秀流丽，水墨兰竹有韵致，尤得天趣，人获公书画，莫不争宝而藏之。

【注】①辑自泰顺县立民众教育馆抄《小丽农山馆诗钞》。

②"年三十五中副榜贡生"有误，为"年三十六中副榜贡生"。

《温州名人录》 潘鼎小传

潘国存

潘鼎（1775—1835），字彝长，泰顺人。嘉庆十五年副贡，书法自成一家，能写诗，著有《小丽农山馆诗抄》。

【注】此书 1981 年由温州市图书馆编印。

《浙江古今人物大辞典》　潘鼎传

单锦珩

潘鼎（1775—1836），字彝长、调生，号小昆，泰顺人。清嘉庆十五年副贡。博览图籍，喜聚金石。善诗文，工书画。其书集晋唐六朝之长，自成一格，尤以水墨兰著称。作画题诗，画意深蕴，诗韵风雅，相得益彰。曾游重庆、京都等地，名驰京城。与青田端木国瑚同居于城中石林精舍，以唱和自娱。撰有诗文若干卷，仅存《小丽农山馆诗钞》一册。尝掌教于川东书院及本邑罗阳书院。

【注】①此书 1998 年由江西人民出版社出版。

②卒年有误，为 1835 年。

《温州历史人物》　潘鼎传

殷惠中

"碧云摇荡墨痕香，青竹幽兰散影凉，春气一帘入梦醒，漫天烟雨隔潇湘。"这是清代著名画家潘鼎的一首《自题兰竹》诗。

潘鼎（1775—1836），字彝长，一字调生；原名鹏，字程九；曾名甝，字小崑。泰顺县罗阳镇人。他自幼刻苦好学，博涉图籍，更喜爱诗书、画。其父慕庐小酌月下，初命学吟，即有"影落酒杯里，手持万里天"之句。初学颜真卿、米芾，后临摹日富，变化自如，结体浑厚。画长于兰竹、墨荷。年十二补县附生，十五试高等补廪膳生。素有文物之好，凡购书籍、碑拓、印章、笔墨、文玩，皆不惜重价，而日常生活却极其俭朴，颇得其父称赞。寻游学武林，因诗文华丽，名噪一时；然仕途失意，屡困场屋。他的《自酌》一诗："自酌香醪慰苦辛，乡愁客感乱纷纷。云阴葛岭飞磷火，霜冷雷峰叫雁群。千里还家知有日，十年作赋竟无闻。传家笔砚分明在，肯向穷途取次焚"，充分表达了其悲凉之心情。但他并不由此一蹶不振，而是"梅花月落频搔首，一点寒灯自读书"，倍加刻苦攻读。年三十六始中副榜，旋授直隶州州判。然事有不测，适逢从兄鹤峒病殁杭寓，他以骨肉为重，"亲视含殓，并归其柩"。后应出守重庆的挚友林敏斋之邀，一度入幕佐理，为兴利革弊，颇多筹划。林敏斋改任湖北督粮道时，他留蜀掌教川东书院，为时两年，培养了如刘文焕、孟光弼这样一批出类拔萃的人才。四十四岁归里，掌教于本邑罗阳书院。他孜孜好学，博览群书；造就后进，谆谆不倦。年五十一入京都，颇得尚书穆鹤舫的器重。侍郎容恩慕名邀其作子师。是时他的书法益精，墨气丰厚。与张情斋友善，曾绘《六友图》。书类张得天，画以水墨兰竹、荷花著称，有韵致，独得天趣。故一时名驰京师，誉满都下。1991 年北京文物商店一件潘鼎的《荷花图》，标价卖到 2.5 万元。

　　"出污泥而不染"的荷花，早被世人所仰慕。被称"四君子"之兰竹，不择沃土，不与群芳争艳，乐于生长在崇山幽谷，甚至岩石缝隙，或悄悄地吐露浓郁的芳香，或苍翠婀娜，摇曳多姿，为人们所喜爱。潘鼎所以喜画清淡的水墨兰竹，并以此怡然自得，乃是托物喻志，以兰竹高洁、坚贞的风骨自勉。他早在居里期间，就曾镌刻松亭、竹坡、梅溪三石，自存竹坡，而以松亭、梅溪二石分赠挚友董旃与曾璜，称他们为"岁寒之友"，并赋诗纪之。他的《自题墨竹》五言绝句云："夜遥风露清，天迥星辰静。明月下空阶，闲浸竹枝影。"另一首《自题画兰》五言诗更称："昨夜秋风里，兰开几朵花，分香来笔下，送影到山家。契本同心托，图乃世爱夸，左方题短韵，淡墨任欹斜。"年五十七因母丧归里，遂不复出。晚年与挚友端木国瑚同居于县城东四里石林精舍小别墅，以唱和自娱，诗酒遣怀。他著有诗文集若干卷，今泰顺县图书馆尚存《小丽农山馆诗钞》一册；画作还有水墨兰竹、水墨荷花等。

【注】此书 1998 年由作家出版社出版。

【注】卒年有误，为 1835 年。

《泰顺县志·人物》 潘鼎传

施明达

潘鼎（1775—1835），字彝长，一字调生，罗阳东郊人。幼颖悟，方总角时，其父饮酒月下命学吟，即有"影落酒杯里，手持万里天"之句。年十三入县学，十五补廪生。清乾隆六十年（1795）赴杭（州）参加省试期间，曾以书画见长，结识诸多名人。然科场多舛，屡试不第。至嘉庆十五年（1810）始考中副贡，例授直隶州判，又因丁父忧未仕。会挚友林敏斋观察出守重庆，邀为幕僚，鼎助其兴利除弊，政声斐然。其间一度执掌川东书院，成绩卓著。后林调任湖北督粮道，鼎仍随之，且多所匡助。

嘉庆二十四年（1819）为应秋试，与乡友董莩同归省垣，适从兄鹤峒病殁杭寓，乃亲自含殓，扶枢返归故里，掌教罗阳书院。

道光五年（1825）北上京都援例候铨，值林观察督运至通州染疾不起，出于友情，鼎两度亲赴通州商处后事，直至理毕善后事宜始还都。在都盘桓期间，深得铨座师尚书穆鹤舫器重，又承侍郎容恩慕名聘任家庭教师。及将授官，忽传母丧返归，遂未复出。

鼎为人偶傥好客，性善辩，亲族中有急难，多请其排解。逢有凶吉事相求，必曲为筹划资助，人若有过，辄当面申斥，凡能虚心接受者，当优容之、维护之，是以人咸敢于近之。

一生博览群书，诗文华赡，乐于造就后进，前后掌教罗阳书院凡十余年，受业生徒，多沐其益。笔札书法，初习颜体，后临摹日进，变化自如，雄秀流丽，自成一家，名噪一时。水墨写意，皆有天趣，而所作兰、竹，更为人所钟。素有文生之好，争购书籍、碑碣、印章、笔墨、文玩皆不惜重价，而口体之奉则极俭朴，里邻交游，唯董玿、曾璜为最，尝镌"松亭""竹坡""梅溪"三石，自取"竹坡"，以"松亭""梅溪"分赠董、曾，象征"岁寒三友"。

晚年体虚多病，与里人董玿及青田名士端木国瑚卜居"石林精舍"，以诗酒唱和自娱。一生诗画作品甚丰，惜多散佚，现县图书馆存有《小丽农山馆诗钞》一卷；县文博馆存有兰、竹、荷花画三幅。

【注】此书 1998 年由浙江人民出版社出版。

《中国美术家大辞典》 潘鼎传

赵禄祥

潘鼎，清代书画家。字彝长，号小昆，浙江泰顺人。嘉庆十五年（1810）副贡。例就直隶州州判，未仕卒。生平喜聚金石，擅长书法、绘画，尤其善写兰石及竹，墨气丰厚，书法类似张照。与张衢友善，绘《六友图》。著《小丽农山馆诗钞》。

【注】此书 2007 年由北京出版社出版。

《泰顺历史人物》　潘鼎传

雷全勉　陈圣格

潘鼎（1775—1836），幼名鹏，字程九，改名斝，字小崑，后更名鼎，字彝长，清代泰顺罗阳人。自小习诗外，还在父亲潘学地的指导下临习书画，日久所得颇厚。13岁参加童试，入选县学；15岁获取廪生资格。20岁左右时诗文渐趋成熟，书法颇得晋唐之精髓，绘画亦远近闻名。但常以乡里闭塞，不能取法名师为憾，于是只身北上武林（今杭州），开始他一生中的第一次游学。在武林一带，结识当地许多书画名人，获益匪浅。36岁得副贡，不久授职直隶州州判。之后应好友重庆知府林培厚之邀，入蜀做幕僚。一度掌教川东书院多年，培养了刘文焕、孟光弼等一大批出类拔萃的人才。44岁归故里，掌教罗阳书院。

道光六年（1826）再度北上京城，开始第二次游学。在京城颇受尚书穆鹤舫的器重，并与直隶总督那彦成有过一段交往。那彦成年长潘鼎11岁，虽官爵显赫，却生性豪爽，善待士子，对书画也颇有造诣。当时，潘鼎书法益精，墨气丰厚，以水墨兰竹闻名京都。那彦成非常赏识他的才华，视其为知己，常与他同桌挥毫。道光十年，那彦成主持保定莲池书院刻碑一事，潘鼎受邀参与此事。次年，母逝。归故里前，那彦成嘱其理毕返京，欲委以要务，并以家藏《淳化阁帖》一部相赠。但归里不久那彦成便得疾辞世，潘鼎不胜凄悲，"遂不复出山"，专心对《淳化阁帖》进行校勘。用蝇头小楷在每张拓片的天头上书注释文，字迹绝丽清灵，堪称墨宝。

石林精舍位于罗阳东外飞龙山西麓，原系其父潘学地利用当地天然石林所建的小别墅，周围怪石嵯峨，环境清幽，董正扬将它描绘为"燕子解依王谢住，桃花却为阮刘开"的妙境。潘鼎归里后对石林精舍稍作修复，便与董祚、端木国瑚两位好友在此过起书画自娱、诗酒遣怀的生活，被时人誉为"三仙"。

清代画家，名手如林，潘鼎擅长画兰、竹、荷而享盛名，作品笔力苍劲，风格高雅，意境清超。早年曾镌刻"松亭""竹坡""梅溪"三石，自取"竹坡"，将"梅溪""松亭"二石分赠挚友董祚和曾璜。

故居位于罗阳镇东外村，始建于清乾隆四十年（1775），占地2000余平方米。初建系三进，称三堂厝，后因第三进毁于火，改称双堂厝，布局、结构、工艺等均有独特风格。

著有《小丽农山馆诗抄》一卷。

【注】①此书2016年由中国民族摄影艺术出版社出版。

②卒年有误，为1835年。

附录二：诸家题咏

感怀寄潘董诸及门

曾　镛

两大扶舆气，旁魄弥垓埏。岂谓处荒僻，此意殊不然。忆我方刚日，足力颇无前。游历半南北，归览故林泉。携尊挈徒侣，直造天关巅。乘秋凭一眺，岑岑连青天。奇崛岂不甚，盘郁自何年。指顾万峰阿，比邻有青田。尝惧吾党士，虚拥此大千。聚共穷谷草，散随千崖烟。老大徒坎壈，感叹希后贤。

东陵以寿终，西山乃饿死。矧兹茕独身，何德可倾否。抚膺忆畴昔，痛来终刺髓。孤漂五十余，幸哉有子耳。知交若吾徒，得谓非贤士。黯兮彼战场，老死人如蚁。痛我何蚩迷，头白不知止。有子迫之来，遭厉槐黄市。有父舍之去，哀鸣孤客邸。三日反棘闱，忍见目犹视。千里抱枯骸，哭望钱江水。行路为悲酸，此极问谁使？颜氏亦不幸，尼父且丧鲤。有道垂古今，诗书皆令子。诸君勤勤意，劻我宁不是。夙好阅灰心，长算蹙马齿。立言未有期，死者长已矣。

【注】辑自《复斋诗集》。

潘彝长石林精舍

董正扬

主人约我看山去，笑指东郊并马来。燕子解依王谢住，桃花都为阮刘开。松声清似迦陵鸟，石气碧于玉匮苔。他日著书成燕语，悬知不独石林才。

【注】辑自《味义根斋诗稿》。

寄题潘彝长鼎石林精舍三首

董正扬

绝迹穷山里，危楼峻上干。白云抱幽石，清露被皋兰。矫掌望烟客，息阴倚密竿。相期憩瓯越，所在可游盘。

美人何其旷，腰佩翠琅玕。托好凭三益，谓家羽胎茂才。倾城在一弹。君善弹。崇情符远迹，弱冠弄柔翰。努力崇明德，朝华不足欢。

终隐南山雾，投冠返旧墟。攀条摘蕙草，跻险筑幽居。流目瞩岩石，委怀在琴书。曰归归未克，吾亦爱吾庐。

【注】辑自《味义根斋诗稿》。

喜潘小崑明经至，叠除夕元旦韵

林培厚

衙斋苔影绿鬖鬖，开径欣逢益友三。<small>小崑偕令阮暨家华铨文学同来。</small>未遣奴星尝白饭，先从行囊问青柑。<small>瓯柑青者能致远。</small>炉煨榾柮蜂房小，榻拥氍毹蝶梦酣。正苦中书君老秃，数枝持赠胜双南。<small>承赠选制大小湖颖极佳。</small>

百城南面拥终朝，骥在天闲鹤在霄。同甫心胸千古拓，君苗笔砚几人饶。莫争矛虱肥硗讼，<small>小崑近迫家累，以笔耕糊口。</small>好趁宫鸦蚤晚朝。湖舍春风山寺月，不堪回首晓云飘。<small>乾隆壬子春，予读书西湖僧寺，距小崑所寓葛林园仅里许。同社五十余人，阅今三十五年，已落落如星晨，惟莫宝斋侍郎、钱金粟学士、姚苇舫大令、李石窗孝廉数人，犹时相闻问，小崑以同乡故，过从较密。抚今追昔，为之惨然。</small>

【注】辑自《秋蓉阁诗稿》。

家芷生招同潘小崑、诸葛兰江游西山，小饮松风阁

林培厚

武昌山翠浮晴空，萧萧黄叶鸣绪风。远公桥畔少行迹，藜莠埋没吴王宫。吾家逋仙老于吏，闭门垂帘了官事。为政风流似邓公，觥船长遣行厨至。知我转粟来淮西，折简招上青云梯。指点坡公旧游迹，九曲岭外寻新蹊。坡公当日黄州住，一苇横江自来去。巴河唤取酒官陪，万顷玻璃晃归路。买来柯氏终不果，北望中原但烟雾。竭来玉堂对清昼，犹忆溪山题好句。我今晏坐三泉亭，松风万壑摇空青。春梦沉沉八百载，涪翁遗墨同飘

零。涪翁题"松风阁"三大字，传为一学使取去。苍崖古甓涵清冽，疑是神光金像穴。可惜春泉凝不流，寒溪未见溅霜雪。洗剑池空霸业灰，绿阴深处且衔杯。葛君风度真名士，潘令词华是俊才。旧雨天涯欢未足，拥翠亭前还纵目。长江绕郭镜清流，山鸟山花都不俗。同人贾勇搴春衫，试寻剑石凌巉岩。我醉欲眠腰脚懒，笑指溪外青蒲帆。吁嗟乎！古人陈迹亦何有，青青惟见西门柳。梦回酒醒江潮平，明月清风满樊口。

【注】辑自《秋蓉阁诗稿》。

怀 旧 潘小崑鼎

林培厚

裘马翩翩擅八能，撑空傲骨耸崚嶒。翻风拨浪寻常事，青眼高歌有杜陵。

【注】辑自《秋蓉阁诗稿》。

寄潘彝长石林精舍

端木国瑚

天关山下石林清，为有沧浪早濯缨。南国词名三妇艳，西京书味五侯鲭。狂游犊鼻真佣保，文酒乌衣好弟兄。我愿入山君不出，田畴何处祝苍生。彝长上石农观察诗："门馆有人称上客，田畴如我亦苍生。"

卅载旗亭感越吟，青骊如我日骎骎。柳条塞上逢羌笛，枫叶江南杂楚砧。忧国经书常满腹，思乡风雨重关心。何时也毕粗婚嫁，结愿名山逐向禽。

【注】辑自《太鹤山人诗集》。

吴山赠潘彝长鼎

端木国瑚

佛地青灯冷，维摩病及秋。湖山成只客，风雨卧高楼。贱日难知己，才人易辨愁。钱江远回首，归梦托行舟。

【注】辑自《太鹤山人诗集》。

张情斋衢画六友图 六友为赵晋斋、金登园、潘小崑、董霞樵、林石筍及予

端木国瑚

渴笔真吞海水干，图成六客笑儒酸。时来厮养千金重，运去英雄一饭难。碑帖满家都乞米，囊书去国漫求官。愿君牢置山堂壁，门掩江潮独自看。

【注】辑自《太鹤山人诗集》。

潘彝长示湖北诗草

端木国瑚

巫山帆落沔江清，又听春潮白下城。梦寐荒唐生楚席，文章酸苦学吴羹。登楼王粲终无主，投辖陈遵老有名。醉管时时湿烟雨，幽兰题罢冷猿鸣。能以书法画兰竹。

【注】辑自《太鹤山人诗集》。

董仲常、潘彝长客蜀，又客楚，未知各所在，怀之

端木国瑚

客子光阴去绝轮，经秋道里断音尘。岭猿和梦啼长路，江月分身照远人。词赋知从南国健，饥寒恐负北堂春。征蓬每与流年较，怕有霜华日夜新。

【注】辑自《太鹤山人诗集》。

寿潘彝长母氏董

端木国瑚

罗山之羡，广川之灵。诞育令母，百度孔宁。作对荥阳，宾友其声。惠相君子，既柔既笃。虽有盈筐，不衣绮縠。虽有缄箧，不执珠玉。调膳

怡怡，奉巾肃肃。咸曰母嘉，咸曰母淑。诞教厥子，堂室如序。曰父为师，曰母为傅。既学既勤，母心则豫。不学不勤，母容则怒。欲知母容，业荒是惧。欲怡母心，德修是务。矧厥子贤，何不令誉。厥子曰對，维小子友。欲知母德，观子之守。欲知母才，观子之有。观子能顺，知母于舅。观子能惠，知母于幼。母兮可矜，父兮何咎。十月阳止，是曰嘉辰。令母初吉，六十其旬。紫兰采采，黄菊牲牲。以荐柔旨，以侑清醇。北堂有萱，南山有椿。小子作颂，交寿千春。

【注】辑自《太鹤山人诗集》。

大雅山房印谱序

端木国瑚

横阳苏氏石缘，居雅山之足，构池馆、聚图书，其兀然自肆于古有年矣。余遥聆之，而未得观其概也。己巳客永嘉，遇之松台。辛未北游，共自燕而鲁而吴，过阙里想孔壁古文，上峄山观李斯刻石处，登焦山模古鼎、访瘗鹤铭而还。壬申始偕潘氏彝长至横阳，得息其园林而乐之，怪其云容石状，咫尺灵变，而有以知其中之多奇也。亡何观主人藏书处，壁楬俱满，又出所作隶古，所作印数百石，与商榷之，灯每至曙。其时，大风雨三四日夜，秋气如海，余三人矻矻而忘之也。其所择印，主人命志之，以为一时之鉴会也。余亦以为余今日之游，适固余二人之曩所期思，而今谐之者也，余志之，非琐琐为印然也。彝长曰："是乃所以为印也，主人且为何如。"

【注】辑自民国二十三年（1934）《太鹤山人年谱》。

柬潘彝长二律

林从炯

元龙湖海气如何，京洛欢逢鬓未皤。鼎鼎年华当富贵，悠悠仕宦尚蹉跎。千篇束笋从谁弃，一砚劳薪苦死磨。绝代奇才无识者，黄金燕馆几人多。

漫学梁鸿赋五噫，终无鸾翮困藩篱。入赀权解文园渴，索米难充方朔饥。拚可观友明损益，相教悟老辨雄雌。风尘茵溷愁名士，莫只人前学顾痴。

【注】辑自《玉瓶山馆诗抄》。

冒雪过彝长寓斋，晤吴兰雪舍人、家敏斋观察

林从炯

明照坊前二尺泥，剪刀风紧雪蒙迷。城南不少袁安卧，乘兴牵驴话剡溪。

君来一百五十日，可倾三万六千觞。雪花眼底大如掌，只羡陶家笑语香。舍人与观察俱挈眷在京。

【注】辑自《玉瓶山馆诗抄》。

潘彝长随家观察至楚幕，诗以饯之

林从炯

长安冠盖不能容，细雨春帆下汉东。老去依人悲庾信，贫来作客叹张融。感怀诗札江河满，携手功名箕斗同。廿载弟兄无限意，怜卿怜我两飘蓬。

晴川历历古名州，如此江山且壮游。云梦烟波堪避世，铜鞮花月漫销愁。忽忽载去惭灵运，落落相逢感马周。<small>噶曼圃副金吾一见彝长，即倾盖与订交。</small>若遇武昌期问讯，西门官柳已成不。<small>族弟芷生时令武昌。</small>

【注】辑自《玉甌山馆诗抄》。

谢潘程九兼致董雨林　<small>并序</small>

曾　璜

“相看三友在，珍重岁寒心。”此雨林旧句也，深情古谊溢于言表。今潘君程九欲识不忘，爰以齿序，自竹坡，并镌梅溪、松亭二石章，分赠雨林及仆。顾念庸材，何以堪此。虽然，栽培倾覆，造物何容心哉。二君皆负奇气，行当耸壑昂霄，以为交游光宠。而仆或因奖励之余，得与成材，斯亦区区之至愿，因成拙什，以志鄙怀。

懿彼松竹梅，结根烟霞里。劲质贯四时，柯叶无易改。问渠胡能然，心坚节不驰。相对淡忘言，高山时仰止。董子契古忱，勖我以妙旨。潘君识毋忘，题名镂石髓。曰余号竹坡，梅溪推董氏。厥字有松亭，谬以余参峙。自维樗散材，拳曲胡堪拟。重感知己情，怦怦未能已。人生天地间，身世将安恃。树人犹树木，慎终端慎始。拭目望春山，灼灼多桃李。桃李岂不华，所惜易披靡。惟此冰雪姿，贞操长可喜。苍然耸高枝，华实钟厥美。雨露本无私，栽培良有以。愿各保初心，顾名思义起。

【注】辑自《罗阳诗始》。

潘程九至

董　斿

院落清明近，浓烟镇日遮。愁心随燕子，风信到梨花。病起莺刚语，人来酒正赊。春寒诗兴懒，逢尔复高华。

【注】辑自《太霞山馆诗钞》。

月夜登楼有感寄曾宝镇、潘程九

董　斿

对案不能食，披襟独倚楼。每思千古事，难解寸心愁。明月惭相照，光阴叹易流。寄言班定远，努力策封侯。

【注】辑自《太霞山馆诗钞》。

潘程九取予旧作"相看三友在,珍重岁寒心"之句,因自号为竹坡,而以松亭、梅溪二石章分赠曾宝镇与予,感其意,为赋五古奉酬,并柬宝镇

董 斿

翳余有拙辞,岁寒勖三友。感君志不忘,顾义将名取。乳石镂私印,辱赠等琼玖。慎勿易初心,沦落庸材后。

森森千丈松,培塿不可栽。坚彼四时节,蔚为百木魁。偃盖藉作亭,良足息远来。努力后凋心,终成梁栋材。

竹本翛翛者,虚心是我师。植彼千仞坡,风度何离奇。羞凤待作实,化龙会有时。毋为张鹰屋,徒传高隐规。

寒梅居严冬,作花颇高洁。敢期调鼎鼐,差信耐霜雪。吾乡有梅溪,对策光日月。自顾谢陋姿,深惭负旌别。

物理亦何常,所贵在自树。桃李落春风,蘼芜委秋露。得时岂不荣,失时终不固。把篆日摩娑,永作良箴护。

【注】辑自《太霞山馆诗钞》。

二月朔得潘大程九去腊书

董 斿

旧腊瑶函直到今,飞鸿千里易浮沉。寄从湖上梅花发,到及山中春草深。旧雨剧怜投纻意,莫云无限论文心。黄鹂隔叶鸣无数,空听丁丁伐木声。

【注】辑自《太霞山馆诗钞》。

题潘程九山斋 庚申

董　斿

乱山深处小斋开，土屋严扉不染埃。凿地煮茶新凿井，截崖玩月别成台。闲云恋岫朝常住，野鹿成群月几来。只此便为和靖宅，延缘好种百株梅。

【注】辑自《太霞山馆诗钞》。

潘小崑信来，自诩聚书之多，时余已闻其秋闱报罢矣，因成此篇，将于其归时赠之

董　斿

雪花如掌飘前除，连朝深闭蜗牛庐。敲门忽闻有人至，送来吾友杭州书。是时闻君未得志，腮腮已作龙门鱼。把函先揣书内语，定愤暗投明月珠。开读始知发书日，文场犹未分盈虚。世俗寒暄亦何有，单诩收得书盈车。在君雅趣良不恶，吾意殆谓然非欤。近闻决科有捷径，为效尽速且易图。计月揣摩盈尺简，姓氏居然春官呼。高跂天门作美仕，下视宿读频揶揄。君今亦是退飞鹬，尚尔设想将无迂。插架聊用作观美，步障固足夸齐奴。乃君空囊亦羞涩，废产营编奚为乎。易炊纵欲同长物，鬼名人要上章驱。锦赙绣褫漫齐整，饥来一字堪煮无。且我辈因粗识字，通朝难遣愁眉舒。复添尔许召愁物，愁能伤人能无虞。刿目鉥心业坐此，推胸搯肾咸由诸。相者举肥自古尔，忍令枯瘠生肌肤。沉吟不解聚书意，三叹独向楼中居。枯坐半晷不自觉，缥囊缃帙横

绮疏。忽然大笑书失手，始知是病尔我俱。纵令和缓复生世，此痴此癖知难祛。忆我髫龄书有限，片纸珍逾琼瑶琚，有钱便觅得便读，宵窗咿唔惊夔魖。髹几剥处泽可鉴，两衰补缀色为芜。终恨观天坐在井，深渊未探神骊须。况复多病力不足，残编断简空相于。虽读不熟熟不解，为肆为簏堪卢胡。今君嗜好亦如此，始信为德邻不孤。想君归舟趁寒水，船窗四面当菰蒲。万卷拥等百城乐，一日读作千秋娱。寸心方与圣贤晤，一时得失真区区。秋风吹榜虽能罢，肯将清泪挥江湖。笑我闻名未入眼，大嚼便侣屠门趋。急欲一见不能缓，望君指日归肩舆。君见有斋山之麓，门前竹石奇秀储。赭墙周遭荫修翠，檐楹向背结构纡。迩来又添数亭榭，大堪习静兼操觚。君今献赋空归里，谅惟贤妇怜相如。为巢便须学务观，是庄正合同申屠。装潢金题与玉躞，甄别府藏还庖厨。熏香摘艳不辞疲，财比积顿官分符。只愁津逮渺难尽，贫贱那足挠其躯。盛世士类蒙作养，戛戛自宜为真儒。纵难蹑等追孔孟，亦要接迹凌韩苏。讵必效俗作征逐，学至自有天公扶。笑彼仕途机械密，绝巧真胜齐公输。到头如倚折足几，是梦是觉皆蘧蘧。何如择术踞高顶，一任俗子旁睢盱。短檠随身榻穿膝，置身曷翅壶公壶。渠成更喜亦秦利，借阅可夸眼福殊。知君能作都养主，携饼相就亦无须。短城如垣那能限，逾境谅遄春秋诛。夜读共随月光走，朝哦并对青山趺。孝标虽淫亦何害，腹负还足嗤馋夫。弥愿搜罗及丛残，述作直勘轩羲初。糟粕忘余神气出，古人满卷真吾徒。明年素娥应大悦，连根拔送三秋株。

【注】辑自《太霞山馆诗钞》。

八月十六夜小崑招饮

董　斿

淫雨日不止，端居寡所怡。开筵有欢伯，倾坐得故知。虽无月堪赏，差有杯可持。银盘荐肥荸，霜刀鲙腥鲡。清谈拒世务，善谑逢天机。须言烛可继，莫问夜何其。旧事置弗道，且以乐今兹。

【注】辑自《太霞山馆诗钞》。

冬至后一日怀潘彝长

董　斿

匆匆过短至，又是一年期。客路五千里，乡心十二时。峭寒朝出懒，孤枕夜眠迟。却忆同怀子，临风更咏诗。

【注】抄本"匆匆"作"忽忽"，不合平仄，疑是误抄。辑自《湘南游草》。

潘彝长、董霞樵、潘醒愚过访山居　　四首录一

周　吾

梅花香过杏花初，胜友招寻到野庐。久阔风标频入梦，常聆謦欬比观书。披烟小剧猫头笋，带露新收鸭脚蔬。草草杯盘浑不厌，胸襟浩落复谁如。

【注】辑自《罗阳诗始》。

重阳后三日，彝长、霞樵、醒愚重访山居 四首录一

周　吾

连朝天气雨霏微，虚阁焚香掩竹扉。雾暗园林蝉欲歇，水寒潭浦蟹初肥。灵山雅集图曾绘，隔院吟朋事讵违。霞樵昔有同志之约，今尚未果。频喜清谈联短榻，钗头灯影尚依稀。

【注】辑自《罗阳诗始》。

潘氏石林记

林　鹗

石林者，泰顺潘夫子之别墅也。城东郭里许有山焉，高与云齐，山多石峰，游者从石门入门，载进得石床，床平堪人坐。左顾石壁飞瀑倒垂，流注石池。池能随意方圆，虚受湍水，静鉴物形，又可煮苦茗，酿醇酒，饮人令人寿。沿池岸而西，攀磴屈曲，登石楼，俯瞰百尺，与群石顾揖，更上有门，署"云深处"。入造其巅，为止止亭，见环城小山罗列如嘉宾焉。其间小石如拳，如笏，如稚子，立者，卧者，蹲者，仙傲舞者，盖不可屈指数，而凹处松竹花树，窥墙倚阶，则所谓石林精舍也。石林辟自先世，数十年间游人多矣。石上无留题者，其门人林鹗仰夫子高坚之风，爱书而记之，且为之诗曰：

今人重文章，知行歧而二。四子衍谈天，五经祝扫地。吾师秉慧业，独抱经济器。排解尘俗场，举足判义利。辨如孟子舆，学宗端木赐。从者林生鹗，古之狂也肆。抱瑟升堂歌，吾道私相誓。箪瓢苦不足，常有四方

志。但恐离索居，重远中道弃。回头望石林，高山矗嵬岿。愿抱石心坚，磨砻任百试。愿戴石山行，守死无敢坠。欲罢而不能，涕泗书此志。

【注】辑自《望山草堂诗钞》。

柏梁体为别驾彝长师征诗倡即呈

林　鹗

夫子峨峨济川材，生非其地山之隈。大匠屡顾还徘徊，留为深林荫条枚。大麓风烈闻疾雷，铁干矫拔不可摧。八千岁春寿初哉，信否造物栽者培。清泉净土滋根荄，泰山高不让微埃。孙枝旁茁承化裁，果实若熟凤凰来。夫子闻之笑口开，为狂者言引一杯。

【注】辑自《望山草堂诗钞》。

游潘氏石林精舍 慕庐讲学地，石林奇峰，皆翁一人所辟

林　鹗

寻诗出东郭，转径入松林。忽见石重叠，不知山浅深。闲云淡世味，寒濑清人心。想见慕庐叟，旷怀无古今。

【注】辑自《望山草堂诗钞》。

得古石林隐居记

潘钟华

离东郊二里有山曰罗峰，罗峰之阳曰散仙坪，有石林精舍，吾高叔祖慕庐公之别业也。其地巉岩叠嶂，磊落崚嶒，慕庐公运以巧思，依其天然之形势，或跨为石门，或累为石壁，或竖为孤峰而昂然独立，或砌为层台而登高望远。其长而方者为案石，其扁而圆者为坐石，参差罗列，莫可名状，故颜曰石林。乾嘉时杂莳花木，点缀亭台，洵为一邑名胜。

余于庚申之岁为亡妻卜窀穸于兹山之麓，而虚其中圹为吾百年归真之所。住山中旬日，暇陟山椒眺览，则见石之立者、卧者，虽殁在荆棘中，若稍加修葺，不难重复旧观。而其地之爽垲无论矣！因谋于公之后人，以数十金为代价，议既成，即拟卜筑而居之。以家庙未成，不敢先营宫室。越庚午，购得胡氏老屋于赤沙堡，改为祠堂，祠之右畔有楼房三楹，在祠为赘疣，乃毁之而移其材于兹山，去其朽者，易以新者，四围缭以垣墉，草草经营，而吾庐落成，乃携纂具、负书笈入此室处，独寐寤言。

有时登吾楼则前对天关，而东之飞龙，西之舞凤，南之地轴，北之沙堤诸峰，或晴岚挹爽，或烟雨迷离，或寒林落叶，或积雪浮云，四时之景不同，吾楼外天然图画也。山城环列，琴堂对峙，望之蔚然深秀，顶如戴笠者，万罗亭也。烟户星稠，楼台夕照，长天寥廓，佳气郁葱，吾楼中万象包罗也！楼之前有隙地一区，可种蔬菜，因颜之曰菜根楼。隙地之外，旧有石门，余于两旁增筑短墙，以别内外。左有小池，浚之可养鱼。由池侧斜出，即石林台。悬岩斗立，俯临幽壑。游目右顾，则飞雪泉在焉。崖悬瀑布旧镌"飞雪"二字。出石门则前横小阜，高仅一寻，小径屈曲，可通石林洞，洞已毁，崖上题字系慕庐公手迹，今尚完好。洞即在石林台之下，与内石门之石壁蝉连。出石林洞南行，则石林坪在焉。是坪也，横可十余丈，纵

309

半之。坪之正中旧有看忙亭，今圮矣，而遗址犹存。亭之右稍后，孤峰卓立，旧镌"佛指峰"三字，今亦剥落矣。峰之后即曲径小阜之前面，其势蜿蜒而止于坪左。坪之外，正中墙下有石几横焉，旧镌凭云两字，今磨灭矣。由石几处东行数武，历阶而下，又有一石门，旧曰东角门，慕庐公手书"云深处"榜其颠，曾经曾叔祖彝长公摹刻入石，浙中名人如端木鹤田、赵次闲诸前辈均有题词，拓本故家犹有存者，而石刻已亡。此门旧为出入之所，今门外砌墙，墙外尚有云根二字，余欲围入园中，以工程浩繁而止。

大抵全园之胜在石林坪。石林坪之石，繁如星点，错落多奇致，惜余非杜工部，无王十五之惠草堂赏，于此中更筑台榭、位置石丈以品题甲乙，殊呼负负。

虽然，古今名园众矣，管领数十年即易姓者，指不胜屈。今此园创自高叔祖，历百余年而入吾手，论宗祊一脉相传，犹是楚失楚得，所慨者吾之境遇与高叔祖判若天渊，立志因之亦异，高叔祖时值重熙，家道殷富，又得文名卓著之彝长公为子，其志在莳花种竹，颐养林泉，宜也。若余生当叔季，目击陵谷变迁，又复莦苻遍地，劫后余生，毫无乐趣，故余之得兹园，志在韬光匿迹，学农圃以偷生乱世而已。且生既不辰，老尤侘傺，意欲解除业障。缘是耕读之余兼礼梵王，署所居曰遁禅庵，所以识吾之不遇也。

噫，吾年已逾古稀，居是园几何年？将来吾子孙之能保守是园与否？俱不可得而知也。其不可知者，吾委之气数，其可与共赏者，吾命中书君志之。

记成，复为之歌：

前石林与后石林兮，其人固一本之所生。何遭逢之互异兮，一世乱而一世清。慨吾生之溌落兮，磨蝎临宫而一事无成。羡兹石之不雕不琢兮，足以完璞而守贞。生结庐而与石终老兮，死欲化作泰岱之石英。庶触之而兴云雨于承平！

【注】潘钟华（1861—1944），字宝丞，号芝田，又号芝农，罗阳人。光绪二十年（1894）岁贡生。曾任福建按察司经历。

附录三：潘鼎年谱

翁晓互

乾隆四十年（1775）乙未　一岁

潘鼎，谱名明鹏，初名鹏，字程九；更名鬶，字小崑；再改名鼎，字彝长，一字调生。正月二十七日，生于泰顺县罗阳东外一书香门第。祖父宏玺，恩贡生，候选教谕；父亲学地、二弟尊、季弟镐，均是国学生。

乾隆四十五年（1780）庚子　六岁

十月六日，二弟潘尊出生。潘尊，谱名明鹤，字彝仲，一字鸣九，国学生。

乾隆四十七年（1782）壬寅　八岁

父学地饮酒月下，命学吟，即有"影落酒杯里，手持万里天"句。

乾隆五十二年（1787）丁未　十三岁

是年，以学名潘鹏参加岁考，考取第十二名，入县学。

十二月十二日，三弟明鹄出生。明鹄，字凌九，号恙恭。

乾隆五十三年（1788）戊申　十四岁

是年，与周宗质结为金兰。

乾隆五十四年（1789）己酉　十五岁

是年，科考一等，补廪膳生。

乾隆五十五年（1790）庚戌　十六岁

二月，曾镛之父曾启贤病逝于孝丰县，镛归里丁忧。其间，谱主从其读书，成为门下弟子。

乾隆五十六年（1791）辛亥　十七岁

是年，仍师从曾镛读书。

乾隆五十七年（1792）壬子　十八岁

春，赴杭州参加乡试，与周冠山等朋友入住杭州西湖葛林园。在杭期间，与林培厚（瑞安人）、莫晋（会稽人）、钱林（仁和人）、姚苇舫、李石窗等五十余人同社学习。

秋，乡试不第。冬，回罗阳，在山交龙护寺师从堂伯潘学邹读书，并作《壬子省试报罢仍读书家塾》一诗。

乾隆五十八年（1793）癸丑　十九岁

三月十九，季弟潘镐生。潘镐，谱名明鹏，字成九，一字彝季，国学生。

是年前后，娶高氏。高氏一都（司前）溪口庠生高佩兰女，生于乾隆壬辰年（1772）十二月二十日，生子三，圣汰、钟奇、圣波，女一，殇。

乾隆五十九年（1794）甲寅　二十岁

是年，仍在龙护寺读书，作《龙护寺杂诗》二十四首。

乾隆六十年（1795）乙卯　二十一岁

夏秋间，赴杭州乡试，始识董斿，两人意气相孚，结为挚友。此后每遇郡、省试行必偕，欢好无间。

在杭州期间，作《寓居古竹居闻钟》《内子遣伻来问近况以诗答之》《西湖泛归寄董梅溪斿》《六桥步月》等诗。

嘉庆元年（1796）丙辰　二十二岁

是年，在杭州游学。

嘉庆二年（1797）丁巳　二十三岁

三月，不顾囊中羞涩，向好友林培厚借钱买书。

春，东阳刘知县邀为幕僚，作《赴东阳刘尹幕留别林敏斋》诗，与好友林培厚告别。

嘉庆三年（1798）戊午　二十四岁

十月二十六日，长子圣汰出生。圣汰，一名星海，字伯宿，号柏绣。

冬，辞东阳县幕一职。

嘉庆四年（1799）己未　二十五岁

春，回乡途经丽水友人徐华西家，徐置酒为其接风。

春，好友曾璜将赴闽佐幕，作《送曾宝镇之闽抚幕》诗赠别。

嘉庆六年（1801）辛酉　二十七岁

春，改名潘尉参加科考，获一等第五名。

八月十日，同赴杭州参加乡试的好友曾璜，病殁于寓所。谱主时亦染危疾，死生未卜，忽闻良朋凋丧，泪渍床席，并作绝句哭之。八月廿九日，扶病渡钱塘江，祭奠曾璜，并赋诗纪痛。十月望后，曾璜灵柩归故里，再次前往吊唁。

嘉庆七年（1802）壬戌　二十八岁

秋，曾镛师将赴汤溪县任儒学教谕，作《送曾复斋夫子赴汤溪学博任》《再送曾复斋师》诗送之。

秋末，下洪至筱村途中，发现路旁石壁上刻有"马灯"二字，不觉骇然，作《杂兴》一诗。

是年，父在罗峰山上建成石林精舍。

是年，董正扬考取进士。

嘉庆八年（1803）癸亥　二十九岁

春，赴温州参加科考，考取生员一等第六名。

秋，为次妹画兰竹石三种，并题五绝句送之。

十月，投书曾镛师，建议其整理生平著作。

嘉庆九年（1804）甲子　三十岁

四月，李銮宣卸温处兵备道职，升任云南按察使，作《送观察李石农先生》诗送行。

夏，在杭州结识陈竹师等朋友。

秋闱，好友林培厚考中举人，谱主却名落孙山，回乡途中，览景触情，作《甲子归舟》等诗，排解愁绪。

十月二十七日，返南山草庐读书。

嘉庆十年（1805）乙丑　三十一岁

春，曾镛师以汤溪教谕保荐入都候铨，作二律送别。

嘉庆十一年（1806）丙寅　三十二岁

三月二十八日，三弟明鹄病卒。

是年，岁科连考，岁考获生员一等第二名；科考获生员一等第四名。

嘉庆十二年（1807）丁卯　三十三岁

春，母董氏六十岁，好友端木国瑚作诗《寿潘彝长母氏董》贺之。

是年前后，娶侧室徐氏。徐氏永嘉徐信占女，生乾隆戊申年（1788）正月二十四日。子三，圣沂、圣溥、圣注，女一，适筱村东洋文学林延平。

嘉庆十三年（1808）戊辰　三十四岁

春节前后，曾镛六十岁，作诗称赞业师"文章寿有名山业，经济才留在野身"。

仲夏，往杭州准备秋闱，结识武林豪士蔡让泉，一见如故。

是年，好友钱林、林培厚考中进士。

十月二日，从兄潘汝梅（字燚鼎，号鹤峒，增贡生），病殁杭州寓所，为其办理后事，扶柩返回故里。

是年，次子钟奇出生。

是年，与好友李芝岩饯别，作《溪坪饯席口占送李芝岩》诗，写二竹并题四绝句送之。

嘉庆十四年（1809）己巳　三十五岁

九月五日，孪生子圣沂、圣溥出生。圣沂，一名玉海，字伯峑，小字昌时。圣溥，一名瑶海，字宝辉，小字多庆。

秋，与端木国瑚、林从炯在中山亭夜集，作联句诗。

是年，改名潘鼎参加岁科连考，岁考获生员一等第二名；科考获生员一等第二名。

嘉庆十五年（1810）庚午　三十六岁

正月一日，作《庚午元日立春试笔作》诗。

仲夏，往杭州准备秋闱，寓居海会寺之南隐山房。陈竹师三十生辰之夕，与陈竹师，蔡璇斋，孙佛沙，李清渠、芝岩兄弟，林石笱等友人，欢宴于吴山寓馆。作《即席赠陈竹师》等诗八首。友蔡让泉亦具酒馔，邀为逃暑之饮，作《蔡七让泉招饮赋诗》谢之。

秋，乡试中副榜。

冬，授江苏直隶州州判职。

嘉庆十七年（1812）壬申　三十八岁

春节前后，堂伯潘学邹七十岁，作《从父峄云先生七十寿诗》相赠。

秋，受平阳金石家苏璠之邀，偕端木国瑚至其家赏印，三人辑成《大雅山房印谱》。

九月九日，次子钟奇殇，途中接噩耗赶回，作《哭次儿钟奇》四绝。

十月廿一日，父病逝，在家守制。父学地，字志厚，号灵圃，一号慕庐，生于乾隆十八年（1753）十一月十六日。国学生。通经史，精堪舆，长吟咏，善书法。尝构石林精舍于罗峰山顶，为一县名胜。精舍有刻石"云深处"三字，为浙中名士嘉赏而识跋，现尚存"石林洞""飞雪"摩崖题刻。嘉庆十三年（1808），为首倡捐修建文庙。

十一月一日，五子圣波出生。圣波，一名春海，字锦波，小字百善。

嘉庆十九年（1814）甲戌　四十岁

正月十五日，六子圣注出生。圣注，一名福海，字同甫，小字百禄。

是年，掌教罗阳书院。林鹗从其学。

嘉庆二十年（1815）乙亥　四十一岁

是年，掌教罗阳书院。

秋，端木国瑚到访，同住石林精舍。

是年，泰顺知县刘炳然五十五岁生辰，作《奉和刘明府五十五岁生辰言怀谢客之作》。随后，在石林精舍宴请刘炳然。

是年前后，娶侧室王氏。王氏生于嘉庆丁巳年（1797）九月十九日。

嘉庆二十一年（1816）丙子　四十二岁

是年，掌教罗阳书院。

三月，泰顺知县刘炳然以廉能调官宁波，作《题刘明府新昌德政画册》一律送行。

秋，杭州返乡，临别时朋友赵之琛（字次闲，号献父）送"鸾犬合同印"一枚。谱主印章多半出自赵之琛之手。

十二月，进京谋职，作《丙子腊月治装北上留别亲友》《百丈步别二弟彝仲》《寄在周会同京、宗文纯兄弟》等诗，留别亲友，表达依依不舍之情。

嘉庆二十二年（1817）丁丑　四十三岁

正月初，抵达温州。正月三日，到松台山项维仁家探梅。由于先人坟山与他人争执，暂停入京，正月十五夜，从温州乘舟急归罗阳。

四月中旬，启程前往重庆充任林培厚幕僚，董斿则往成都帮助李銮宣校订诗文，两人结伴西行。作《赴西蜀留别姚芷卿》《留别诸弟》诗。

四月二十七日，离开温州。端午节前后，抵达江西省玉山县，作《玉山客馆示同行诸君》《端阳日》《玉山溪上见水碓》等诗。经南昌市，游览滕王阁时，作《登滕王阁》一诗。舟经醴陵、株洲、桃源，于七月九日抵重庆，行道八十余日。董斿则在林培厚官署稍作停留，继续西行，于八月十二日到成都。

在任林培厚幕僚期间，鼎助其兴利除弊，政声斐然。其间执掌川东书院，成绩卓著，有刘文焕、孟光弼经其指授，考中举人。

九月，在重庆官署，友人林东岑嘱画《墨兰》，并题旧作《题画兰集兰亭字》一绝赠之。

十二月，在重庆官署话雨山房，再为林东岑画《墨兰图》。

嘉庆二十三年（1818）戊寅　四十四岁

七月初七日，作《戊寅七夕》组诗十首，表达对亲人的思念。

嘉庆二十四年（1819）己卯　四十五岁

夏，辞幕，与董斿一起从重庆回杭州准备参加秋试，道经苏州南濠之东瓯公寓，主人设席相邀，酒间赋诗三首谢之。

秋闱不第。冬，返回泰顺。

嘉庆二十五年（1820）庚辰　四十六岁

是年，主罗阳书院讲席。

七月，赴杭州。

道光元年（1821）辛巳　四十七岁

是年，仍掌教罗阳书院。

三月三日，泰顺知县翟鳞江等朋友到石林精舍雅集，作《翟鳞江明府过石林禊饮，诗以记事》二十首记之。

春，侄文海以扇面乞写兰草，并题一律勉励。

七月十五日，赴杭州应试途经诸暨，作《七月十五自诸暨放舟渡钱唐》诗。

九月十二日，乡试落第，离开省城回乡，途中写下《自钱唐一日至富阳城下》等十余首诗。好友林从炯考中举人。

冬，途经丽水括苍古道遇雪，作《雪中度冯公岭》《括苍道上遇雪》记之。

道光二年（1822）壬午　四十八岁

是年，掌教罗阳书院。

道光三年（1823）癸未　四十九岁

是年，掌教罗阳书院。

道光四年（1824）甲申　五十岁

是年，掌教罗阳书院。

十二月十七立春日（1825 年 1 月），回乡途中遇雪，夜宿舟上，梦见父亲召唤惊醒，发现船已触木险覆，乃知先父冥冥中护佑，作《舟中感梦》记感。

十二月廿四日（1825年1月），舟入泰顺境，乡音渐闻，天气放晴，作诗《十二月廿四日归舟喜晴口号》。

道光五年（1825）乙酉　五十一岁

夏，北上京都援例候铨直隶州州判。

十月，途经山东丹阳小辛庄，作《丹阳小辛庄纪事》《由丹阳策蹇至京口，诗以纪事》纪事长诗，备述旅途的艰辛。

道光六年（1826）丙戌　五十二岁

春分后五日，同客京华友人张瑞溥（池上楼主人，温州鹿城人，官至湖南督粮道）归里，临别时谱主作《兰石图》赠之。

春，偕侄及林华铨到直隶大顺广道（今河北省邯郸市大名县）官斋拜访林培厚。

春，泗溪前坪张日华八十岁，作千言长诗祝贺。

道光七年（1827）丁亥　五十三岁

二月初三，祖母叶氏去世。祖父宏玺（1691—1769），字御有，号梅村，乾隆庚午（1750）恩贡，候选教谕。造宗祠、置祭田、修家谱、创桥建亭皆乐善不倦。配城内陈氏（1698—1771）。侧室叶氏（1731—1827），生子二，学地、学镇。侧室夏氏，女二，一适筱村东洋贡生林伯水，一适司前里光国学生林崇瑾。侧室陈氏，子学湖，女二，一适筱村徐岙底武举人吴永枫，一适罗阳庠生董维枚。侧室张氏，女一适司前候选主簿徐启学。

四月，好友林培厚在短暂罢官之后，获任湖北督粮道。时在北京的潘鼎再次受邀前往湖北佐理政务。其间著有《湖北诗草》。

道光八年（1828）戊子 五十四岁

是年，回到北京，在军机大臣兼任翰林院掌院学士穆彰阿家中坐馆，深获穆的信任赏识。

道光九年（1829）己丑 五十五岁

二月间，到直隶总督那彦成府中坐馆，担任那彦成孙子俭泉的老师，悉心予以教导，俭泉取得明显进步。

六月，林培厚入觐述职，抵通州忽发大病，谱主出京帮忙处理公务。

九月初五日，接林培厚书信，娓娓笔谈，意兴犹昔。初八日，忽接林培厚病逝通州水神庙行馆噩耗，谱主急忙赶往通州，主持料理丧事。

十月二十四日，侧室徐氏病卒。

道光十年（1830）庚寅 五十六岁

九月初二日，母董氏去世。董氏霞阳增生董建中女，生乾隆戊辰（1748）九月廿三。生子三，鼎、尊、明鹄，女三，长适北隅仙陵国学生张世淑，次适四都玉溪东洋儒生林开煜，三适四都龙潭口国学生林鸿。

是年，道光皇帝欲改建寿陵，直隶总督那彦成闻谱主兼晓堪舆术，邀往易州择选陵址。未敢决定，举荐好友端木国瑚选择陵址。及秋陵址始定，接闻慈母病逝，出京千里奔丧，错过了最后一次晋升机会。次年，端木国瑚因功授内阁中书。

归里前，那彦成以家藏《淳化阁帖》一部相赠。

道光十一年（1831）辛卯　五十七岁

春，返回家乡丁母忧，并再度充任罗阳书院山长，然而多病不能督课，时以琴书诗画遣怀。

道光十三年（1833）癸巳　五十九岁

十月初十，知县周时翥（字汉卿，号企庐，长沙人，举人，四月初六莅任）卒于任，子民集其善政为《遗爱录》，谱主作序。

是年，端木国瑚考中进士。

道光十四年（1834）甲午　六十岁

春间，体虚多病。董斿应山西浮山知县卢韶廷（名赞虞，闽寿宁斜滩人，道光十三年进士，董斿女婿卢赞周之兄）之邀前往山西，临行前来告别。

是年，因从侄潘凤朝于道光九年（1829）自湖北归，病卒兰溪，灵柩停放在野外已六年，谱主遣人负其骸归葬故土。

道光十五年（1835）乙未　六十一岁

正月，病日加剧。二十七生辰之日，犹吟咏书彩笺，精神奕奕，人皆卜以不死。

二月初六日寅时，病逝，享年六十有一。私谥文敏。

后　记

　　季羡林先生曾说过："如果人生真有意义与价值的话，其意义与价值就在于对人类发展的承上启下、承前启后的责任感。"怀着对先贤的崇敬之情，本着学习的态度，我对潘鼎的书画诗文作品进行搜集、整理与编辑，以让更多人了解清代著名画家潘鼎多才多艺的一生，助推泰顺历史文化的传承和发展。

　　《潘鼎集》的整理、编辑遵循以下几点：

　　一、尽量收齐潘鼎现存的书画诗文。诗歌部分，以泰顺县图书馆藏《小丽农山馆诗钞》和温州市图书馆藏《小丽农山馆诗钞》互为底本，择善而从。

　　二、采用简体横排。原本所用繁体字、异体字和俗体字均改为通用字。

　　三、文中出现的难辨字和脱漏字，以"□"替代；衍字或疑为错字，在注中说明。

　　四、文章分段排列。诗歌不分段，句句接排，首行前空两格。诗一题数首者，一首一段，两首之间空行不标各首序次。

　　五、诗题较长的，加标点断句。诗中的小序和夹注以不同字号、字体加以区别。

　　六、相关文献、家乘中关于潘鼎的记载和好友写给潘鼎的诗文等作为附录。

　　在整理、编辑、出版《潘鼎集》的过程中，泰顺县委常委、宣传部部长严炳宽主持审定本书，并将其列为泰顺文化研究工程，泰顺县委宣传部常务副部长李祥造、泰顺县社会科学界联合会副主席雷映玉为本书的出版予以精心策划，温州博物馆副馆长高启新、南京师范大学副教授翁志丹为本书用心作序。本书在出版前，还得到温州市文史研究馆副馆长金柏东、温州市图书馆研究员卢礼阳、温州大学教授陈瑞赞、泰顺县文学艺术界联合会副主席潘家敏等诸位专家的悉心指导，以及赖立位、潘先俊、陈圣格等乡土文化专家的大力支持，在此一并表示衷心的感谢！